左手风雨，右手回忆

梧桐小雨 著

黄河出版传媒集团
宁夏人民出版社

图书在版编目（CIP）数据

左手风雨，右手回忆 / 梧桐小雨著. — 银川：
宁夏人民出版社，2016.7
ISBN 978-7-227-06406-0

Ⅰ. ①左… Ⅱ. ①梧… Ⅲ. ①散文集—中国—当代
Ⅳ. ①I267

中国版本图书馆CIP数据核字(2016)第187524号

左手风雨，右手回忆 梧桐小雨 著

责任编辑 姚小云
封面设计 扬子鳄书坊·禾 谦
责任印制 肖 艳

黄河出版传媒集团
宁夏人民出版社 出版发行

出 版 人 王杨宝
地   址 银川市北京东路139号出版大厦（750001）
网   址 http：//www.nxpph.com   http：//www.yrpubm.com
网上书店 http：//shop126547358.taobao.com   http：//www.hh-book.com
电子信箱 nxrmcbs@126.com   renminshe@yrpubm.com
邮购电话 0951-5019391   5052104
经   销 全国新华书店
印刷装订 广州市德佳彩色印刷有限公司
印刷委托书号 （宁)0001975

开本 880mm×1230mm   1/32
印张 10   字数 240千字
版次 2016年8月第1版
印次 2016年8月第1次印刷
书号 ISBN 978-7-227-06406-0/I·1654
定价 36.00元

作者近照

序

漆春华

读完作家梧桐小雨的第三本散文集《左手风雨，右手回忆》清样，我顿感怵然，心如奔腾的长江掀起狂潮，久久不能平静。

时下，神州物欲横流令道德沦丧，"老虎"纸醉金迷，蚀国肌髓；"土豪"丧失天良，腹空虽如楠竹之笋，却竞豪车、炫别墅，挥金如土。有多少屠呦呦，呕心沥血，为人类生存而默默奉献？又有多少人为享人间荣华富贵，利欲熏心而不择手段？五年前，爱徒何凌岚驾鲜车（宝马）接我赴渝休闲，邀来数位朋友陪伴。席间，面对两个中文博导的高谈阔论，其忧国忧民之心溢于言表，我颇受感触，即兴写来七律一首："放眼环山嗟路险，篱边独饮醉英才。诗词藻饰重光（李煜）怨，厚黑梯崇梦阮（曹雪芹）哀。自古人间多谀佞，如今高殿跃骅骝。杜康几盏消惆怅，笑看神州演盛衰。"此诗博来一阵掌声，弟子又多耗两瓶杜康……

前几日，我酒后涂鸦绝句一首以自戒"古稀将进半痴聋，噤语寒蝉躲穴中。遥拜七贤林下聚，虽然冬雪与春风。"欲辍笔，然而，终难拒梧桐小雨之托，故又提笔，为之斗胆作序。

小雨的散文，文辞优美，乃是诸多读者的共识。五年前，在由中国散文学会等单位主办的"2010年全国散文作家论坛征文大赛"中，小雨的《陌上花，缓缓迟开》获专业组一等奖，可喜、可贺！正如谢启义在评论小雨的散文中说：在梧桐小雨的散文中，我们确实读出了一个审美的人生、一种博大的爱。这不仅体现在她对自然万物的审美观上，也体现在她对审美叙述的追求上。首先，梧桐小雨以诗性的文词生动形象地展现客体意象的美感，抒写自我建构的审美情怀。这种深藏在虚静中的语言柔度体现了梧桐小雨恬淡的心境与语言的美感。这样的柔化的语言在她的作品中随处可见，这无疑是梧桐小雨文本叙述的审美化、心灵化的体现。

真正是难能可贵，现在的小雨仍然不世故。自结识她近二十年来，至今仍未遭受世俗的浸染，她还是那样的纯朴，那颗感恩的心在她的为人处世和文章中处处显现出孝顺、谐和；行文越妙语连珠，可圈可点之处实谓珠玑长串；远浮躁而沉醉于所钟爱的散文创作中；坦荡自然的心情流淌，宛若清澈的山溪，曲缓而不干涸，漾起爱的涟漪，令人惊羡，令我怡然。

在《2016，愿世界温柔待我》中，小雨写道：一叶梧桐落下秋天的殇，一片白雪碰碎一年的风霜。2015，这一年，我在颠簸与辛苦中惊慌渡过，守着绝尘的花朵，过着远离烟火的日子，素衣简行，孤独地穿越一座城市。红笺书尽，雨敲南窗，一次一次把伤痛过滤，从夏到冬，不敢再与世界过招，只在岁月的挣扎不休里想想前世今生。在《来生，做一朵桃花》中，小雨妙笔生花：桃树上的花瓣随着微风落在衣襟、香茗、书页间，宛如飘动的音符，在节奏的替换处，稍作休止，以便进入旋律更深的欢乐和疼痛。一瓣桃花，荣幸地飘落在发黄的书页间，散发着隐秘的光芒。这是我最好的时光，春风捎来的温暖，深入骨髓和血液，让我安静且安心地享受这春日盛景，心素脉宁，不急不缓。看着一首诗沉浸在自己的世界里，不禁潸然泪下。不再轻易去碰触那些沉浸在冬季中的伤痛。

轻风一缕，拂于庭前，盛大的一场花事，剧烈跌宕，宣布异端的思想，藏匿着奇异的隐喻，让人莫名激动。我知道，我与花有了某种关系。

站在春天的门前，耳听时间的滴答声，看生命像鲜血一样饱满丰沛，我便希望长成一朵桃花，坐在春天的故事里，昂起孜孜不倦的头颅，用最朴素的方式，回答生命中最为深奥的命题，在春日尽逝的某个傍晚，与身旁的风景守候一生，坐成平凡。

这是何等的凄婉丽辞，我陶醉其中。"在黑山谷，我的灵魂和身影翱翔在此的每一寸肌肤间，可以信马由缰，任意想象；也可以静静聆听，洗涤心身。虔诚仰望，用心亲近。也许，这便是最好的时光，远离红尘纷扰，我们的心灵和思想，与青山绿水悄悄融合，连缀起一生的光阴，简简单单却延续向前。"

"风又飘飘，雨又萧萧，红了樱桃，绿了芭蕉，恍然惊觉自己已愧对生命深处光阴赠予的柔情，有情可以少无所依，却一定要终老。""惜流年，浮华知己谁来接？一半惆怅，一半清欢，红尘紫陌，咫尺千年，谁负万丈尘寰？匀墨提笔间，我们邀月对酌，坐弹宋词一曲，谱下三生唯美。原来，总有些东西，能超过我们有限的想象，在时光尽头，与永恒并肩；原来，爱情也可以三生三世，我们的生命和伴随生命付出的爱，可以贯穿前世、今生和来生。"

好了，序不宜太长，再吟绝句一首赠小雨：万绿丛林一点红，凌霜怒放野峦中。寒风且任花馨散，但待强昀把雪融。

我，真心祝愿梧桐小雨的"粉丝"们，不管现在境遇如何，且把这支散曲赠予诸君雅鉴：《咏娄山赠友》——峰叠鳞翠，千壑流岚。谁说盘古开天，苍海耸崇山。鸿蒙初辟乾坤旋，日升月落，离合悲欢纯自然。人生三节巧变，拼搏逢机缘。勿叹命运乖骞，坦然看人间。

目 录

「壹」

左手风雨，右手回忆

一路走来的日子，左手风雨，右手回忆

走过的每一个足迹，一边为我指路，一边刻下伤痕

一直愿做一个安静、内敛的小女人，在最深的红尘深处，濡染人间烟火，踏踏实实过平凡日子。守住某些东西，守住最初的风雨和最后的回忆，并在岁月的缝隙里，举杯邀月，纤手摘花，欣赏一路走过的痕迹，写下自己的文字，满纸生香，春风扑面，这，才是人生最后的幸福。

岁月的流逝虽然是无声，但却是有痕的。

一路走来的日子，左手风雨，右手回忆。经过春来秋往的更替，向往长剑狂歌的豪侠倜傥；经历了日月交替的轮回，在诗酒歌赋中流连天涯。我们登高远望山阔水长，从一条曲径中启程；我们也愿远离红尘喧嚣，寻访一处静谧的田园，把自己交付给山水，循着美丽的意境，探身回程。

走过的每一程，我们见证了生命的成长和希望，也看见生命的颓败和老去的悲伤。

那一日，我走在锈迹斑斑的铁轨旁，西沉的夕阳照亮彼岸此岸，晚风沐过左手右手。落叶铺满道路，繁华与荒芜流连叶脉折痕处。一片落叶说出的疼痛，竟是满地猩红的忧伤，它们的气息到处流淌，淹没生命的左岸右岸。暮色将红尘抱紧，在这个最容易让人伤感的黄昏时分。走过的每一个足迹，一边为我指路，一边刻下伤痕，从童年的清晨，到中年的黄昏，我将隐秘的忧伤嵌在每一个人生的转弯处，负重前行，不断地迷路，不断地搭错车，并一再下错车。不知不觉，就这样走着，又走过一个春秋；就这样走着，一边风雨，一边回忆。

时光悄悄流逝，光阴使我猝然长大。细水流年，繁华落尽，流年的寂寞那么满，淹没了青春所有的伤，谁会在天涯处，将我等候？谁会陪我一起看细水长流，看花开花落，静听幸福的声音？

悲伤逆流成河，微笑从不搁浅。在薄凉的红尘深处，一路走过的年华，被岁月浸染的人和事，还停留在时光的暗影里，但我仍以微笑的方式点亮因风雨而掩饰了一生的行程。我只在一路的行走中，看到我走过的轨迹，以虔诚的姿态，记住所有发生在过去的过去，比如烟火、爱情，比如那些生如夏花般的绚烂、凋零如秋叶的静美，左手喧嚣，右手寂寞。回忆拥挤内心，人生也异常饱满，尽管寂寞泛滥成灾，我依然相信，前面仍是满满的风雨满程的回忆。

人生路——山一程，水一程；风一更，雪一更。

指尖绕过流年，我们在红尘中，沾染春夏秋冬的时光，又在风雨与回忆中老去。经年后，只剩下我们用尽全力换来的一场场回忆。我不知道，当生命即将散场的我们，又会在历经风雨后浸染一种什么情绪。也许会像怀念童年一样怀念曾经绿草天涯的旷野以及每一个下着小雪的夜晚，或者围坐火炉沉思漫想，回忆一度的柔情与缤纷，记取一朵花的清香。而那些陪我们走过雨季、走过年华的人，离开的离开，忘记的忘记，没有谁负谁一世柔情，也许曲终人散后，各安天涯，而某些东西，却深藏心中，不会老去。

我不知道，会不会有一天，时光也和我一起憔悴？一起苍老？我们的年华从早春经过，诗意地绽放，蓬勃新鲜，走马天涯，行至暮冬，岁月的步伐也不会为谁停留。我相信，那悄然而逝的光阴里，会留下我们无数锦绣的瞬间。

繁华枯落时，沧海桑田后，我仍会静心于文字，让淡淡的墨香泛滥，指尖铺陈的情怀，在日子里缓缓展颜，心静如莲，安之若素，欣然接受岁月赐予我的一切，安然走过人生的每一程，左手风雨，右手回忆。

三月，已经浸染粉湿的桃色。

一场细雨后，故事都被淋湿了。打开所有通向春天的窗子，一朵芬芳，在血液中汇聚，在我三月的茶盏中醒来，切割我的微醉和阑珊。小雨轻叩青石，如同询问一截往事；春风翻过院墙，杏花开了，从巷口绕来，青梅与竹马。走过的痕迹，刻画着春秋，我要赶在桃花盛开之前，为自己写下暖暖的诗行，保存在一袭烟雨中，深情俯瞰，人间岁月，并等候春暖花开。

过去的时光如一列缓缓的列车，行驶在我摊开的手掌上，新的一岁与旧的一年交替的缝隙，如一册书，凝结着时间的波纹，轻轻翻阅，看到一页页模糊的过去。一梦千年，心泪滚落把往事淹埋，岁月苍老风景不在，我像一个疲惫的过客，感恩岁末的最后一辆客车，为我留下了人生的一个位置，让我真切忘掉马不停蹄的忧伤，缓缓将岁月悠长的疼痛穿过生活的缝隙，轻轻推开青草芳香的柴门，从此，十里桃花，百里海棠，无怨无悔住进春的庭院，等你把酒，花影拂墙。

时间之环，让我忆起相逢的那一个时间节点，桃花开了，梨花会开，野蔷薇绚烂之极停止了芬芳，春虫纷纷鸣唱，安抚着我去岁的疲惫。新年寸寸走近，静下来的暮色里，我已记不起上次痛哭是在什么时候？在谁的肩头？那些偶然间被唤起的情感，不被人记起，却从来，没有被我忘记，因为，这样的追忆和眷恋，抵得上深情。

流光，寸寸老去，一点一点把我带到2013年的春天。去年紫陌青门，今日水阔天长，山遥路远，一别就是青山万里。一个日子老去，我的几缕忧伤却是新鲜的，老去的时光和新鲜的疼痛交映，酝酿了太多不可言说的人生况味。

今夜，雨煮诗行，一朵花，细雨入梦，点点滴滴诉说西风。前世的我，把曾经爱情的过程再细细抚摸，温一壶女儿红，沏一杯明前茶，酿就一片次第盛开的花园，一个人，在春光诗意中完成成长，然后把自己晃荡成一滴酒，醉倒整个江山，喝痛整个春天，酒醒之后，桃树下听香，青苔上守月，一任春暖花开，明媚前世今生。

此刻，在世俗的三月春风里，我唱兰花小曲，杨柳小调，斜风二两，青草一匹，让我，以一个过客的身份，爱上这世间唯一的幸福，眉间的薄霜，留着等你来焐暖。我要赶在一树花开之前推开缤纷的岁月，然后，与你牵手走在平平仄仄的春天深处，将爱情居住在离你最近的一朵花里，装饰我们素素诗笺的眉头，让鸟语花香，做我的嫁妆。

我们曾在烟雨的城市相遇过，你举眉轻笑，我低头不语，我不该在江南柳岸惹了你，激起你绵绵的芭蕉雨。尘世的边缘，是你我悠长的叹息，也许你爱过，也许我错过，我们都被时光劫持到生活的彼岸，丢失在时间的皱纹里。瘦削的心事，了无痕迹，只在江南宣纸上为彼此轻轻落墨一笔，从此，低吟浅唱，醮上书卷的寒香。

日子如流水，柔软地侵蚀我们暮年的青春，朗月清瘦灯花还在。我们，不能拿走一寸光阴，遮挡眼角流淌的皱纹，只在各自的风里，山一程，水一程。铅华洗尽，剪断红尘，我们在这个春天赶路，在江南某个寺院的佛像前相遇，跪拜合掌。彼此穿越前世今生，走过菩提树下，在禅院钟声里，许诺来世，磨墨终身，玉露沐手，写一首相濡以沫的地老和天荒，祈祷岁月静好，人生如茶。

我心如莲

又过了一年，岁岁年年，花谢花开。

年是新的，也是旧的，猛然惊觉，不管多么生气勃勃抑或忧伤悲悯的日子，在我们过着的时候，它就在不经意间成了老日子，三百六十五日，可以短得像一分钟。等到惊悟，已过了一年。

今夜，最后一页发黄的日历在眼前撕走，如逝去的时光帷幕，被徐徐隐退，而我们对此更多的则是眷念的纠结和一种无法舍弃的牵挂。我斟一杯文字的薄酒，向着不知名的旅途出发，让一些飘忽的东西有了诗意的停靠，为身后的时光饯行，一路的山高水险，该在何处歇脚？

冬日的细雨如我的心，温润细腻，无波无痕，玲珑的心事，今又该向谁诉说？一年缤纷满怀已经沉默，总有一种怀念，在我的内心不断生长，并迅速蔓延，弄得夜色凄凉。而我，像一首婉约小令，不敢开放忧伤的花朵，喧闹的岁月，让我静止成一棵植物，守着有些单薄的梦想，默默修炼，以宽容、谦和的心态对人对事对己。

今夜，唯我不眠，掬一滴细雨，把冷风悠悠的记忆一一打开。人世如劫灰，风凉、霜寒，一场雪在他乡被爱着，有着不为人知的寂寞，无所不在的旧事，在此时，被撞得七零八落，低到烟火里，无法收拾，一场冬雨已替我倾尽心事。旧岁的针和线，如何缝补我的缺失、我的遗憾？雨声淅沥，不把流年说破，谁为我铺下来年的祝福，在新年的钟声里慢慢敲响？这一程的山高路远，我至此秘不可宣。市井如秋风，人海茫茫，三千里外的辽阔，放不下一束烟火，一叶扁舟。千里江湖，我们，要拼劫多少的心力，才能挽留住旧岁，赶赴一场芳菲的新春，翻开最美的一页？

我深知，我只是一株植物，小心翼翼地绿着，梅花里世路坎坷，笑擎风刀雪剑。在我悲伤的深处，有风无情地吹过，但我仍愿，在新春的月夜里沏茶，用我的诗句下酒，所有的爱由一场细雨来完成，在世界留下的最后一块净土里，安静发芽，从容长大，于人心的荒漠中，铺开自己的明媚。

窗外寒风蜡梅，而岁月已老，悄悄就是一生一世，繁华如梦，人生如梦，弹指刹那，世界是否依然静好。今天是哪一天？今年是哪一年？今生是哪一生？人生不过是一场骗局，从懵懂开始逐渐明白事理，一晃都已鬓角结满霜花。我风烟满眸，研墨铺纸，只为铺下来世的柔软，在光阴里慢慢变老。

今夜，请允许我心疼一次，把年月、江山、红颜交给虚弱的旧岁，把一段一段的往事掩埋，投掷虚拟的前世，在光阴的左岸右岸，在一首诗的上阕和下阕之间面容平静，静坐如莲，一颗安静的心，对得起滚滚红尘的喧嚣。

我们都在人生的夹缝里左冲右突，偶尔自己划伤自己，露出疼痛的伤口，空旷的内心，在春天的月夜里抚摸离愁一盏，衔着行色匆匆的记忆，回头的瞬间，我们都已各自走散，青黄轮回的命运之外，奔往各自晚归的灯火，光阴荏苒，如若遇见，别来无恙？

今夜风生水起后，我正路过春天，此时，我尘埃落定，研磨蘸水，安静写诗，满纸一泻千里的日白风清。窗外红尘浩荡，十丈喧扰，我心如一莲，安静似水，画梅西窗，种菊东篱，衣襟沾着唐诗，远离人间烟火，闻着书香平静过日子，每天翻过一页直至终老。

2014，匆匆这一年

冬已至，山河湿润而枯瘦。岁月泛黄，风吹即散，桌上摊开的一页诗，无心细看，手边泡好的一盏茶，慢慢凉了。

望着几页薄薄的日历，眺望时间之雪已在微凉的枝头盛开，一年所有的时光，都毫无保留地被覆盖岁月的枝叶收藏。我如何可以，用一个诗人的伤口洞悉世界的辽阔？我如何做到，在词不达意的疼痛中，认真而艰难地寻找自己的过去？

面对岁末，面对苍茫，我的心思，被时光看得透彻，一页喜悦，一页冰凉。千山暮雪，万里层云，此时今日，时光匆匆，逆风赶行的青春已不再，泛黄的成长书册被光阴一遍又一遍翻来阅读，而我，虽内心有无限锦绣，却不敢亦不忍亲近，只努力让自己俯落尘埃，随遇而安，尝饮人间烟火，回归生命本真。

2014，匆匆这一年，一程山水，千般故事。

作为异乡飘落的一滴小雨，我用手里剩下的余香，内心的璀璨，走向滚滚红尘，在喧闹的凡尘一角，用适合自己的方式安放灵魂，替岁月守望一段记忆。在邂逅中年的路上，不浮不躁，不争不怨，为工作、为学习、为生活而努力，以缓慢的姿态行走，不忘乎所以，不艳羡他人，却足以维持体面。

2014，匆匆这一年，江南烟雨，无须约定。

也许，只有江南，才给得起我美丽的相遇。我被上苍安排到尘世为人，免不了在人间应景。

我相信，任何一桩情缘都是宿命的安排。生命是一个亦慢亦急的过程，我为一场烟雨盟约，曾千里迢迢赶赴江南，却在最美丽的时候转身，最灿烂的时候选择潜逃。因为，这场约定，已不再有昨天的滋味，我只能将记忆装帧在过去的岁月里，选择温柔地放手，不忍碰触，不愿翻阅。月上柳梢，茶凉言尽，缘深缘浅，早已分晓，一切都要落幕，天涯的你我，各自安好，是否晴天，已不重要。

2014，匆匆这一年，缘聚缘散，不悲不喜。

人生总不得圆满，缘聚缘散，只需瞬间。原本可以相守的人，最终也成了过客，浮世红尘，相遇不易，无缘再聚的人，无须为自己的转身找一个苍白的借口，没有谁累了谁，没有谁薄了谁，只在离别的路口，平静道声珍重。

生命中，我们无法刻意删改情节抑或结局，走过春夏秋冬，谁还能一如既往，不改初见模样？红尘多年，曾经稚嫩的心早已沧海桑田，谁还能如初时那般相待？人生何处不相逢，人生处处有离别，有些转身，就是一生，一切皆有定数，谁能改变？有些人是你看过便可忘记的风景，有些人却值得你一生深情抒写。人生切切，所作不失，未作不得，缘聚缘散，自有时限，因果缘由，自有安排。到生命最后，该忘记的都要忘记，该重逢的必将重逢。我们都是天地和时间的过客，自己做不了主，了却尘缘后，且与自己相忘于江湖，缘深多聚，缘浅随它，从容淡定，不悲不喜。

2014，匆匆这一年，花草为邻，诗书做伴。

我在慢下来的时光里，将慢下来的过往和爱恨一笔一笔删除，把空出来的余生，还与生命。

伸手触摸那些曾被我随意抛弃的时光，内心悲伤泛滥成灾，只取快乐与人分享。世间一切，风华惊世，落魄倾城，都离不开一粥一饭的平凡生活和洗手做羹汤的简单幸福。风花雪月只是偶尔想要品尝的一杯咖啡，凡尘烟火，才是真实的生活。我们一路修行，有些课程修炼到最后已经端然度日，淡然不争。

人的力量微不足道，有时竟抵不过一寸光阴的削减。过尽流年，人生浓淡有致，相信时光有时候是用来奢侈的，我舍弃浪漫，选择烟火。花开时，占有人间一点春色，芳菲婉丽，花期过后，把所有的灿烂支付给时光。走过岁月的我，更愿读一本温和的诗集，品一壶清淡的茶，养花莳草，与诗做伴，愉悦别人，温暖自己；在花草清冽而安静的气息里，安享流年，结庐而居，书中观海，读懂山河。

2014，匆匆这一年，温婉从容，岁月静好。

人生总在前行，仓促间已人到中年。风雨兼程，一年走到最后，才明白最美的是过程。在岁月和生活的双重雕刻下，我退到潮流的边缘，许多过往已然成了不相干的背景，历经沧海桑田，我的心已变得温婉平和。昨天永不再来，爱恨一笑而过，所有以为过不去的，最后都过去了。

时间是极好的东西，有多少残酷风雨，就有多少坚强抗争，在时间面前，不惧怕奔赴于滔滔浊世颠沛流离，咸淡恰好，宠辱不惊；在时间面前，我已从心高气傲走到心平气和，让自己在漫不经心间从一个故事走进了另一个故事，把该忘记的忘记，原谅一切不可原谅的人和事，做好自己该做的，不计较浮华之事，活在当下，珍惜每一个擦肩而过的人，不虚度这墨绿湿润的光阴，不让自己被流光收拾得七零八落，保持原有的优雅和知性，不辜负一世韶华。平凡养生，波澜不惊，温婉从容，人生静好。

2014，匆匆这一年，重要的人越来越少，剩下的人越来越重要。2014，匆匆这一年，舍不舍得我都舍弃了，爱与不爱我都爱了，得与不得我都不在乎了。任岁月平淡流年，任时光抹去激情，所有的泪水、挫折都成为过往，只知好好爱自己、好好疼自己、好好照顾自己、好好绽放自己。离合不惊，枯荣随缘。

2015，风雨又一年，且行且惜，且惜且悟。吟一阕素月清秋，品一杯温暖香茗，淡看世上纷繁，从容人间冷暖。烟火流年，花虽落，风住尘香，水长流，云淡过往。用一朵花开的时间，守望幸福，淡看流年烟火，细品岁月静好。

生命是一惊，转眼华发

走过今夜，明日又是新的一岁，怯怯地望着日历，却不敢撕下今日一张，心中，已是唏嘘不已。

隔着薄薄一张纸，却隔着此生和天涯，我如何可以用安静的眼神凝望岁月的安静？拨开迷离烟尘，我在彼岸，一下子看清我和明日的距离，看清了一段人生，也许，我们不过是彼此的一段风景，除了路过，我永远无法找到停留下来的理由。

今夜，我游走在迷失里，试图梳理这一路走来的岁月，想一究生命曾在什么地方拐了弯？岁月又在哪里被磨损？然而，我的双眸已够不着那一端了，大段大段的岁月，去向不明，而最美好的时光如远去的歌谣，余音不再，却百转千回。我只好茕茕独立，把看到的疼痛放回眼里，精神和心境处于一种无知无觉的疲惫状态。感动我的一切不再感动我，吸引我的一切不再吸引我，遥望彼端，遥望此生的天涯，回得了过去，却回不到当初。

午夜灯火阑珊，每个人都活着，都在追寻自己的那盏灯火。今夜，皓月当空，静水深流，说不出的如斯寂寞，举杯独醉，花落肩头，茫然又一年岁。

成长是一个缓慢的过程。世上的路是无尽的，可属于每个人的路就那么一节，走着走着，青春熬成白发，耗成落花；走着走着，人就消失了，岁月就走丢了。曾经一条看不到的边界，把我的生命分为两截，回首间，一切物事仿若近在咫尺，触手可及，很多事情在缓慢消逝的时间里反而变得触目惊心地真实起来，于是，在收拾好自己的残局之前，我暗暗希望生命有一个清晰的来龙去脉。

日子慢慢地热又渐渐变冷，一天一天地毫无知觉，等到惊悟，已过了一季。指间流沙风过，又苍老一段年华，繁华过后，山水永寂，盛宴之后，泪流满面。时光，以怎样一种方式覆盖我全部的过去，又以怎样一种形式，让我的眼泪从溢满到最后落下，整整花去我四十余年的光阴。

一个人的苍老，是慢慢的，一秒钟一秒钟来的，老，来得不着痕迹，至少，这一秒和下一秒，在镜子里找不到痕迹。而我们，惊悉自己的老去，是因为看到了曾经年少轻狂的友人在某个不期而遇的时刻出现在自己面前，看到曾经绮年玉貌的女友发如霜、鬓如雪经过身边……我们不得不承认，只是一个转身，我们就输给了岁月、输给了时间。

来到红尘，每个人都走在繁华荒凉的浮世上，生和死仅仅只是过程，悲欢离合，曲终人散。对于个体而言，生命是一切的终止。

望着窗外，想起走过的人生，秋叶已泛黄飘飞，落在谁的指尖？往前看，梦想与现实早已在未知的路上一拍两散，我该如何在空白处填写一段年华？

此刻，风停鸟静，在独酌的红酒和一个人的音乐里，我虽然在现实中获得了片刻的安宁和安稳，但我内心早已惊涛拍岸。我不知道，还有多少岁月属于自己？也说不清楚，还有谁会陪在我身旁？从此路到彼路，从此生到天涯，短短一惊，我们都已老去。

某一天，我游移不定的心会沉静下来，临江观水，檐下赏雪，在余生的岁月里找寻精神的阳光，缝补起人生的每一道伤口，然后安静地老去、远去。结束这踉跄的人生旅程，曾经的繁华鼎盛，恩怨因缘，最终会化为烟云。

人生最不可抵御的，便是时间的流逝。昨日春花，今已冬雪，在我猝不及防的当口，时间划过指尖，泪水启程，马蹄声远，又一季岁华老去。一世江水，匆忙之间奔向未知，谁的江山，欣然相赠温悯世间的又一个轮回。

流光韶华已然不回，千年光阴一晃而过，相同的故事，不同的时间，在一日一日更新的日子里，天涯有多远？是一个春天到冬天的距离，还是一世的距离？我们的一生，都在推敲，谁也找不到哪一段岁月属于自己？谁从谁的青春里走过？谁在谁的花季里停留？到最后，谁还守着谁？

匆匆的2014，走得悄无声息，

风雨的2015，我仍跋山涉水。

时间，分开今昔，也缝合伤口，你来我往的路上，每一次变故都是人生的转弯，结束一个故事，会删除过往，另起一行，我们生命的每一日，记下的都是生活的流水账，一刻也不消停。一生努力做的每一件事，其实我们都是在成全自我，离开的那天，一切都要拱手奉还，这世间的规则，我们必须遵守，也只有在结束的时候，我们才真正找到归宿，其余的时间里，我们只是云中过客，如此，才可以诠释这世间时间与生命的因果。

我曾以为，人生很长，岁月很长，长得我以为一生都望不到边际，回首，却只是寸步之遥；长得我以为过程很缓慢，回头，却只是流水须臾。红尘一遭，人生如戏，春华成秋碧，昨日还是青葱华年，今日，已早早换了容颜。不测的人生由不得你我挣扎抵抗，一切自有因果，皆有定数，所谓此消彼长，世间的一切，得到与舍弃，相欠与偿还是等同的。

人的一生，任何落脚处都是驿站，我们无法抵挡哪怕一寸流光的削减，无法收回迈过去的脚步。一边迎接清晨初晓，一边恭送重重暮色，我们手中的杯盏，将空至晚年。温暖的尘世，因太多的相聚离别，而被袭扰得有些凄凉。

去岁，冬雪横卧眼前，对于不愿舍弃不愿离开的我而言，里面隐藏的几十年光阴，正从未来的不同方向朝我奔来，替我接通古今隐秘的气息。

在更远的前方，我和更多人在拥挤的路上相遇。我珍惜的每张擦肩面孔，今又散落在哪里？任我如何修行，最后依旧陌路匆匆，天涯海角，再难相逢；往日真挚随流年渐次薄凉，过往情深在无言的岁月里已不值一提，一些转身，就是一生，有些告别，便是永不相见。人生，原本就没有相欠一说，该走的，头也不回，愿留的，情深义重。

走过的一年，在叹息间一笔带过，摊开的书，彻夜不眠，我守着时间，怎敢老去。手里的余香，握在春天烂漫的枝头，一年韶华，又在飞雪尽头摊开，我的脚步，在田野未尽的心愿里，追丢了一首诗，大地未开的花盘上，添了些许时间的过往，比乡愁的颜色更深，留白处，是我不敢提及和许诺的来生。

2015，在路上，风雨兼程。

一个人的路上，且认他乡为故乡，跌跌撞撞，清风如霜，心如沙漏。走在越来越锋利的时光里，我必须为自己留有一丝缝隙，这样，我才能把世界看得更清楚，唯有这样，我才可以和春天一起，与另一个自己汇合。从去岁到今春，一寸寸青葱隐去经久的荒芜，我能记住的只是一段路程。风雨兼程，千里迢迢，身处一个浮躁的年代，泥沙俱下，风来雨往，没有净土，就净心；没有如愿，就释然。以沉默的方式面对接下来的未知。让人生的诸多不如意，成就血肉丰满的自己。

2015，在路上，煮字疗伤。

人生如莲子，颗颗苦涩。来人世一遭，以为自己只是个漠然看客，看一场与己无关的戏，落幕之时，深陷其间的却是自己，流泪最多的还是自己。晓风残月，唯有恨与别。

2015，在仓促而至的中年路上，落英缤纷，光阴还算明媚。微凉的霜，瘦成一弯冷月，满地清愁，辗转无依，我安静透明的心，再次盛满柔情，只可惜往事太远，西风一吹，便霜尘满面。我如失语的女子，伸手触摸被丢弃的时光，在痛彻心扉之后，更真切地找到疗伤的词语，含泪的痛，在柴米油盐的远处，隐瞒所有角色，以文字填补岁月的痕迹和伤口。灯下读书，码字取暖。

2015，在路上，春风如诗。

我把日子和春天混为一谈，一些花草，迟迟不肯还原本色，我只愿重新饱读诗书，对着浩大春天，吟出第一行最富诗意的句子，让枯树看到春满华枝，让黑夜看到天心月圆，让那些在杨柳梢头苏醒的春风，羞答答地亮出它的梦。没完没了的春雨，酝酿三月温暖的诗页，润湿整个世界的心房，不会再沾染伤感，我便如尘世的清风，与自己相忘于江湖，以手接雨，心回故乡。

接下来的日子，每一天甚至每一秒都是未知的。要发生多少身不由己的事？又将与何人相遇？我不得而知，但我相信，一定有什么是可以永远留住的。

2015，韶光如枝头桃花，且行且珍惜；沐浴书香，以诗煮酒，淡然世上纷繁，从容人间冷暖。

2015，风起三千里，雨行三千里，我只在尘世一角，看一季春天在姹紫嫣红里徐徐展开，深情款款为这风雨人生写下柔情一笔。

学会原谅，懂得感恩

——写在自己四十六岁生日

不管我愿不愿意，不管我接不接受，不管我敢不敢面对，不管我承不承认，在多风多雨的红尘路上，马蹄声声碎，是我心底又凉又痛的歌。人世苍茫，一晃而过，我已走过四十六载的路。"是处红衰翠减，冉冉物华休"，时光，好不经用，生命，不顾一切地老去。

流年似水，一些故事还未真正开始，已被写成昨天，一些人，还未好好相爱，就成了过客。手边刚泡的一盏茶，慢慢地就凉了。我，像一枚渐枯的叶，坐在自己四十六岁的光阴里，任风吹过。时间的残忍，亮在我心上，留白处，是我仓促未提而又远行天涯的青春。

窗外雨声滴答，撩人心怀，却也滋生凉意。

谁的内心，如我这般，悬崖峭壁？多少花事，可否从头再来？四十六载的风雨兼程，用尽了我一生的山水。狂草一阵，隶书几行，一管狼毫迟疑着至今没有落款，小楷的针脚，一直缝补着我每一处伤疤印痕，无法完美注脚。除了仰望，我更愿意俯下身来，悄声诵经，为一滴小雨的前世和来生翻开传记，不悲不喜，替岁月守望一段记忆，为内心的锦绣山河，选择烟火，舍弃浪漫。把凄凉的尘世，过成简单而又朴实的日子。

抚摸翻过的每页日历，回首走过的每一步履，总有几页，不能轻轻翻过；总有几步，走得惊心动魄。原来，人多变的一生里，都在不停地推敲，在愈来愈锋利的时光里，一路奔袭拼杀，只为让寒夜生暖，只为在荒芜里种上青山绿水，只为让春天在周遭开花。

流年催促，我还来不及在独自的梦里，继续营造孤单的句子，就已经穿过百媚千红的世间，从春天到秋天，心甘情愿为一生的距离写下柔情的一笔。随遇而安，适可而止。

今日今时，盛景流年，繁花零落，一开窗，就能看清世界的脸。草木深深，承载的烟火比我一生更加丰盈，里面贮存的春华秋实，把温暖的尘世，袭扰得有些凄凉。我愿用慈悲的面孔，迎接这冲撞而来的中年时光，用平和与优雅，装饰这个秋天的夜晚。

一程山水，一个路人。时间，是单行道，过去了，回不来。

我们，谁不是这人间的过客？来红尘一遭，了却尘缘，又将奔赴另一个烟水之岸。岁月乱云飞渡，我们只是借道而行，人生这幕戏，要自己收场。在不可预知的未来，我能相信的，只是现在、此刻。

在我们一路行来的路上，人与人相聚离散，注定有些人需深情抒写，注定有些人却任由辜负，不管怎样，我们最终都要分开，太多的情深义重都会在岁月的无言里不值一提。

四十六年，无论我写下春草、秋光，已知止有定，宠辱不惊，拿捏好内心的风景，聆听岁月渐行渐远，因果自有定数。

四十六年，无须询问山河年岁，守住内心本真，将手中的杯盏，空至晚春，能许我浅笑而安。

四十六年，在岁月的教诲下，我恭迎重重暮色，学会原谅，懂得放下。原谅他人，原谅自己；懂得放下，懂得感恩。

人的一生，遭遇颇多，不顺意十之八九。事与事不同，人与人有别。不管如何，学会原谅他人，原谅自己，懂得放下，知道舍弃，是我们一生漫长的修行。

四十六年的今日，我已学会原谅他人，原谅自己。

我会原谅一个我不该原谅的人，哪怕这个人在背后捅我一刀，却是我用心对待的人，我也会宽恕他，因为他让我懂得世界，认清世界，我会用宽容、大度、仁爱来为过去的相遇说感谢，为现在的原谅说珍惜。这样的原谅，是一种风度，一种修养，是拔高自己，成全自己。原谅自己，就是相信自己，相信生命会包容所有的委屈，从而风光无限，旖旎无限。也许，时间不一定能证明许多东西，但一定会让我在原谅的过程中参透很多东西。

走过四十六年，我已懂得放下，懂得感恩。

知道人重要的不是要什么，而是不要什么。明年的花，不指望今年开。沿途风光再美，终会远去消逝，连同我们自己，某一天，也要将自己交还给岁月，由不得你我挣扎抵抗。我们，都是彼此的天涯过客，明知匆匆跋涉并非赶赴约会，但时间却让我们一往直前，不允许停留。

我们像尘世的清风，某一天，会与自己相忘于江湖，不敢回头。因为，任何一次深情回首都会让自己万劫不复，所以，我们能做的，是懂得放下，学会舍弃。学会思、学会悟、学会怜、学会舍，剔除该剔除的，放下该放下的，然后继续生活。人的一生，到最后，不过是春到冬、清晨到黄昏的距离，只不过添了些时间的过程而已。月上柳梢，茶凉言尽，一切都可以落幕收场，这是人一生的结局，谁能改变？人世间的规则，我们都要遵从。不属于自己的东西，握在手里，只会弄痛自己。

四十六岁，我懂得感恩。感恩父母，给我血脉生命，让我来这忙乱的尘世走一回，不负此生；感恩兄弟姐妹，有缘成为一家人，在同一个屋檐下度过我们的精彩华年，又各奔西东，扮演不同的角色；感恩缘分，让我与爱人风雨与共，生死相依，青丝白发，执手终老；感恩孩子，让我遇见世上最好的爱，岁月生香，快乐左右，享受生命中最深的温暖；感恩一路相伴的友人，落魄荣辱，巅峰穷境，侧伴左右，不离不弃；感恩每一个擦肩的路人，感恩每一道动人的风景，让我的生命在退潮的时候，看淡世间沧桑，内心安然无恙，不浮不躁，不争随缘，依旧保持优雅闲逸，享受生命里仅存的明媚。清茶待客，煮酒论诗，愉悦别人，温暖自己。

做一个温婉、精致的女人

在我青色既褪、妩媚暗生的年纪，一场浩劫之后，我的心被烙上道道伤痕，一片废墟，寸草不生。时光还没来得及留下一些痕迹，你就遽然隐去，揩去泪水之后，我的心痛了一下，痛得那些伤都回不到原来的位置。人生还未开始，这寒凉的世界已风卷落叶，雨打枯荷，这是何等的伤，何等的痛？

一伤一痛之间，岁月渐老，我的内心一次又一次被坚硬的时光划伤，我用我的痛去体会岁月的疼痛，我用我的沉默去聆听世界的沉默。故乡知晓我太多的心事和秘密，我必须出走，在我走过的路上，我将所有的线索一一切断，丢下原来的我，还有那段情感。

在举目无亲的城市，我像漂在别人城市的浮萍，伤心被加倍发酵。车水马龙中，烟火尘廛里，身上千丝万缕的阡陌神经都在疼痛，有心，就会有痛，一旦闭上眼，汪汪的泪水在我略一伤感或略一动情时簌簌往下掉，铺满整个世界，到处都湿淋淋的。那些场景配合着疼痛滚滚涌出，使伤口更加灼痛。在这个有着百万人口的城市，我的这点情感纠葛就如大海里的一滴水一样渺小，千千心结，不知谁来挽救？爱情这片沧海太宽，我真的无法飞渡。

距离和时间会分开很多，同时也会愈合很多。

孤单的生命，总是因为缘分而相遇的。我仔细衡量自己，为什么花了十年的时间去爱一个突然消失的人？我用一个晚上的时间来思考，思考的结果是，我其实已经不爱他了，那一瞬间的激情与爱情已经被时间远远抛后，我之所以执着、放不下，是因为我想知道，当年他是否同样动了真情？有多少感情可以一眼看到结局？在人世周旋，是不是也有爱错人、遇错人的伤心和惶恐？我们知道如何开场入戏，却想不出结局的台词，犹如生活，我们只能决定到来，却抗拒不了结局。

生命如同一列火车，沿途有数不尽的站台，没有一个人能够陪伴我们至终点，那些中途下车的人，或自愿或无奈，不是源于成长的必然便是源于命运的必然，选择会让一些人分开，一如你我。这么想清楚了，我也就原谅了自己。我用一个哭，击败了前世，用一滴泪，还清了一个人。雪寒三尺，冷不过心死，我以不屑，谢下前世之幕。

青春已过，世情洞然。白衣锦盛的年华里，爱情其实都是我一个人的，我们谁都没有错。一个生命的受伤，经常是出于一个偶然的误会，一切恨意皆爱意，原来要计较一个人，也是那么难，过期的感情，自然要被删除的。有些人，有些爱，注定只能陪自己一程。那些伤痛，不过是巧合，堆积在一起，蒙蔽了我宽忍的胸怀。我必须停止哀怨，因为这是唯一可以获得心灵平静的方式。

岁月是一次无法修补的错误，更是一场多么大的骗局，在朝九晚五的日夜拼打中，对往事的怀念已经越来越浅，伤痛终于让我成熟。岁月也是一个好老师，当年那个躲起来哭得天昏地暗的丑丫头终于可以在岁月的教诲下，亮出在爱情过程面前的骨气，治疗伤口，并忘记一切。我用五年的时间，把自己长成一个美丽从容、温婉精致的女子。原来，心的坚强来自于内心世界的丰富和充实，别把旧梦放到崭新的生活里，爱情，不是生命的全部，只是我路过时盛开的花朵。曾经的爱早已远离，渐行渐远，而我，却在日渐成熟长大中学会放手，更不动声色地隐忍生活的不易和苦难，因为我的幸福需要自己的成全，丢了的自己，我要慢慢捡回来。

我明白，一个真正放得下、懂得爱的女人，绝不会把自己拴在一份逝去的情爱中悲悲切切，只把那些日子当成一段最美丽的回忆，就当是自己花一辈子的时间用来观赏的风景。迈不过去的坎留给来生，我只用今生的时光体谅岁月，写诗弄花，把忧伤转至无痕。

跨越时空，先前的经历已是前世。以更宽容、更坦荡、更从容的态度对待人生、对待爱情、对待每一个从我身边走过的人，以温婉的心，欣赏从我身边滑过的一道道风景，因为，宽柔的人无暇顾及悲伤，尤其是成全了她幸福的悲伤。

如今，我把之前的一切掩至无痕，把前世的所有苍凉打成一个死结埋藏，向过去挥手道别，同时也接受尘世的挽留，把今生安静成一株植物，静如处子，不蔓不枝，不与群芳争艳，静心素雅，淡看浮华。在红尘一角，放养一间书屋，安静书写和阅读，春风才情，残花煮酒，醉眼写诗，看尽三千里曲折，凭着三万里风声，盘点流年。

我每天把自己的心打扮得精致清香，将由内而外的温婉善良展现给生活的每一天，不急不躁，心安脉宁。不论身边是否有人疼爱，安然对待，笑看人生，波澜不惊。以万千柔情纾解羁人的千般苦难，用善良温婉的心把岁月的苦寒织成温暖的锦衣，温暖自己，温暖他人，深爱自己，深爱他人，像唐诗一样生活。因为接下来的每一秒，都是越走越凉的光阴。

一块墨玉，化身为水，便是一道微澜，一泓、一隐，把愁扩展，如绕指柔。

一个聘婷女子，身着旗袍，如静水一杯，在一首诗里，低眉俯首，步履翩然，在宛若经年的幽深里风起云鬓，演绎万种风情。

初夏，满园的草一直把花开到门槛边，每一个新鲜日子便被打开。窗外，浓绿淹没尘世，青苔爬满老墙，落叶堆积寂静。房间里，我在一首词中，认出了我红润的手。青花瓷静开，木椅的年轮里，尚有未及念完的经卷，枕边的诗集翻到动情处，眼泪落了下来，而总有几页，芳心辗转成尘，尘中长出藤蔓，在香气中暗红，不能轻轻翻过。

这是我命里的岁月和旧时光。

院落深深，中庭芭蕉如盖，海棠开至荼靡，檐雨清脆，还有微风鸟鸣。一曲残笛，如忧伤的光芒，刺穿时间的硬。我静坐书斋品读诗书，被一阕宋词洗成如花少女，前生的痛，在书卷里看光阴交替，从杨柳依依的堤，摆渡至烟花纷飞的岸。我确信，那个身着旗袍，手捧诗书，静弹箜篌的女子便是真正的自己，便是我不惊不扰的前世。多年后的今日，在旧时光里，有缘再度相遇，我们，是初见还是重逢？

人的一生，注定是有因果的，一些东西，早已在命册中写好。

人的一生，没有谁的过去是一纸空白，总会不断有故事填满其间，即便删除前世的所有记忆，冥冥今生，总有踪迹可寻，几场春雨芳菲，几度新月变圆，年华老去，旧事温暖。我们，谁不是带着故事来完成降落人间的使命？只是，人生不同，故事有别。

一朵花，可以通过树枝传递春天。

一个人，能在今生的胎记中找寻前世的影子。

只是，时光太久，众多神秘的踪迹，从哪个朝代掷来，横竖充满玄机，隐含了现世以外的力量。

风徐徐，雨纷纷，斑驳的城门盘踞着老树根，旧故里草木深深。一弯溪流还是唐宋时期的水波，这让我莫名的想起客栈、陌巷、箫声，远去的蹄声，落入谁家的院子，花事将息，被一场小雨带走。百媚千姿的柔软，被拈花的人，一点一点删去。

浮生有约，我婉约在一池素色莲荷间，和自己的过去猝然相逢。琴声幽怨，穿过疏桐重门，旗袍女子轻拂云鬓，凭栏眺望，一行清泪，从眼里溢出。落红片片，堆砌青石台阶，菲拂疏影，浅浅清丽。

秋声霎时袭来，金戈铁马远去，良人半生戎马，浪迹天涯。人生春秋，谁来解读？锦瑟年华谁与度？烟柳断肠处，我描着青花，眉间的胭脂，是流淌的花朵，轻轻隐入筝音缭绕的阳关三叠。陌上垂柳，唯管别离，关山两地谁梦谁？相思已放下，纯粹的好时光，已明日黄花，行云流水的一生，风波四起，在无言中谢幕。

曾想白首江南，只是聚散无常，时崖两岸，烟花易冷，人事易分，人远天涯远，江湖两相忘。

青山郭外，门前流水，又添新愁。前世不再，流年如梦，旧时光已走远，但我依然可以在江南黛瓦白墙、微风细雨中找到一段永远青翠的回忆，依然可以再次与自己重逢。那个身着旗袍，清丽温婉从幽深弄堂里走出来的女子，定会照料好自己的诗酒年华，不疾不徐，心若芷兰，把自己酿成一坛芬芳的酒，让人闻香即醉。

血脉为鉴，亲情永存

我一直相信，一个人和生养过他的土地，一定存在着某些非智力所能解读的神秘关系，隐藏着迁徙的密码，像血脉一样植入骨髓。多年的力量，会把一个少年的乌发染白，把一个人努力珍藏的履历变得抑或清晰抑或漫漶。而每一个人，亦如每一条江河水系，各有自己的支流，而这样的流水，会把我们带进生命深处，而我们就在大地上这样奔流，不断播下自己的种子，让我们永远都在故乡土地的庇护下行走，永远都不会忘记关于供养和哺育的事情。

故乡如同胎记，深嵌在每一个人的肌肤之上，就算你在弱冠之期走了出去，天远地远一别经年，纵使你看起来已经融入异乡的群体，还是离不开故乡无处不在的气场。

今年的春节，注定血浓于水。

大年初二，我还在广西逗留，接到父母的电话，我四十年未曾谋面的父亲的堂弟大爸、小爸两家人从武汉千里迢迢回到老家过年了。假期短促，可能他们会提早回去，让我尽量早些回老家，大家团聚团聚。

　　匆忙吃罢午餐，就马不停蹄开车上路了。五百多公里的路，雨雪凝冻，仍然挡不住我抵达的步履。爱在那里等着我，我不可能失约。紧赶慢赶我们还是走了七个多小时……

　　老家的大门吱呀推开，一股陈年的烟火气便透了出来，一大家子二三十人围坐在一起吃饭，炊烟袅袅雾了玻璃窗格，这已是人世万家灯火里最平实的一盏，有着任何光照都无法比拟的辉煌色彩，而它的光芒毫不费力地灌满老屋的每一个角落，温暖、温馨、祥和。

　　举杯把盏间，那些幼小时久远的话题还保留着原始与本真，一种温情萦绕在心里，仿佛清晨仍在梦中，但市声已入梦来扰，在梦中放眼望去，好像那是旧情景，这种情景就带着亲情血脉，不管以什么方式重新出现，均与儿时生活过的所有旧物旧景相接。那些仿佛是从没觉得消失过的昨天，就像我一生居住在那里，从未离开过。

　　往事过往，依稀可见。我听见遥远的声音，多年前曾在一起玩耍的我们，蹒跚着，走在老屋曾经破败的堂屋和天井里，那些漆色斑驳的旧物家具，曾经被我们好奇的目光无数次触碰过。家有家的语言，比如一张老床、一个衣柜，都默默地诉说着一个家族的历史。我们的过去，是懵懂而空白的，因为彼此生命的单薄，唯一能从对方身上分享到的，便是儿时稀缺的记忆。

酒过三巡，烟馨半听。在老屋亲情融融、血脉浓浓的空气中，我深深呼吸，辨别一缕四十年前的余温。血液不再喧哗流尽，被血脉浸润的老酒，流淌的香气越发芬芳，触摸那些"此去经年"的旧物和旧事，儿时的记忆便优雅地绽放开来。

远方的狗吠声把冬夜拉向深处，亲情血脉便流淌在岁月深处，使远行的游子疲惫的灵魂真正如暮色中的鸟一般归巢。也许，在生命的迁徙中，大爸、小爸他们经历了无数次的拐弯，而这一次的回来，是如此的壮阔，他们在浩浩荡荡的时代潮流中承受了一代人必须要承受的所有苦难。

大爸沉默寡言，大婶热情奔放，和我同龄的小爸小婶也是性情中人，有纵酒狂歌、仗剑天涯的豪情。借着酒的力量，一曲《把根留住》回荡开来，"一年过了一年，一生只为这一天，让血脉再相连……"。深邃的辛酸被迅速重新拾起，血管里流淌着生命最本真的回响，直唱得小爸哽咽无语、我们泪眼蒙蒙，被时光洗劫了几十年的情感，在此时恣意展放。原来，柔软的心，每个人都有一颗，最刚硬处，也一定会是最柔情处。

曾经我们怅怅地对望，中间隔着一条岁月的河，一条看不见的边界，从此把我们分隔两岸，今日重聚，百感交集，五味杂陈。

我不知道，有多少人还能拥有一片属于自己的故土，也不知道，还有多少人能在自己的土地上一个人气定神闲地踱游，但我知道，一个人需要明白的，不过是自己梦想远行的道路和自己迢迢回来的归程。启程，是沿着各自选择的路径离家远行；回家，漂泊的灵魂才会踩着月光回到自己的故土。

因为，人生的初始地，永远是生命的母土，永远是家族血脉的源地。

近乡情怯

　　我一直相信，人生的初始地，永远是生命的母土。

　　此刻，在离故乡越来越近的时空里，一些往事，一些温暖，如同稀疏的水滴，从车窗玻璃上零星而漫不经心地游荡，散落四周。而我，则如远山湿润的枝条上，那一枚将绿未绿的叶片，为渐渐临近的春风，怎么也抒写不好最后的一句。我可以追回冬天的一些记忆，也可以拥挤到下一个春天，唯独，不敢走进故土老去的旧事里。

　　在越来越近的乡土上，我不得不轻轻放慢脚步，生怕打扰这安静的时光。

　　近乡情怯，曾经的一曲离别脂泪，如一缕暗香，成了我漂泊岁月里无法破译的谶语和预言，一页一页，致使我生命中的一大段光阴，停滞或消失。异乡如境，照见过我生生不息的喜与愁，异乡的风，从不停止，也不缓慢，让我在故乡与异土间隔着的距离变得忙碌而慌张，即便我心素如简，心静如兰，满城的风絮，依然匆匆，无法带我走近故土的一隅。故乡、异土，这原本多么不兼容的两个对立面，却原来是有重叠交融的可能的，他们之间究竟有多少内容需要穿越？有多少情感需要填充？我不得而知。

故土在眼前，白云顶上的一行晴雪，粉面桃腮，莺歌燕语，捧出春暖花开的灵魂，梅花只剩下三两枝，我梦里箭豪，安住笔墨，读信映雪，倚马写诗，却怎么也无法打开故乡的大门，不敢再将内心珍藏的故土旧事一寸一寸翻阅，我拙笔的回忆，描述不准少年时心灵的感动与遗憾。

二月的春风里，重门依然紧锁，栅栏阻隔的霜华，让许多时间沉淀下来的真相逐渐疏远，埋在春天的草香里，与轻浅的花朵静静安守。风一阵一阵，敲打着往事的檀香，一扇半开的门，两扇紧闭的窗，让我在回家的路上搁浅，一些不知名的鸟掠过眼前，抓住半空的枝条，晃晃荡荡间，悄无声息照亮了我生命中的柔软时光。

薄酒尚温，炉前沉醉，注定被忙碌的日子错过。

提篮烧酒，品杯香茗，已被我一一忽略。

千年烟云流转，不知是我虚度了时光，还是时光虚度了我。一路走来，走老了岁月，走旧了往事，让我误以为年华忘记了更换，故事发生在昨天。只是，每一程，都有我路过的痕迹。

隔了故土粗糙的路程，我曾写诗弄花，忧伤便转到异乡的暗处，我将痛放在诗旁，门外小径，满是落叶，台阶生寒，明月苍茫云海间。多年后，当我真正从伤口上醒来，当所有的伤心渐渐褪掉，我启身回故乡，春天的脚步，微弱而真切，打破我宁静的表情，而我，无法承载那些抒情的诗行，无法从容走进故乡的土地，只在越来越真切的故土边沿，胆怯而慌张，不知所措地遥望，用双手捧着一段时光，让故乡的风反反复复在此间走了好些年。

对于我，故乡这集书是缺席了的，反之，我这一集在故乡那里并非全篇，而只是选段，每一次回乡，我都以极大的耐心阅读，一页一页，却怎么也无法完成哪怕仅仅一次的认真翻阅。我知道，故土不需要提及，家人需要安顿，而我，却发现自己在归途上如此小心翼翼，如此乱了步伐，更无法抵挡时光紧逼。

故乡的街道间，乡人笑意写在脸上，彼此不问来处，也不问归时，离别和相逢都是生活寻常。一路走来，老人三两闲坐摆谈，慵懒的小猫盘坐脚下打盹，邻家门扉半掩的院墙爬满嫩绿，迎春花探过院墙，与时光共度芳菲。

故乡青山绿水的问候，庭院深深，花草初茂，让我依然相信，在故乡的土地上，我依然会继续撰写诗行，不需承诺，忘记年岁，平息内心的纷扰。然后，从从容容推开家门，走近自己心灵的宿地。

原来，故乡并不遥远，不过隔了一程青翠的山水。

回家过年

漫长的冬天，大树把所有的树枝竖起，迎向天空，等到春风几度后，又枝叶繁盛，畅想长空。而它的根，却永久地、牢牢地扎在土地深处，成为一个家，成为一切的渊薮和源泉。树如家，家如树，在岁月里见证风云变幻、云卷云舒，目睹人生际遇、因缘交会。

又到春节，想家的日子，我自己划伤自己，露出疼痛的乡愁。南来的风毫不吝惜地让我知道，我的挂念、父母的惦记和唠叨，透露着一种幸福、团圆的讯息。暗暗回头张望，在我并不深的梦里，石板路尽头家里的那扇窗、迎我回家的婆娑灯影，让我深切感恩并深深叩拜。偌大的世界，总有一隅，是安放我身心的摇篮，在人海浴潮里碰得头破血流的我，幸而还能回到那里，回到那棵大树，舔砥自己的创伤。风雪起，不把流年说破，只把故乡当杯盏。

我一直相信，家既是生命的开始，也是生命的终结，无人可以企及，无人能够坦然面对。而于我，家的概念，绝不仅仅是一种回去的方式和地方，它是值得以命相许的。无论是情感本身，还是情感生成的土壤。

紧赶慢赶，终于还是在除夕当天回到了家里。家的灯火红红亮亮，芳馨花香，暖醺醉人，最美的一副春联，飞在时间深处，贴在家的门框，让我想起一些关于幸福的话题。家的灯火，隐藏着多少不为外人所知的秘密和何等深厚的感情，平民生活的美满与生动，如一朵莲花，饱含安详与善良，滋润着艰苦的人间岁月，给我生命的力量，让我在此生有限的长度中，让生命更加宽广，以更加宽容、谦和的心态对人对事。

回家过年，是每一个儿女陪伴老人的一种方式，是世间最大的孝。虽然我们一生都在旷野奔跑，离愁一盏，漂泊一壶，独守一段故事，独饮一杯残酒，奔跑到自己的尽头，却在回家的路上一步步长大成人；虽然曾迷失在千里之外，但总能辨出顺风飘去的家的一丝一缕炊烟，并循着她一直找到家，守着除夕那红红暖暖的灯火和两鬓双白的亲人。

多好的节日啊，再不用去做永远做不完的工作，再不去扯怎么也扯不清的情感，再不去想没完没了的事情，一家人团团圆圆围在火炉旁，雾气氤氲，新茶正好，灯火、炉火的光照亮青花的瓷壶，流转几多亮光。彼此的目光把一年到头都无法打量的彼此认认真真地端详一番，岁月在父母的双鬓结满霜花，老一辈的感情表达是典型的中国式，花落不闻，水流不动，深潭一般波澜不惊；我们的眼角泛起鱼纹，朝为美少年，夕暮成丑老，任脸上平静的微笑掩藏内心翻滚的波澜，向旧时光讨一些温暖；小辈也长高了不少，血脉相连，生命盎然滋生，无数根深蒂固的印记都在血液里相系。一家人围坐火炉，外面的寒冷变得更加遥远，凝眸处，火炉的唇焰给我们构筑了一个通透微朴的世界，也激活了我们特别是父母心中潜伏了很久的民间传说。旧事脉络分明，可回返，可前行，小孩子们嚷着要听故事，大家顺理成章地就把这一根话头牵系到另一根话头上，于是，大家讲起一些故事来，从童话讲到传说，从演义讲到鬼怪。在岁月的长河里，这些童话、神话曾以不同的风景和色彩出现在我生命的左岸右岸，仿佛自己还是那个目光清澈、白衣胜锦的少女。

家的炉火，散发着唯有我知晓的光泽，有多少的回忆该被我们忆及？曾经烤焦了苦寒的岁月，也煨软了坚硬的辛酸。今夜，在烤红我们双颊的同时，也点燃我们对来年美好日子的憧憬和打算，更烘托着我们对未来的种种幻想，同时，篡改着我们对白贫往事的记忆。想想这些温暖，想想这张张笑脸溢出的幸福，我一颗低到尘埃的心也被幸福溅湿了。

除夕夜的灯火、炉火如一朵朵朴素的花朵盛开，温暖着我们红尘中的心，足以将我照彻；除夕夜的感情、亲情浓烈醇醇。我们开怀大笑的刹那，世界应不应该是满面红光？一年的打拼剥夺了一家人彼此应有的关爱。回家过年，真好，一年之中就这么一刻感到是在家的中心，是在爱的中心，是在幸福的中心。我们是不是应该花更多时间活在彼此的世界里，不离不弃，才能酿造出味道甘醇的好感情、好亲情？

今夜的温暖，当由一曲团圆词来完成。写一句祝福，惹一身幸福。一个新的开元，因亲情而研墨铺纸。

乡愁的模样

故乡是一段情，乡愁的模样清晰而疼痛，像一种伤口，酽酽的，分泌幸福，也沉淀人生的诸多磨难。

人到中年，放下的事情越来越多。看山看水都是另外的模样，听风听雨已然风轻云淡。任何留恋都将坠入光阴的轮回，多年的修炼也会前功尽弃，这不是随遇而安，而是静水深流的沉静。点灯、读史、闻墨、听茶，亭前听昆曲，雪中品佳茗，只有故乡的山河还可以容下我匆忙的步履。引朱砂，轻提笔，我提前画下的终要归去的万里河山，一身锦绣，将时间缝合，证明那是我在人间爱过，梦里念叨的乡愁的模样。

年复一年，窗外的桃花亦落了一地。

想起故乡，一触即痛的地方，一天就能书写一生的忧伤。但我相信，那里时光不老，刚好可以安放，我漂泊已久的华年。

一个人与一个地方的缘分，可以用一些词粗略地概括，也可以有太多无法说出的理由。

世间如此茂盛的荒凉，一百年的光阴无人翻阅。我匍匐于地，甘愿与故乡的尘埃同在一起，只为将命运生生世世搁置于故乡，用一条河水的清澈，容下一个人任何的杂念，然后慢慢领悟和修行。

穿过发黄的书页里那些陌生的村庄城镇，穿过曲曲折折的回不去的故乡小径，在密不透风的语言丛林中，我整整跋涉了四十七个春秋，光滑的青春，被汹涌的岁月逼退。听完一潭碧水，踏遍席散的春风，写尽杨柳岸的雪月诗，借完旧朝的好风雨，试着用一段河山，替换另一段岁月。故乡的门槛边，是我容身的荒芜，落笔下去，世事空明，每添一笔，都渗出乡愁的模样，泼洒出内心的水墨。

远处青山，不时有飞鸟掠过，像无名的迁客。

当我在异乡心事重重的时候，正遇上雨季。

屋檐叮咚，流水穿过瓦当，燕巢已空，余温尚在，谁的脚步发酵了深藏的诗句和古酒？马蹄乱响，叩不开故乡小楼，烟雨朦胧的他乡，还需要我怎样的多情，才能放置我春薄秋误的一生？才可以将世俗纷扰抖落门外？才可以用灵慧的目光温暖我潦倒的信念，圆一段本该圆满的姻缘？

高山流水，人世之缘，一生中很多的光芒，都被错过。残叶渐褪的秋天，黄昏已淡然，明月早孤单，我，已路过此生的大部分地址。唯有故乡的青山，雪落了一生；只有乡愁的模样，画成浅浅的微笑。拭去时间的尘埃，故乡，依然站在那里迎我归去，繁花似锦，云烟散尽，乡愁的模样依然清晰如故，在我路过的心上成为标注，每一烙印都足以让我情定终身，却又让我万劫不复。

虫草不知秋日辽阔，年复一年，我随秋风老去。

流光细细擦过身旁，留下伤，留下痛，也留下关于故乡的琐碎怀念。一席茶，一池水，熏香迟暮，花馔青灯。坐看秋色，凝望一池涟漪，有些故事，除了回忆，会留下什么？有些东西，除了自己，谁也不会懂。

此生，我途经纠结、疼痛，放下欲念、负累，走过坎坷、风霜。时间掩埋了最初的泪水，我在时间的怀里想念远方的那座城池，而故乡，则成了唯一的画面，一笔一画都用尽水墨，把握得极有分寸，成为我生命旅途中不一样的内容和模样。

故乡，有过我的青春，现在开始收藏我的皱纹。少年时的矫情，坐拥江山的幻想，爱嗅青梅的女子，守着烟雨楼台，折叠年轮的花瓣。山河还在，城春草木深。谁的尘世，不误春风，却被秋风误，回过头，余生了然，竟无一物。只剩下我与故乡，相互致意。

百回千转，相思几度，咫尺、天涯，这便是我与故乡的距离。如果可以，让我以一朵花的姿势，盛开在故乡低低的门边，不紧不慢，消磨书窗和弹雨，研墨、作诗，耗尽白发，在回味中度过安然平静的时光。喝几碗禅茶，读几章经文，看一场菩提花落，休管明日红肥绿瘦，也不去预设他年的霜重风冷，且将乡愁随身携带，兑换一场花好月圆。

10月，微凉的寂寞已来到这个城市，路边的梧桐树叶开始片片飘落。一个人，走在回家的路上，有种掠过双肩的萧索迎面而来，让我突然想起千里之外的父母，想起青瓦白墙前端坐着双亲的老屋，心，霎时离温暖近了一步。

父母生活在千里之外的一个小镇。20世纪90年代末的一天，我手捧大学录取通知书，怀揣理想上路，然后在这个城市独自成长、工作、恋爱。遍尝了仰人鼻息的艰难、屈辱和偶尔拾来的喜悦和幸福。而父母，则在故乡深处背负着辙迹和晨昏苍老了、疲惫了。

那个时代通信不发达，与父母唯一的联系便是每月一次的书信，而我的问候和父母的嘱咐总是要风雨兼程跋山涉水才能彼此到达。后来，父母装了电话，每每我想家了，就会到学校公用电话亭给他们捎去我的问候和想念，但是，那样的问候毕竟是有时限的，而父母，只能把对女儿的爱和挂念一点一滴托付给传情的鸿雁。

每次收到他们的信，一个人在校园的一角默默捧读，童年时代各种各样的陈年旧事开始在心里亲切起来，并向我鲜活走来，我的世界由此壮观丰满。

时间很快，我在这个城市有了一份稳定的工作，我给父亲买了手机。自此，与父母的联系便从写信时代直接跳入了短信时代。收到短信时那份触手可及的亲情会写在我脸上，舐犊情深的日子就会走来，让我开心快乐地工作和生活。在别人羡慕的眼神里，我感觉自己永远也不会是一个浪迹天涯的人、永远也不会是一个离家在外的游子……

1998 年的冬天，我游走在失恋与病痛的困境里。

大雪纷飞，漠然的雪足以覆盖任何的热情，身边的一切对于处于命运低谷的我都是不可破译的残忍，寂寞和无奈封冻了远处虚拟的春天，命运似乎切断了我所有的退路。岁月深处，藏着我看不见的暗伤，在艰难的世态里，我变得更加容易受伤。我居低处，以谦微之姿看这个城市悄然发生的变化和身边来来往往的人流。千里之外的父母通过手机问候、短信鼓励，使我学会妥协、学会洒脱、学会不动声色地隐忍。仆仆光阴中，那些与记忆相融的亲情，在潮湿的岁月里，与我的生命沾连、重叠，唤起我勇敢向前，不能停下。

那些日子里，凄风苦雨总是那么多。一天三次，父亲会用手机把他的话发来，将我的悲痛与哀伤衔起，再把我的心暖热。让我在寒冬时节的翩翩飞雪中找到热腾腾的亲情和爱。

父母的爱啊，不经意间，从千里之外一点一点向我移来，无论我有多久，有多远。

而我与父母，因为有了这份移动的爱和温暖，都没有走远，都在彼此触手可及的地方。

陪父亲一程

2013年12月20日中午，所有的岁月涌来，时光停下，我的正午，满地泪水。天空无法收留伤痕，寒冷的风推开记忆中的院门，曾经那棵护佑我的树荫正在坍塌、缩短，以一种无情的力量走向，沿着我的血脉，迅速地切断我回家的所有途径。来来往往的风，在我的周遭滴着泪，一种钝痛包裹着我，深到骨髓里，深到血脉中，深到无人能够抵达的心底，我无法呼吸，毫无征兆的悲剧，在命运之神的安排下，把种子埋下，我长歌当哭，落泪成河，却无能为力。

我清楚地记得，接到父亲病理诊断通知书的那一瞬间，我的世界訇然倒下，医院的廊灯和窗外灰暗的天空映衬下，每一个字都扭曲变形，每一个字都狰狞可怕，我能在每一个铅字上触摸到冷彻血肉的冰冷。医生再说些什么，我已听不见，无法听，我的心，被搁置在荒瘠的山间，人生如此不济的时刻，命运也显得荒凉至极。我需要冷静隐忍，然后默不作声地接受并隐瞒事实真相，陪父亲一程，不敢再错过与他生命中的任何相守时刻，并把他的一切深藏心底，不放弃一点一滴。

也许，我们生长与成熟的过程，人可以企及并参与，但生命的颓败和老去，病痛的折磨和撕疼，我们却无能为力。我只能用沾满泪水的指尖，一字一句的书写着，那些与温暖有关的细节，与父亲的种种，再也不敢想起，却永远不会忘记，只能以伏笔的姿态成为内心深处永恒的悲伤，而这些惹人心疼的伏笔，一遍一遍，却是为了把我伤得更痛。

遵照医嘱，为不使父亲怀疑，也为一个善意的谎言，我迅速为父亲办理了出院手续，并违造了一份假的病理诊断书。从医院回家的路上，我内心挣扎而彷徨，在纠结与困顿中，我躲避着一些事实，仰天流泪，人世间的一切不公正，命运的蛮横无理，锥心刻骨地镶嵌在我人生的每一步。如果这个无可奈何的事实需要用我与你一生的不见来偿还，父亲，我愿抓住你的手，让你带我走，但是，我不能，我还得强装笑颜，隐瞒真相，陪你一程。

一阵冷风又一阵冷风吹来，像七年前吹走我爱着的一个亲人，而今，又要吹熄迎我回家的一盏灯。我只能望着路边的枯树，或许还有一两片未凋落的叶子。生命太过安静，生命过于凌厉，我需要一种疼，需要一种勇气，来唤醒昨日的如花笑靥，来回忆一双小手被一双大手紧紧牵着，温暖和亲情深楔内心；我需要一个慈爱而严厉的亲人在前方等我，由任小南风，轻拂一些细碎的往事和幸福，用一页一页的诗文，安抚内心，开成幸福的伤。

然而啊，人生是一次没有返程的旅途，少年青丝已成霜，往事明明灭灭，牵扯着我的血脉和经络。我不是一个敢于触摸伤痛的人，不是一个能把心中伤痛抒写出来的人，父亲，请允许我浩荡的忧伤一次，铭心刻骨地痛哭一回，在贫贱中学着感恩，把自己完整地还给这个家族。

父亲在我强忍眼泪的欺骗下，精神出奇的好，仿佛胜利而归的勇士，宛如重生一般。

在父亲的提议下，我向单位请了假，陪他一起去他年轻时曾经生活、工作过的一些乡镇。

物是人非的地方，父亲找不到当年居住过的房屋、工作过的单位。我和父亲茫然地走在小镇上，淅淅沥沥的冬雨，滴答地叙述着很容易让人抵达的回忆。人在羁旅之中，千里之后遥遥的归心，该托付到何处？每个人生命里都有那样一段惶急的心情需要托付，这样的托付也许不是一个地方，它只是一种状态，一种心情。细雨敲打在我心里，敲断了我多少的心事，更敲断父亲多少的失落与遗憾。

每每遇上稍上点年纪的人，父亲便与之打听，打听他记忆里的那些人和事，但都没有得到满意的答案。我与父亲失望地站在于我们有些陌生的小镇街头，不知道下一步还要不要继续探询？还需不需继续追问？此时，一位与父亲年纪相当的老人迎面经过，父亲便与之寒暄起来，再一次提及那些人和事，两个老人谈得倒是投机，一听到那些父亲年轻时曾经熟悉的人已经不在，父亲不免摇头叹息起来……

我站在离两个老人两步远的距离，认真聆听他们絮絮叨叨的诉说世间旧事，吟诵内心的山水和感叹尘世的荒凉，手中的笔，始终写不出父亲高过故乡重叠的背影。

风从远处捎来声声叹息，是否还有痛，是否还有锈迹斑斑的故乡山水？我不知道。也许不久后的一天，父亲，你会从光阴的缝隙漏走，我不知道，能不能在水尽山穷处找到你前生的脚印？

百年之后，我已是另一个我，我是否将和你再次相遇？再次认识？我奔跑整个冬季，坚守在你的气息里，只为赶在百年之后，在春天的路口和你相认，但是，马踏月白，瓦渡葵星，只有一页沉默的菊霜，牵着我们看不见的未来。今生苦短，父亲，我们要怎样才能概括时光改变的生命？这一生到老，我们都没有答案，三生约定，百年相逢，我们相隔的只是一段岁月。山有棱，水不竭，我岂敢与你走散？

父亲，我只能陪你一程，只要你伸出手，就能接住春天递过来的温暖和芬芳，因为，我们都走在通往春天的路上；因为，我愿意，在另一个世界，重新与你积攒缘分。

写给父亲

　　父亲走后的这两月，我不敢提笔，不敢去想关于他的任何种种，偶一想起，泪水比雨水更稠更酽。

　　三月，稠密的雨水让苔藓发绿，四周的植物都在生长，我不敢与之对视。在一朵花里，我看到了春天，也看到了埋藏，每一片辨着风向飘去的落叶，匆忙之间奔向未知，沾染伤感，无意中成了我挥之不去的疼痛。掩面而过的文字，被悬挂在飘起的经幡上，经不起生离死别的一握揉皱。父亲，再没有呜咽的洞箫划过烟雨，再没有归棹的桨声轻叩季节。帷幕重重，遮蔽了整个春天的花事，一些云烟，一些往事，告诉我无凭，我只能梦中寻您，却被西风扰，执笔待把哀思藏。

　　大雁飞回故乡，如一把剪刀，剪碎一切。从此，父亲，我与您，阴阳两隔。此岸人潮涌动，彼岸静寂，孤影萍踪，您在哪里？我只能在生死轮回的夹层里泪流满面。

　　一条大河，从身边匆匆流过。从青丝黑发

至两鬓如霜，洗清骨骼，翻晒灵魂，读懂山河，随遇而安。您手中的杯盏，斟满云烟，浑浊的老眼洞穿岁月的一切隐秘。这样的苍茫，这样的奔波，您已厌倦；这样的疲惫，这样的牵挂，您已不堪，所以，您解鞍归去。在荒芜已久的田园，时光慢下来，世界静下来，您丢下我们，越走越远，在一个人的行旅世界里，找到疗伤的词语，抵达云烟彼岸。于您，红尘戚戚，已不重要。

原来，父亲，您已只是一个寂寞的男子，是人世间伤心的过客，或者是一个归乡寻找记忆的人，让我在回忆的往事中，潸然泪下，花落断肠。砚台边您留下的字迹，翻到动情处，眼眶还是忍不住红了又红。我和伤口回忆您，却忘不掉痛。

春天，繁花似锦，掩不住周遭萧瑟；笙鸣箫和，遮不住雁声悲喉。窗外的暮色淹没着尘世，霜色深潭，骨缝中的刺痛，怆然泪下，眼前的山河缓缓退至混沌。

红肥绿瘦的春天在眼底下穿水而过，被折来折去，已经痛失家园，虚构的春天在远处轮回，早已痛彻心扉。我轻描淡写画故乡，却不肯再向世人提起过往。这风尘的世间，虽然烟火蔓延，却为您的转身找了一个苍白的借口，父亲，我们将从此永不相见，后会无期。

这个春天，无论我写下春草春花，一些花草，仍旧迟迟不肯还原本色。一只蝴蝶凭空又添了些时间的过往，比乡愁的颜色更深。转过身整理家书的我，不能准确地找到故乡的房檐，除了仰望，我更愿意对着浩大春天，喊出想念的至亲，然后，以手接雨，返回故乡。

朝霞暮景，这是人生风景和必然，仿佛人一生的颜色，色彩不浓烈不足以和这个世界抗衡，只是，总有那么一些景致让人铭心不忘；总有那么一些时刻，让人疼痛不已。只是，父亲，您的忧患总是接踵而至，您没有太多的光阴从容面对，您一生为儿女奔波，扛下无奈的岁月，空老了自己的华年，收不回失去的江山，尘满面，鬓如霜，您为我们留下了一种与众不同的不朽。父母天地，儿女香火，都是我与您，一生敬重与相守的内容。

父亲，再多的百转千回，怎样可堪言说？青天朗朗之下，多少人间前尘往事袭如烟痕。您的一生，总是风波四起，绝不安稳，但您，终究还是做到收放自如，懂得取舍，以踉跄的姿态，在熙攘的市井探寻一种适合自己的生活方式，默默地与人间万物交好，隐忍苦涩，照料好儿女的年华，安排好一个家族的归宿。

很久以来，我在内心深处一直想无数次聆听您的教诲。也许是一个阴霾的天气，也许是我某一意想不到的时刻，您的气息突然扑面而来，如在我的精神中敞开一扇宽阔的大门，在我未来的、次序连绵的路上，促使我重新开始另外一种新的表达或抒写。

春天斑斓，微波荡漾。时光慢下来，世界静下来，您将经历没有烟火味的彻底的寂静时光。

心会生出古老皱纹，石头可以不计春秋。凭着血液，我顺着您的方向，乞求那些与您为邻的花草、飞鸟，替我照料好步入彼岸的您，用最安全最合时宜的方式，与山川大地厮守。让尘世的问候和温暖支撑您的孤寂岁月，在滚滚红尘，用慈悲之怀，守住内心的锦绣，迎接这春风轻度的早晨。

一管狼毫，迟疑着为您深情用尽笔墨，留白处，是我为来生的缘分写下的落款。

替天堂的大哥看世界杯

　　其实，对于足球，我是典型的伪足球迷，根本不懂，以致有朋友还嘲笑我，连一个简单的"越位"都解释不清楚，更别说其他高深的了。但是，这么多年来，为了大哥，每届世界杯，我都孜孜不倦，熬更守夜，尽管第二天早上还得按时起床、按时上班。

　　人生在世，浮生若梦，聚散不由人，真的有许多无可奈何。那些记忆中的事、记忆中的温暖，跟随自己天涯海角，沉甸甸地搁在心中，无计可消。故人孤帆远影去，两岸烟云水茫茫。在大哥走后的这么多年里，我只能静静地看着无常因缘的生与灭，含断今生与来世，坚持守住一些与大哥共同喜爱的东西，这样，那些美丽的亲情才会一直在回忆里绽放，才不会在光阴中褪色；这样，我才知道，天地阴阳并不是遥不可及。

　　大哥走后，我也独自看了两届世界杯。

　　回首与大哥一起看世界杯的日子，透着光亮与暖意，那般淡然、安详。

那时，还是马拉多纳的时代，那时，我们不知道，相伴看足球赛的岁月有多久，又会发生多少变故和身不由己？那时，我还只是白衣素裙的如花年华，青山悠悠，紫花嫣然，我能真切地感受到真正且深刻的亲情与幸福。尽管，对足球的爱好只是随大哥的爱好而爱好，只是深夜或凌晨陪他看看球赛而已，只是随他的兴奋呐喊而心不由己地变得陪他欢呼雀跃，但这些陪伴的岁月，不仅仅只是陪伴，真正让我怀念的是陪伴时的心情，快乐安稳，亲情浓浓，温暖且真实。它寄予了我年少最初的一份快乐，却留下一场宿命的、残缺的疼痛和幸福，不经意地温润了我的一生。如今，只要闭上眼，静静回想，依然是满满的、芬芳的回忆。

　　人生在世，几乎靠各种各样的牵挂来维系。许多事情曾经如实地发生、存在过，"白驹过隙，忽然而已"，消失得无影无踪。生命里的许多经历不再重来，故人同样一去不返，但我却不能忘却足球在我生命中存在的事实，不能否认看足球赛带给我的快乐和温暖。于我而言，尽管世事繁华落尽，皆成云烟，那些岁月依旧会常绿芬芳，并一直延续下去。有些东西，只有在自己面对真实的内心时才知道自己需要什么，自始至终，我都知道我生命中可以让我温暖的人和事。

　　寻望生命的彼端，深深的凝望里，蕴藏我深深的悲悯。时间之外，空无一人，只有风声，惊扰落花，这样的心境，这样的对望，是如何天涯海角，千山万水？隔着岁月留下的仓皇，除了对望，除了心酸，除了亲情永隔，唯有留下祈求，祈求天堂也绿草如茵，也有四年一届的世界杯。

当所有细琐的亲情碎片从记忆的指间一一隐去，我只能用这样的方式，忆起多年前那么多新鲜的人和事。虽然岁月蹉跎，容颜不再，情意早已消失殆尽，我也不再和命运较真，学会认命，学会平静地生活，但我依然会陪上自己的生命和岁月，替大哥看每一届世界杯，把年少时心不在焉陪大哥看世界杯的时间和心情成倍地、虔诚地奉还。因为有太多我即使走到天涯海角也抹不去的醇香记忆，那么铭心刻骨地被青春记住，且改变了我的年少时光。

今日，凌晨此刻，我一人静静地看世界杯。这样的静是横在我和大哥前世今生的空阔荒地。电视机里直播着德国和阿根廷冠亚军的争夺战，此时，除了动静适时地相辅相成之外，我相信，还有我和大哥在命运的轮回里心灵在刹那间领悟到的永恒的交流。

其实，我多么害怕时间荒芜，害怕岁月老去，害怕自己消失在时间尽头，害怕与大哥从此各自星散，互不认识。所以，今生我只能用这样的方式，才不会忘记生命和岁月的凋零，才会对生者和逝者维持等距的关怀。

也许，在时间的荒崖里，一个转身，我也是尘满面，鬓如霜，千帆过尽，旧事泯灭，但我会在有生之年，继续替大哥看足球看世界杯。这样，我才能时时记起过往，保持与大哥的联系，使他不会孤单无助。

四月，想念故人

　　一场清明雨未到之前，一些感伤已穿透层层落英，还有我的心，碰触我最柔软的部分。

　　四月，雨润烟浓，柳丝如愁。

　　落花满径，流年有泪。在这个容易伤感的春天，那些走远的故人，总是在我的梦里提醒着我一些什么，让我带着想念在尘世的浊流里穿行，以景仰的目光仰望另一个世界里他们的灵魂。太多追不回的记忆，就失落在这个城市的风里，伸手触摸，柔柔的空气中，那些枝枝节节的经脉，又开始清楚地疼痛。

　　沉醉的山水几经周折后醒来且鲜活着，绿意不经意间到处漫延，从我的心铺到天涯，弯弯绕绕，重重叠叠，其间开放的各色花朵，沿着荒芜线索启程，循风生长，拼接出一段段的陈年往事，穿越眼眸和厚重的时光在我心里疼痛复苏，让我在追怀的路上，与它们再度重逢。

　　我相信，血脉是条河，只要生命在，它就一直生生不息流淌不止；我相信，生命有它的延续性和关联性，我们从前是连在一起的，约定要一直生死相依走下去，但可能被什么切断了，一隔就是两个世界，青山万里，水阔天长，但我们的灵魂依然相通，这便是生命的神秘联系和亲情给予我们无可怀疑的信念；我相信，多年前从我生命中消失了的亲人，依然不可更改地与我在一起，无论如何，他们都不会从我的生命中消失。每念及此，心口有隐约的痛和无尽的感伤，尽管他们都去了时光尽头，来去皆茫茫，而横亘在这些岁月之间的，却是我摸得到的疼痛。

偶有微风吹过，落花沾满春衫，我走过城市中央，于红尘边缘看悄然变化的四季和身边离我远远的人流。离开了繁华的地方，一切物欲瞬间消隐，而心内最原始的感情却在盛开。我不知道，下一个路口，会遇到怎样的人？我的周遭又将发生怎样的变化？我的命运又将被如何修改？生命中是不是又会有亲人去向另外的地方？那些被记忆沾染的人和事，在岁月的潮湿里，与我的往事沾连。

人生是由很多的时间组成，我们时常会在某一时间失去某一人。手表会停，可以停在想念一个人的时候，而时间和生活却在继续，我们唯一可以做的是时时牵挂并疼惜这个人，或者默默地祝福他在那座城，可以更美丽更快乐地生活。在这样一个现实和理智的浩荡红尘里，我们的心，有这样一份淡淡的牵挂和疼惜，于故人于今人，到底也是一种安慰。

坟头萋萋芳草，暗香弥漫，彼岸花浪迹天涯，唤起前生的记忆。我像打量一个久别重逢的朋友，目光中含着辨认、回忆和亲切，而这个故人，也在生命某个角落深处细细将我打量、端详，我们互相注视，用温柔的目光，诉说彼此在相异的空间路过同一风景的心情，那么多的旧物和细节，我以为会在时间里流逝忘记，却一样不差地记得那么清晰。原来，世界上存在着这样一种情感，连时空都可以为之止步。

四月，流动的气息里到处都拧出泪水。我的岁月已粉成碎片，歇脚在古老的路边，虽然伤痕累累，毕竟真真切切，痛彻心扉又温柔蚀骨。

一枚桃花，勘破三世，以机缘难得的慈悯，从春天奔跑过来，开在我的眼角，而我，裹着她的一抹温暖，想象着她的前世。我想用最崭新的生命，最饱满的时光，好好地让她变成一个情感慢慢饱满的女子，回眸的刹那，只剩苍凉。

我与远走的故人，在满园花草中交谈。远处碧山如画，春风十里，嚣扰的车声、市声都被推到了细雨轻尘般的絮语深处。我看见多年前的时光，看见了生命和灵魂并不遥远的一种沉默和宁静。当那些深刻的人生片断，剪辑在一起并注入了鲜活的感情，缓缓地积聚起来，飘摇在心里，变成柔软而模糊的疼痛时，我突然心酸一笑，胸中有什么东西正在撕裂。

风的脚步踏在心上，仿佛从岁月的彼端传来。时光如此可怕，相亲相爱的一家人被分隔在两个世界，永远无法泅渡。我泪犹未干，将时间空耗笔端，尘封的内心，因了那份痛而泪眼婆娑。

五月，我的思念黄菊花般开着

——纪念汶川地震中逝去的同胞

五月，这是一个唯一可以用花朵寄情的季节。

阳光从树枝间泻下来，尘埃在光晕间闪闪发光，飞舞盘旋，散发着隔世的气息。浓荫翠绿间，新的花朵盎然滋生，潜伏着一些我们无法琢磨的东西。

一朵黄菊花，无人惊扰，旁若无人而又顽强地开在去年五月的废墟间，从人间和地面进入土地和原野的怀抱，以一种神秘的走向，沿着我的血脉，一点一点，渗进我的骨髓，迅速地占据着我通向外界的所有途径。不经意间，改变了我一年的时光和心境。

五月的风是湿润的，流着总也淌不尽的泪水。这样的日子，是我一生中对眼泪最不节制的季节，我以虔诚的心，守望着巴蜀山头那一朵朵白云，从一朵到另一朵。在遥遥相望里，逆着光线向晦暗的去年看去，那些流淌着全部荒凉和寂寞的生灵，把最坚强的部分归于尘土，将一生总结为一抔黄土。总有些遮蔽在历史印痕深处的种子，越过沧山泱水四季春秋，在阳光普照的瓦砾间，长成坚韧的生命。

一年了，又是一年。我们忍住记忆中的隐痛，为废墟下的上万生灵点燃一盏盏心灯，照亮命里的行程、暗弱的生命。

一年了，又是一年。青草摇曳，清泪泫然，重新染绿的山川原野又轻轻叩响寂寥的小径，散落在废墟上殷红的花瓣已换成了另外的颜色。

五月的痛在那个午后的心房长出点点白花，我收起泪水，向大地深深一躬。苍茫山河间那些幼小的种子以不畏苦难的身姿，从生命的田垄间，长出大片大片的黄菊花，在我的血管里平缓地流淌。我内心伤重的河流，野风正轻轻穿过，飞鸟展翅的瞬间，已长成且深且重的思念。

五月，浓浓深情，这饱含悼念、感恩和心痛等复杂情绪的日子，我的诗在残垣断壁处顽强生根，疯长成相思的藤蔓；泪流满面的词在废墟深处开成朵朵思念的黄菊花，开成一枚枚时间的意象，混合着莫名的悼念和惆怅，温柔地吻合着亲人的伤口。

也许，我隔着岁月遥遥相望的眸光不再感动你，但却一样饱含着千山万水不变的深情。生活是真实的，没有痛失，就不懂得珍存。一个五月，浓缩了一个民族一生的凝重，每一滴泪水，都铸成一个个历史箴言中铿锵的字符。

今天，当我重拾五月的阳光为生命歌唱，我看见大片大片的黄菊花，细小柔嫩而又勇敢坚强，拼命从瓦砾、废墟中挤出来，钻出无言的大地，抖动在初夏的风中。跨越山水田园的高度，开成绚丽的阳光，在羌笛苍劲回荡的山冈间，铺满整整一年的思念，产生一种浩荡的温情，温暖着天上人间两岸人的心，演绎着感情中双向互动的真爱。

不经意的回首以及不经意的跋涉之后，冥冥之中的一份等待依旧在千里之外一遍又一遍轻叩，徐徐飘来的深深祈祷穿越灵魂的呐喊，让我百转柔肠，我追索的视线，被夕阳剪断。生命因死而脆弱，但灵魂不灭，生命之外的他们可以用另一种形式涅槃。

黄菊花开着，我的思念开着。打开深锁的重门，打开满眼的尘埃，故园杨柳依依，一池春水流乱了羁泊碎影。远去的故人，正在山川沉静的睡眠里，彼此依偎。

旷野无垠，点点黄菊，顺着风牵引着千里之外的人循着自己家园飘出的丝丝缕缕的炊烟径直回家。只是，我心底的痛太深，深得即使用尽所有的力气，也不敢惊扰他们。我只能沉默着以黄菊花盛开的形式，每一天、每一时、每一分、每一秒，远远地陪着他们。

一日一日又一月，一季一季又一年，四季走过，年在眼前。

眺望故乡林木叠翠、烟岚袅袅的青山，聆听故园琮琮泉音隐隐传来，触痛岁月的皱纹，在我细韧如丝的思维里，儿时生活里的每个过程、每个焦点、每段故事，有序或无序地勾勒出一些新而浅的纹路。

是啊，回头望望，衰老陈旧的家院里，储藏了多少浓浓的日子，漂泊的游子归来时远远看到家的瓦角，温暖的感觉就会涌上心头，心会激动万分。

又是一岁将尽。一年里，那些任我红，任我绿，任我绽放，任我衰败的日子，摆在台历旁，它的尽处，仍依稀可见暮岁的容颜在极盛时闪过的光华，从最后的叶丛里走出之后，便开始繁衍自己的春天。

小时候，屋檐下那个烟火升腾的空间就是家。那里，总系着环绕母怀父膝的亲昵和情感；过年，就是鞭炮声中一家人围着长桌，两排并坐，慢慢吃着满桌的好菜；就是除夕夜一家人拥着火炉嗑着瓜子守岁的感觉；就是邻里间相互祝福问候新年；就是小伙伴们捂着耳朵、跳着双脚躲避鞭炮的喧闹……

是啊！那时的年味好浓好稠。

记得一到腊月二十几，母亲就开始召集一家人忙着打扫房前屋后的卫生、浆洗衣被，熏腊肉、包香肠、做黄糕粑、打糯米面。父亲则提着篮子，背着背篼忙着采购年货。倚在门边的我远远看到父亲采购年货回来，就欢呼着跑上去不停地翻这找那，父亲的背篼就像魔术师的百宝箱，里面有鸡、肉、蛋，姜、葱、蒜，还有花花绿绿的糖果糕点……很多都是些平常在街上看到，却不能尝到的好东西。父亲和蔼地微笑着，掩饰不住心中的喜悦。

到了大年三十这一天，母亲会起得早早的，叫醒一家人，大家兴奋地以最快的速度梳洗完毕，然后各负其责。父亲负责荤菜的打理，杀鸡、剖鱼、切肉……母亲则负责素菜，洗葱、切姜、剥蒜……而我们呢，在奶奶的指挥下，忙着挂年画、贴春联、检查房前屋后的垃圾是否清理干净。偶尔，也在父母的吆喝声中帮他们拿这递那，闲下来时，也跑到外面和小伙伴们疯玩一阵子，然后回家向父母、奶奶叫嚷嚷地报告左边张家大儿子回家过年了，右边李家二姑娘又提着大包小包的东西进家了。到了下午三四点的时候，一条街上就陆陆续续的开始响起鞭炮声，那就表示街坊邻居已有人家开始吃年饭了。我们家一般都是六点左右开始吃年夜饭，吃饭前，照例是由年迈的奶奶给仙逝的长辈们敬酒敬饭，一边烧着纸钱一边磕头作揖，轻声地喊着老人们回家过年啦！敬完老人，一家人才入座，慢慢地吃着，笑着。奶奶照例会说，年夜饭就是要慢慢地吃，而且，每样菜都不能吃完，要留一点点，表示年年有余。

吃完年夜饭，母亲收拾完厨房，会给我们洗头洗澡。洗罢，我们就会围在火炉旁，看母亲炒瓜子、花生，等父亲发压岁钱，父亲一般会发十二元压岁钱给我们，用他的话说，表示月月红，钱虽然不多，但对我们来说，也是莫大的奢侈了。奶奶则会嘱咐我们，到了第二天也就是新年的第一天不能说不吉利的话，什么都要说好，而且，什么洗脸洗手刷牙梳头的水都不能倒掉，要盛放在一个指定的大盆里，表示金水和银水，而且要存放三天三夜才能倒掉。最后，一家人就围着烧得通红通红的炉子，一边嗑着瓜子、花生，一边守着旧岁，迎着新年的到来，直到零时过后才能上床睡觉。奶奶为了不让我们打盹，就给我们说到了深夜，只要眼睛盯着地面看，就会看到老鼠嫁女，我们呢，就会眼睛一眨不眨地盯着地面。但是，我从小一直看到今天的四十几岁都没有看到老鼠嫁女的场景，因为那是一个美丽的童话。

第二天一大早，邻里间会相互祝福，祈愿新的一年大家发财、幸福。我们小家伙，则会一一给家族里的长者们磕头拜年，长者们会给我们几毛或几元的压岁钱，我们则会高兴地在小朋友们面前炫耀一番……这些温暖的记忆，是我人生记忆中颇为清晰的一些场面。也许，整个事件的大背景忘记了，但仍清楚记得某些细节与温暖。

这些年，离家在外，整日奔走红尘，只顾自己奋斗，和父母的交流少了，只是到了过年，回去买些大包小包的东西，但那并不是他们需要的啊。父母期望的，是我们能时时与他们在一起，是除夕时烧好一桌子饭菜，一家人团团圆圆围坐着，笑着、吃着，然后坐在一起守旧岁、迎新年。但是，漂泊在外的我们，甚至做不到每年都回去与父母团聚。过年回家的感觉，就像存储太久，才鼓起勇气赶赴的一场亲情约会。而与家人的一场场相聚也会导致一场场的离别，一年年衰老的父辈们，坐在黄昏里感叹岁月的流逝和人世的沧桑。而于我们，外面的世界再精彩，终究抵不过老家一盏在窗后等我们的明灯，抵不过老屋里那份温暖的火炉旁的浓浓亲情，更让人感到实在和温暖，这就是每次离家都泪水汪汪的原因，这就是一提起家就频频回首的原因。

如今，人海中漂浮的热潮灼浪，早已淹没了人们曾经固守、怀念的心田。我们每天都在推陈出新，历史和传统已被很多人遗忘，在断裂的现实面前，我们甚至没有了血脉相承，人与人的距离越来越近，心却越来越远，这样的距离让我们停不下来，我们只能在冰冷的钢筋水泥建筑群中，用枯竭的心灵思念曾经温暖的田园。

过年，虽失去了原有的质朴与平实，虽然慢慢的淡了。但历史毕竟还在延续，在岁月的身上，它们刻下了生生不息的年轮，并以它们鲜活的记忆慰藉着我们的心灵，同时，以温暖的味道站在我们记忆的路口，成为我们永远的思念。

　　去年，整个城市的冬天受了重伤。在大雪压住红尘的日子里，我结束了一段早该结束的感情，回归到一个人的生活。在雪花与雪花的缝隙间，自己变得伤感且漠然。

　　寒冷迟迟没有离去，我每天机械地挤在上下班的人群中，然后蜗居在楼顶自己门窗暗淡的家里。一个人做饭，一个人吃饭，吃得思绪万千，却不知吃下的是时间还是寂寞。有时，我也会走出书房，站在阳台上，目光透过钢筋水泥的建筑，看大半个城市的繁华与荒芜，然后将目光停留在某个莫名的远方。

　　故乡的亲人并不知道我这十几年的感情已走到了尽头。而自己，站在时间的洪荒中，回头看看曾经苍绿年华的我，已用十几年的时间，长成了一个隐忍内敛、平淡且平凡的女子，忧伤又柔软，仿若繁华乍现之后的凄清一片，静静地栖在一个角落，暗自唏嘘。有种泪流满面的千帆过尽感，年少时的豪情成诗，如今动一动感情都已是担待不起的奢侈。

整个冬天，千里冰雪掩埋了青山绿水，也掩埋了每一片绿叶替我承载的希望。我的伤口滴着血，却不敢去清创处理，我怕一染指，一个又一个伤筋动骨的裂痕创口就会越发扩展得大。

每天，我早上 7 点 10 分出门，搭乘 8 路公交车上班，晚上 6 点 30 分到家。整个楼道在我上下班的这一时段里，只有自己寂寞的脚步声异常清晰而凄凉。而我，听着自己的足音，碰响寂静深处的时间，总有流泪的冲动。

天黑得异常的早，下班回到家时，楼道已是漆黑一片。我只能借着对面单元楼的人家窗户依稀照射过来的微弱的灯光摸索着爬到顶楼，借着手机的亮度掏锁开门，然后回归一个人的冷清。

那一天，雨夹着雪肆无忌惮地打着下班路上的我，不知是泪水还是雨水湿了我的脸。天已黯淡，当我摸索着走上自己家门口，我霎时发现，曾经漆黑一团的楼道竟亮起了一盏灯，照亮着我的家门，也照亮了我的心。在我望着它的刹那，发现它也痴痴地望着我，在这深深的凝望里，蕴藏着深深的悲悯。我还未回过神来，对面邻居的门开了，头发斑白的两个老人探出了头。

"孩子，以后回家晚了就不用怕了。"一句平常的话，让什么东西从我眼里"叭"的一声掉下来，心事尽述人前。虽然我能在所有人面前坚强地不流一滴泪，虽然我总是藏得很深，虽然我从不是刻意的……

时间仿佛在这里停止了，尘嚣消失无踪，楼道外红尘滚滚，楼里却一片祥和宁静。这样的温暖和妥帖，让我忘记了世途险恶，让我体味到一种真实且深刻的幸福，更让我埋藏过往，好好地、温柔地做一个面带微笑、真诚善良的女子。

踏过一地灯辉，在灯心弥漫中，我带着一身的温暖进入夜晚和睡眠。梦里，我的四周亮起许多灯盏，我知道，那是我心里的万家灯火。

雨停了，窗玻璃上的雨滴仍歇在那里，每一滴都有着不一样的际遇和命运。

阳光下的花朵，说谢就谢了，用一身的气息，把爱和美丽埋进土里，馨香氤氲在我的心田。我只是担心，我的心，对不起一朵花枯萎的痛惜。

岁月低垂眼帘，雨水打湿的地方，有着灵魂的痕迹。童年少年的荒凉时光和空旷岁月，清清楚楚地从过去走了出来。

春天过后，一地残花的灰烬，仍在我的时光里生机蓬勃。而您，双鬓斑白，依然还要在宿命的稿纸上，签下今生的契约，把种子悄然种下，给我未知的未来安放鲜花，让我在这么多此起彼伏的疼痛里，滤去种种苦涩，留存打磨的光芒。

风在窗外吹，每一次都是惊扰。

我在一步之遥的异乡，吟风弄月，饮酒作诗，如一把无人抚弄的旧琴，在人间山穷水尽处，独自清欢，抬头能看到月光，低头故乡就住在楼下。我清空所有忙碌的日子，却不能腾空填满老家院落的炊烟。

爱的气息，在我的时光里，一一漏掉。您的白发，在斑驳中延长时间和缩短生命，扛起艰辛和劳累，用一辈子的温柔，绕过走投无路的时光，为一个家族提供盛大的温暖，为各奔东西的受伤儿女揩净身上的血痕，用温热的双手为他们按住伤口，然后扶他们上路。

遥远的彼岸，万事万物都在忙碌，您慈爱的双眼在默默地关注我，用您牵挂的心为我取暖。我的时光，绕过风绕过尘，像一个人丢在苍茫里的一抹清霜；您的白发，在风中张望，通过枯瘦的树枝传递春天，而我，却误会和曲解您表达的爱和温暖，您暗藏的荒芜，何时葱茏？烟雨声里，小桥流水还在，岁月总是如此安详。一缕温婉的风，似您细微的声音，像针尖划过胸口，有些许疼痛，阳光里，让我探寻回家的路径。

水，隔开两岸，花香已老，西风苍茫，它们在我泪水里奔忙，带动我的血液和骨髓，让我永远都亏欠一次与您紧紧的拥抱。

这辈子，您只爱一人，死生契阔，执手朝暮，您一生写过的那首爱情诗，单纯而质朴，刻在骨髓里。一场盛开，您得耗损一生的时间，当时青丝已然成霜。整个人生，您支撑着毫无选择权的命运，颠沛流离，孱弱的笑容里，其实藏匿着一颗含泪而坚强的心。

这一生，您只奉献一个家族，草根的身世和故乡的母语连在一起。摊开苦笑的流年，您被悲欢摆渡一生，装着故乡的月光和温暖，呵护流浪的星星回家。

岁月消磨字章，雪中的读书人，用一切委婉而叛逆的方式生长，错将时光写成残诗断句。烟雨青苔，草长莺飞，路过的路，只有您的怀抱才是我铭心刻骨的摇篮，才是我今生最干净的怀念。

您的白发，敌不过岁月的厉风，挽起的发髻，隐约可见曾经青春精致的纹路，由浅入深，演绎了一个个悲悲喜喜的日子，我得以窥见您生命曾经隐忍的种种深义。

我的时光，如同风中落花，总是如此的不经用，片片落红已装点成背景，我只想捎一个春天给您带路，您就不会在时间里走失。

您的白发，慷慨无私，穿过岁月风雨，心甘情愿承受任何劳苦，不为名利，不需回报。

我的时光，索求幸福，依赖随岁月增长，光阴划过，耗去无数经年，当我懂得，已不再年轻。

您的白发，我的时光。舐犊情深，与您相依才知什么是温暖。

我的时光，您的白发。储存着我全部的童年故事，走近您时容颜已改。

您的白发，我的时光。有些东西，可以弥补，可以回忆，却延伸不出前生后世；有些东西，无法弥补，不能拖延，即使奔跑一生都无法追回。

在彩虹城诗意地长大或老去

扛着风雨奔波半生，终于，在这个城市最南端的一隅——东欣彩虹城小区，我停下脚步，栖息在这个暂且陌生的地方，收拢翅膀，随风携带的故乡、方言和气味，在这个城市的最南端，在我新居十六楼的黄昏里，在我的衣襟上，正在溶化，时断时续的声音，远远飘来，久久不愿撤离。

曾经，我也只是这个世间的过客。在尘世的街巷匆匆来去，一任时光的利箭射中自己丰润白皙的脸庞，积年累月，箭箭留痕，而我，自始至终都在寻找客栈，走过的路，只不过是一次次寻找的过程。

不要问我，故乡到异乡，要走多久？家园到异土，要行多远？数不清的路径，折叠着弯曲的伤口和叹息，从故土启程，一步一步走来，青青的草地把自己走黄了，逆水行舟，浩渺的碧波里读不出旧时的恩怨。时光倏忽，人事斑驳，沿途长出的青草以及野花的香味，混合我杂沓的脚步，陷入这个城市的最南端，读旧书，品老茶，清风明月，春花素瓦，那些被青春吟咏过的年轻诗句，是如此的安静，这就是我浸泡在烟火中小小的幸福。

我曾试图在漂泊的路上销声匿迹，也曾试图选择从一个素净的日子重新出发。敞开沉郁已久的胸襟，凭栏远眺，或化成宣纸上的一滴墨，与真实的灵魂相遇，然而，即便我一往情深贴进故土胸怀，一个字母、一根血管、一个姓氏的符号，把走过的艰辛全部用纯净埋掉，有些秘密，确能唤醒我对根系的寻觅，而血缘的温度、族谱的秘密，已在不经意间，兑换了我的整个年华。

谁能解读生命标签的秘语？那个在我生命里离得远远的人，正在修改我字里的今生，我再也不敢妄想相遇如何，即使他在千里之外向我靠拢，我也只好在此停泊；即便他会在后来的岁月将我呼唤，我也只能把余生交付于此。属于家园的时光，目光伤痕累累，泪水叠盖旧迹，家园也没有地址和门牌号。

摁亮新居前朝的灯盏，将疲惫的余生，搁浅在彩虹城的深处。关上门，一屋灯光，便是我安度余生的阳光，一道窗帘，便是一座暖如春天的海洋。在夜晚的星空里，我安静如处子，倾听蛙鸣、虫吟，等待来世的轮回，情感的细胞，在将至未至的暮色中张扬，逃离所有的过往，我奔赴此地，只为把之前的种种埋藏。

月光在新居的阳台栖息，藤萝椅上坐着一弯心事，空旷的夜的深处，我搅拌一堆遗弃的花香和一组疼痛的词汇，像飞进唐诗宋词里的那只蝴蝶，读着一平一仄的往事。绿醉红睡，小酌一杯，用心书写婉约或豪放的诗句，磨墨终身，将三百诗篇酿为泉醴，并熏上书卷的寒香，和着窖藏的月光，把小区的夜色煮得又暖又香，告别往事，尽享长空。

满城清风，透过我的身体，我不眠不休，以梦游之姿走遍彩虹城的林间小径，借用梨花笔迹，从梦的最深处缭绕出发，撰写多情文字，袒露春暖花开。我独自享受夜风的吹拂，遥对朦胧的灯火，这是我深深喜爱的黄色灯光，温暖、真实，它们特有的安然与宁静，在这城里的某些角落，让人隐约觉出隐匿在微暗之处的疼痛。月亮像刚刚萌生的婴儿，白净安详，悬浮在楼上方，月光、星光、时光正在这样的夜晚，从小城的上空巨大、宽广的流过。月下形形色色的路径，退至皱纹深处，心思明明灭灭，满怀秦月汉风。在这个城市的最南端的一个小小角落里，我顺着月光走下去，就走到了前朝，残山剩水已捂好伏笔，暂时的芬芳和字迹，在我的怀里私语，我不敢惹动。我像一个远道而归的游子，最大限度地释放了自己，也最大限度地还原了我自己。奔赴中已把昨日的盟约酿成柳梢的月光。谁又能领着我，走向回家的路？

鸟鸣错落有致，闲散的云朵与清风和唱，在绚丽的朝霞里我开始朝读，读出生活的图腾。每一朵花春天的梦想，在我的书桌滴答作响，许多事物，与我案牍的霜风不期而遇，镜中如花的青春，曾经沧海的念头，都被我的目光拾起。推开窗，五枚阳光，六两空气，就着一行诗雨，一饮而尽。我知道，我应该在这里，在这个属于我的地方，安放我飘忽如尘的肉身。

我不知道，还有多少人还能拥有一个属于自己的心灵栖息地，也说不清还有多少人能在自己居所的月夜里一个人气定神闲地静静踱游。我不知道，还有多少人，推开窗，便能看见山河岁月，聆听歌声清丽，一任鸟语花香，饮酒欢畅，让酒变成诗，让诗开成花，演绎人间四月天。

　　我一直这样想着，时光未老，爱未荒凉，人生的残山剩水，跟我一起打烊。我以自己的方式选择快乐地逃逸，卷起一生漂泊的沉沉行囊，拍落满身的仆仆尘埃，披着月光、星光从容地怀想，听着清风徐徐、流水潺潺，温两坛米酒，沏一壶新茶，抓一把春光换一曲唐诗宋词，然后静静地溯时光诗意地老去。

世界欠我一份安稳

人的一生，三万天左右，每一天，每一刻，甚至每一秒，会发生些什么，命运会带给我们什么，不得而知。

我一直以为，这么多年的折腾、颠簸、多变之后，人到中年，世界会温柔待我，会让我安安稳稳走完余生。但是，2015年8月24日，于我，却是一个悲伤、黑色的日子。命运，又一次将我推到万劫不复的境地。

这一天，黑暗自上而下，伴有冰雪，一些阴冷的风，从荒凉的后背，不易察觉地惊掠而来，我一生忍住的眼泪，汹涌而至。我试着坚强，把凡尘的种种愁苦，囫囵吞下，不用掩盖自己走到尽头的思想和散发着悲伤的愿望，呈现在世人面前。我只想在平静的表述里，停止难过。

躲过锥心的记忆，只愿那些不明不白的时间绕过弯曲的小径，重新回归以前，盛开心里的绿意。然而，我的爱人，手术后的你紧闭着眼，昏睡的记忆，让我残缺的岁月再次打满补丁。我们一生携带的风景来不及叙述，你的喘息就被阻止在时间的洪流之外，你我共有的世界，被不可抗拒的命运之手彻底击垮。时间和世道，两个强大的对手，在我们的一生里，落下长年的内伤。

所有的流水都在向前，只有你，我的爱人，留下我一个柔弱女子，在你的诗行中醒来，写下一片巨大的黑暗。我只有站在岸边，等待时光如风，等待你从彼岸醒来，重新拥我入怀，牵我双手，安顿我疼痛的中年。回头看看走过的路，只望我们的来生不要那么荒凉，世界不再欠我一份安稳，让我的一生妥妥帖帖。

秋夜更深，秋雨如注，窗外飞满悲凉的事物，我只关心你的安危。透过医院长廊的玻璃，看到一座城市如我一样在疲惫中喘息。我从未感觉如此疲乏，就像一株小草，从未感觉过春天。墨染的诗句，满脸泪水，还没来得及和时间正面交手，我就败了下来，一个瞬间，我的世界便被颠覆。我一直以为，放弃满城的繁华，满街的霓虹，隐去尘世身份的我们，蜗居城南一隅，种花、酿酒、品茶、写诗，等几个远来的客人，了却余生，就心满意足。

然而，时间才是最大的未知数，我把所有的意义留给命运，命运却一再又一再让我历经彷徨无助、无枝可依。世界如此绝情，不愿给一个弱女子一份实实在在的安稳，在一次又一次的变故中，我看清是非冷暖，奔忙的路上，我试探出生命和爱情的强度，以及责任以及信仰。你梦里的世界定是我喜欢的世界，柔软得像春天枝头的桃花，因此，这个夜晚，我必须醒着，守着ICU里面的你，告诉你，我与你曾经相约的美丽，把这场人生不幸，开成你想象的花朵。在恍恍惚惚的雨声中，看着ICU灯光彻夜的门，我只需要一个具体的人，有血有肉，眉清目秀，向我招手，与我对视，用一个温暖的微笑，我周遭的花朵便可次第开放，让坐在早春窗下的我，从从容容，书写干净婉约的文字。但是，我们的世界被已被彻底修理，我该去找谁算命推敲，又如何把岁月无情啃食后的唯一希望，当成上上签？过往已成一个憔悴的梦，这春簿秋误的一生，这颠覆的旧河山，如何才能给我一份安稳、如何才能让我安心？天下大事不过一盘残棋，未来的路如此荒凉，世界如此残忍，我只求被妥善安放，细心保存，不惊不扰，唯求一份稳妥，但世界不愿给、给不起，我已耗尽心力，输不起。

坐在湿润的空气中，想想我们，这些年拼尽一生，絮絮叨叨地活着，走过的每一寸土地，都有着琴瑟相合的温情，我们习惯在对方的眼神中读出悲喜、依赖和尊重，抵消了拌嘴和责怨，一些细小的温暖，鼓舞我们继续牵手，合欢蠲忿，萱草忘忧，沿途的风景，成了我们生命的全部意义。牵手岁月，好像所有的日子都如闲适的午后，藤蔓植物沿着阳台蜿蜒，盛开的花朵惊醒脚边打盹的小狗，那些春天的花，那些阳光，落在我们坐过的藤椅上，艰难岁月的风声便在彼此怀里止息，所有天涯都变成了相逢，从时间到时间，品味生活的温柔，致敬我们曾经的青春和更远的幸福。

如今，八月的圆月未到，你坐在记忆里的容颜疲惫不堪，伤和疼在躲闪试探，你在苦苦突围。时光在风雨声中寸寸荒芜，偶翻往事，故事之外，时间之外，岁月的伤口还未结痂，我能感到的全部艰辛，包括一个人内心的挣扎和磨砺，都在此刻，在我没有练就抵挡命运刀锋的今天，抬头低头都让我伤无可伤，疼无可疼。

　　红尘的最深处，是一个不确定的明天和一个不知道的未来。我泪流满面，在这个苍茫的尘世，世间最凉的露水，将我容身荒芜，单薄的中年，春风不误，却被秋风误。穿过记忆的门槛，我迷失路途，无家可归，爱人，可否与我，喝下月光，在一杯清茶里缠绵悱恻，与一壶老酒不死不休？

　　几段唏嘘，一生悲欢，可笑我命由天不由我。这一世，命运多舛，跌宕起伏，只求，一份平安，一份稳妥。如有来世，请佛再不度我为人。

三千痴缠，一世人生

初春，一个人寞寞地走在春寒料峭的街边，夜晚的风里裹着冷清，习惯性地拢拢发梢，才惊觉，曾经的一头秀发，日前已被自己剪掉，只剩一头短发，如一朵开败的残花，孤立在微凉的风中。只是，属于我前世的另一片春色，已渐行渐远，一些往事、一些情爱，注定散落四周。

有人说，女人剪去自己的一头长发，注定是要忘记一些旧事、一些情感，注定会重新开始一段感情、一段人生。

也许是吧，看着一丝丝青丝七零八落被无情地扔在地上，每一缕每一丝都是我致命的疼痛，如同血液，只能在血管里静静地流淌，它无法说明自己，只是，那黑色里的一缕暗香，成了我今生今世都无法破译的谮语。我曾倾尽一生的柔情去爱它，一寸一寸，捧出春暖花开的讯息，但中间却隔着万水千山。在过往与真相都逐渐被遗忘和疏远中，我在另一个角落心事惊慌。一大段的光阴从此停滞甚至消失，再也找不到来路和去处，这是多么彻骨的迷失和恐惧。

曾经，我整颗心都暖融融的，就像四月的天气，即便没有爱情，也能闻到春天的气息。我轻拂云鬓，静静地走在或晴或雨的季节，无所欲、无所求，在春花百草的色与香里停下来歇息，岁月这般静好，我舍不得离开。微风拂来，烟岚深锁，长发如斯美丽，垂散的青丝拭去一额的风霜疲惫，拂过谁的肩头？应了谁的劫又变成了谁的执念？

站在风的当口，衣袂翻飞，凭着栏杆，我牵着一朵花的衣襟泪流满面，红尘滚滚，陌上看花，却遇不到一个痴情可恋的世间男子。爱情里的叹息伤痕，只是我一个人的事情。我明白，你我只是这尘世的过客，我们只并肩行一程，而这一程，留不住你。抱负太短，心事太长，缘聚缘散缘如水，曲终人散，生生的两端，我们彼此站成了岸，爱情的故事，从此散落天涯。

秋风乍起的时候，再也不见你横笛唇边，我悄悄躲进一阕宋词里，深居简出。一个午后，面对铜镜里清寂的清泪，素手轻拂青丝，木梳顺着云鬓滑过，我剪断三千痴缠，柔肠百转间，纷繁的心事散落一地。起手处，一曲离歌践踏着我的心奔驰，饮一殇流水，君已陌路，从此山水永不相逢。青丝焚散，又会飘落谁的指尖？

曾经的青丝，附在我身体之上，岁月的霜雪和枯竭的心血，会使之渐白，而脱离了我身体的青丝，不管经历怎样的凄风苦雨，它依然会像婴孩的眼睛一样，乌黑闪亮，在尘世的一个角落看着我，由此，我用全部身心的力量，感谢伤害我的人，切断过往的一切，安静转身，继续我要走的路。

剪掉长发，这是生命的涅槃，我的青丝以特有的方式使自己的生命陨落，却为我的另一次生命剪除成长的羁绊，为我的另一段感情找到美丽的出口。

此时，春雨寂寂，一个人的路上，我痛饮无边春风，在箫声和灯盏里，去年开败的残花，还在我的鬓边流连，我湿润的情感枝头，那一瓣无言的花会一直盛开。我不想再去追忆那些失落的记忆，除了抚摸春天的温暖，除了窗前读诗、溪岸赏花，我还会等待春雨停歇，等待春光明媚。

风穿树间春初浅……

桃红又见一年春……

春是新的，也是旧的，不管多么生气勃勃的日子，在我们过着的时候，它不经意间就成了旧日子。你走进去，又走出来，朝夕雾岚，霜痕雪迹。今天，于昨天就已经是旧的了。

譬如桃李，昨日蓓蕾初绽，今已落红成泥。

原来，人生的欢会，也只是假想一场。

人生，不以生为始，不以死为终，真的只是一个存在的过程。我们用生命的年轮把命运赋予的一切演示完毕，画上人生句号，漫长的时光就会把我们湮没在红尘之外。

花开一季，一夕凋零，散落的花瓣，见证了此生留下的灼痛。花开的时候，她们穿行于前尘旧事，追忆一场场风花雪月的事。因为好时光短暂，不能持久，所以，她们在绝望的时候，选择凋谢、选择回归土地，但依然牢牢依附树根的她们，仍然在畅想来年的春天。因为，一生一季，梦想还在，期待还有。

人活一世，低似微粒，在浩渺的时空仅如尘埃，万千繁华，活着的一切变数都演绎着无常，见证了时事的风云变幻，也目睹着人生的坎坷辛苦。偌大的世界，山高水险，惊心动魄，此劫方尽，他劫又生，踏碎一场今世烟花。是棋局，也是人生。

当生命的灵光渐渐远离，生活无情地将我们推向局外，一生再也不会陷入慌乱，再也不用左右为难。所有不服输的打拼，所有因努力而得到的欢乐，至此，只能放下，因为，只有放下，我们才有时间回忆。盘点流年，这一生，我们如此丰满地活过、存在过。

花开花落，阴天晴天。

落红无情，岁月无意。

我们在走过的岁月中经受聚散悲欢，感慨时运际遇不同时，更嗟叹命运的拨弄比一场赌局更无轨迹可循，但我们只能把看到的疼痛放回眼里，把听到的悲伤渗入心脏，继续生活，继续力争把日子过得稳稳当当。因为，红尘浩大，我们如何逃得开？

很多时候，我们的命运像一粒四处飘浮最后落在一颗石头上的种子，有多少精彩，不是在无尽的推敲与商榷中错过与失落？到最后，我们都无能为力，只任生命的枯荣起起落落，走完这一生。

人生，是一场牌局。有的人，牌起得明显比别人好，牌形技术都属上乘，而有的人一手乱牌，零零散散，看不到未来。然而，牌好者易气足而骄傲，一手光鲜的好牌反倒打得七零八落；而牌局下乘者，则会凭借非同寻常的耐心，方寸之间淋漓尽致地展现兰心惠质，举手投足中步步为营，远兜近转，倒也打出了满堂精彩。

人生，实在是全靠自己完成的一个剧本。似水流年，一晃而过，更多的时候，我们来不及珍惜今天，就匆匆走到明天。再一次回首时，似乎快乐的总是那么几段青葱旧事，留在心头的也只能是时光寥落的忧伤和感慨，是一个人走在荒凉的红尘中，突如其来的匆忙，把孤单的自己扔在原地。

眼下经历的日子虽总有讲不完的辛酸，但我们不能停留，直到我们忙忙碌碌地老去，在逼仄的生存场里疲于奔命；直到我们忙忙碌碌地离开，花开花落的一生落下帷幕。

生命的盛宴，是一个青葱少年瞬间两鬓染霜。

我们日复一日，行走在城市的经纬里，守着单薄的梦想，悲春怨秋，用岁月的烟尘，感觉来自内心的疼痛。在这个行囊空空，最后连记忆都拖带不走的世界，我们一天一天不被知觉。走在无尽的路上，属于我们每个人的路就那么一段，走着走着，人就散了，等到惊悟，已过了一生。到最后，我们连同那些岁月，物是、人非全都了无痕迹，一去不返。

度尽一生的年岁，我们只能一声叹息，繁华落幕，回首初春灯火瘦，谁在天涯？

春风这一季，桃李散花，不知去向。一生的痕迹镌刻进了世人的眼眸和心里，心甘情愿，纵情燃烧，不负春光春水，更让我们知道，人间好花，开在人心里，流淌着融融暖意。

我们这一生，喜一天，悲一天，花开花落，无力留住。

来到世间的时候，无人和你商量，离开时没有人提前告知。想想，人生中哪样东西为我们真正拥有？唱尽人间含恨不如意，三千痴缠，化为一指流沙，在眷恋中进入下一个期待的忘川。

过往匆匆，往事成风，一场花开，错落了时空交织的残形，前世来生的东西，与流年有染。我们，只有在归自己使用的几十年里，尽可能享受每一次清风和每一次细雨，安享流年烟火，这样，花开花落的一生才不被辜负。

2016，愿世界温柔待我

>>>

一叶梧桐落下秋天的殇，一片白雪碰碎一年的风霜。2015，这一年，我在颠簸与辛苦中惊慌渡过，守着绝尘的花朵，过着远离烟火的日子，素衣简行，孤独地穿越一座城市。红笺书尽，雨敲南窗，一次一次把伤痛过滤，从夏到冬，不敢再与世界过招，只在岁月的挣扎不休里想想前世今生。

天地两茫茫，看看脚下的路，一个人，走到最后，扫尽尘埃，日子，过得一无所有，才知什么是陡峭，什么是绝望。

岁末、年终，又一年。

每一块光阴都写着未知，每一片风声都表达仁慈。

我枕着几十年的心事执笔清书，在文字里等候春花秋月和朝霞夕彩。在一程无限的山水中，将那些所谓的得与失，痛与笑，悄然搁置。茶正煮沸，梅花已开了两朵，檐下挑灯，喝下半阕宋词，向所有的旧时光道歉，愿新一年就这么辽阔地打开，让岁月，安然抵达彼岸。

青山悠悠，门窗斑驳，阳光依旧。时间的缝隙里，一山苍翠，炊烟仍旧温暖，留存着一生都得承受的风花雪月，我在等待春风的时刻闭合了翅膀，劈薪为柴，夜夜煮酒，熬字为药，治疗流年之伤，用滴滴泪水，浸泡颗颗汉字，与命运的大风暗暗较劲。

生命原本是一场情理之中的意外。时间无数次地走过，走到一年的岁末，走到又一年年初，所有的生活物是人非，我的深悲，也不过一纸轻愁，我只能在急匆匆的跌倒与爬起中珍惜在人间的光阴，在大地凉薄的纸上，写下流离之苦和辗转之痛，在人生这场失败的战争中，不断撤退，不断臣服，谦卑地表达歉意，让人生接踵而至的烦恼，在漫长的岁月里抽丝剥茧，虚度定数里的年华。

2015，这一年，我无法找回年少的纹理和丢失已久的自己，一个清瘦的梦想到底能承受多少黑暗的挤压？青灯黄卷，秉烛夜读，一个人在生活的夹缝处挣扎，看不清前几十年的来龙和后几十年的去脉，人生的每一步，一路神色匆忙，充满变数，在嗟叹流年的时间里，在中年的这道坎上，风流不再年少，让人不堪回首，放肆不易，放下也难。生活，从不给我选择的空间，在这个喧嚣的世界，我的诗句蜷缩在一粒尘埃中，时光里，除了记忆中那些阴影的部分以及来不及收藏的碎光，都是生活给予的不幸。

世界欠我一份安稳，我却比自己想象的更加强大。

我曾经试图和春天挨得那么近，试图与万物和解，流连在一朵花开出的心事里，婀娜放纵，偷偷地讲述一场明媚的春梦，锦绣词句贯穿流水抚摸的昨日，花朵绽放惊艳所有的时光，珠帘高卷，暗香流连，亭阁之内，青山之外，赴一场荼蘼的花事，摊开一页宣纸，有翰墨书香，万里河山，且动听且丰盈。

半生花开，半世花落。一直以为，我会在这场花事中知足不争，安顿余生，然而，人生的忧患与不幸，总接踵而至，空老年华，一生奔波，驾驶多少时光，只为翻越一篇篇大好河山，却不敢与这个世界对抗，只在奔忙路上，在是非冷暖的人间，看清生活，看淡世态。但山长水远的道路，我终究要自己走下去。曾经的江湖策马，现在是天涯看花。

走过的一年，江山暗淡，岁月损耗，我在沉默不语中与人间万物妥协，在世事寒凉中潸然泪下，残损的岁月打满补丁。一个人，紧抱自己，隐匿自己，在湿淋淋的渡口，千回百转，一边妥协，一边退让，拼尽全力，仍无法呼吸，剧烈的撕痛中，四周寂静无声，找不到出口，无家可归，却不敢不继续前行。人生不过百年，幕起幕落而已，烟云浮世，转眼爱如落日，来年的春天，我是否还要躲躲藏藏？

岁末，人间的灯火相续睡去，我在红尘的最低处，聆听岁月的脚步渐近渐远。轻轻翻动夜色，为一只疲惫的蝴蝶，隆重打开新年的羽翼。感谢那些苦难的日子，让我学会成长。

花开的脚步早在冬天启程，人间的一大片春色，逐渐覆盖我的心慌。我要剪一段绿意盎然，葱茏生命沧桑处的章节；我要用手指抚摸春风、花朵；我要坐在繁花似锦的春光里，书一笔美丽的水墨云烟，学一朵花，把手掌里的每一寸光阴，拼尽全力开放，给灵魂，留一条回家的路。持酒对夕阳，看鸟还山林，只知浅笑安然，不问花开几许。哪管前尘风萧，余生但愿晴好。

2015 年，我不再去回眸，不想去总结，因为那也是我的前生前世，与我的今生今世毫不相干，不必再去打理，不必为难自己。昨天好与不好，已走不回去，该忘则忘，不屑敷衍。

2016 年，看花雨纷飞，看远山含笑，阳光落在脸上，温暖留在心底，只请世界温柔相待，许我岁月温良，现世安稳。

「贰」

听一首老歌，想一个旧人

一个约定，飞越万水千山
一句盟约，打破风雨征程
只因，友情这坛老酒，比春色更浓，细酌慢饮，不醉不行
只因，我们愿在一首诗里，还原三十年前的万里春光

听一首老歌，想一个旧人

闲看春风，烟尘徐徐，消耗着我在一株落花里的所有暗香。

阳光如盛开的烟火，洒落在我从暮春到初夏拐弯的小径上，花瓣的衣衫，在我的怀里私语。院墙外的青石板，濡湿而温和，院墙内的我，在日子低处读书。春花素瓦，一豆烛光，与诗歌相依为命，被寂寞慢慢品啜。

夜里醒来，听茶水老去的叹息，我搜刮几个瘦弱的词语，在一首老歌里描绘落花的眼泪和伤痕，听风声传递红尘往事，穿过纵横交错的命运，将所有年华运往终点，却无法删掉流年，就像柳枝折罢过后的满身别离，春天过后，还有很多的路要承受荒凉。

春雨配以抒情的老歌，淡淡的忧伤，让我疼痛而温暖。

我只能顺着一句陈年歌词，去寻找当年自己走丢的路，去怀想一个曾经放不下的人。我不知道，在词与曲相交的地方，是否也有许多人，频频执手相看泪眼，无语凝咽？是否也有许多人，从伤口上醒来，仍继续另一场风花雪月的事？

彼时，春雨爬上东窗，书中人潜入梦里。我们青梅煮酒，听尽更漏，在一首歌曲里与花同眠，倾听彼此婉约无言的忧伤，让生命一瞬一瞬开花、收敛，一些歌句，照亮你的前生，也照亮我的来世，让我聆听你细若流水的轻浓软语。一些风经过了，一些人继续经过，谁不是其中的一名过客？你笑了笑，我摆一摆手，一条寂寞的路，便展向两头。我生命中的万水千山，任你一一告别。

此时，我们分布在各自的世界里，我知道总有人会在时间里等我，我更知道，也会有很多人会在时间里弃我而去。千辛万苦翻越，也不过把岁月翻成了皱纹。我仍旧是孤单的我，而世界早已物是人非。我在爱情的另一面，在一首忧伤的老歌里，抚摸寥落一生的残局。纵横交错的命运，代替我走过千山万水，而我快要失色的青春仍未把爱修成慈悲，即便浅淡转身，也是旁人看不到的深情。

我还能陈述什么，籍贯覆盖地址，心事扯断瑶琴，人生的残山剩水，跟我一起打烊。

一曲老歌，在我的周遭反复轻叹。我在一个人的夜里，在一杯陈年老酒的陪伴下，独自吞咽那弯折的风景，古筝沙哑，琵琶无语，一袭夜色，覆盖谁的红尘？烟岚深锁，绮罗半裹，檀木窗外，桃花微凉。在你缺席的光阴里，我背负万丈尘寰，只为等下一次相逢。只是，缘聚缘散缘如水，一别经年，所有经过我身边的风景，没有你的讯息；飞越山河的几重流水，都没有让我们在传奇里相遇。春去春又还，谁把流年轻唱，谁打马经过，总在不经意的时光里，君已陌路。

滚滚红尘，山高水长，站在风的当口，我还在研墨写诗，宣纸作舟,雨落小桥。我半生思念已褪尽,红颜逝去,还有多少华年可以囚禁?一曲一场叹,只为思旧人。

我可以做到心素如简,心静如兰,也可以抱住酒和诗歌,悄无声息地泊在时光深处,不闻名利是非,草色落花相对,深居简出,安度韶华。但是,却在一首老歌里,柔肠百转,寸肠柔结,将一把离愁弹了又弹。纷繁的花事,淡淡的忧伤,挥之不去的旋律,深植骨髓,践踏着我的心奔驰,让我在一杯陈酒里、一滴春雨中、一片落花间泪流满面。

我该如何凭借三千里的落花、几万里的风声盘点流年?只要你愿意,我们应该在这里,在这个往事如尘的地方,在烟雨迷离的庭院,安放我们飘忽如尘的心,写我们久未谋面的诗。薄酒尚温,炉前沉醉,共度百年好时光。

青丝滑过,云鬓高挽,策马南行,素手一扬,将所有故事遗忘天涯,连同你在我生命中的那段避开尘世的时光。

褪尽一生铅华,夜色正浓,一首老歌依然忧伤缠绵,散落四周。一个旧人仍在回忆深处,温暖如初。

青春，散落天涯

——致我们走远的青春

五月的花，还在开。经过这么多年的奔波，这个春天，我们终于可以停下来，慢下来，相聚，静静欣赏那些不停地在我们四周飞过的花瓣。执笔的我，坐在一袭宣纸中，把整整三十年的春风春雨都写在五月里。

世事无情无理。这个时候，燕子掠过头顶，回心转意的春天，替我打开往事的门，让我涉水而回，风雨无阻来见群山众水，并写下这些抒情抑郁的文字，承受青春的爱和记忆，让一些信仰苦苦支撑最后的光芒。

我蛰伏在三十年前的时光断层，无法还原词语的纯度。千江明月，万般风情，在阳光和溪水的潺潺中和满山的野花草木香味里，请允许我仰首望天，以青春的名义，写下你的名字和容颜。高山像少年一样痴情，风正吹过我心头，弱水三千，灿烂的花如何献给我们走远的青春？春天烟雨，一滴一滴，打开时光，会不会再次把我骨髓里的痛，还原三十年前花开花落的岁月？拍马而过的青春，早已跨过了命中的山水。

一条河的源头，都是我们的曾经。拂去流动的尘埃，当时明月流浪何方？青春，刀光剑影般散落一地，我们，只能捡拾一路被丢弃的花瓣，用文字的暗香，把青春的路重走，用春天的方式，再活一遍。

　　沿着一条生锈的思绪，层层绿意将青春供奉，遍布疏漏的时光，风中的诺言，逆着北风飞舞，我把一些关于少年的词，放在旧时光里，把每一个路口，想象成与青春邂逅的地方。当然，还有更多的浪漫，潜伏在我们必经的路上。我相信，我们与这个季节，已经无法回避青春，除了接纳，我更愿仰望，将所有有关青春的华贵或凄美翻晒出来，由此，我们才能抹平一代人的起伏跌宕；由此，才能安放我们无处可去的盛年。

　　这个春天，一切都可以为我们缓一缓，哪怕花开得再迟。因为重回少年，因为敬畏青春，所以，这个春天，不会忽略关于我们记忆的任何一丝美丽。翻开懵懂轻狂的青春诗篇，多像我滚滚红尘的第一恋曲，页页泛黄的纸上，花香书香弥漫，连空气都不再忧伤。我们，从不同的地点走来，青衣流淌的日子，曲曲弯弯，又走向不同的地方，转眼已是经年，我们在时间的反复磨砺中，与岁月对峙，在隐忍中一次次放下和忘记自己。

　　记得那时歌还婉转，人还年少，杏花春雨飘落，翻翻少年打马天涯，娉婷少女细嗅青梅。今时今日，长空万里，清风吹送，会不会惊醒，我们沉睡的青春？我们在一季黛风中成长，今生和来世，是成长路上渐次展开的山水和梦境，我们清纯得一无所有，任时光的软蹄穿越一生，大好的江山，年轻妖娆。被日历翻去的潺潺桃雨，青青杏衣，走进我们倘还年轻的心，路边的花草，一如年少时看到的鲜亮，让喧嚣的空气，多了几分稚气的浪漫。我在一首诗里漫游，平平仄仄都是我们走远的青春。阳光正好，说出春天的气息，我在阳光下，与你相遇，写下青春这个词。一个被我们挥霍又珍惜的词、一个让我们携手欢笑又泪流满面的词。

如果时光能倒流，我会在自己的命运里行走，在一间朝着春风的房间里，等待一个人的到来，让每个来临的日子不疾不徐。红尘千里，寒霜万丈，纵然岁月夺走了我温婉的容颜，在额头上刻下风霜的痕迹，但时间还是毫不犹豫地删除了时间。我只能把每一寸细细的忧伤，用来怀念那年的青春，旧日亭台折柳别离，昔日纸上恋情肆意的山水，都让一枝桃花蘸满月光，掸落我的满身红尘，把走远的岁月，用一些汉字缝合起来，还有另外的汉字，留着我们青春走过的痕迹。

原来，青春有时可以不散场，只是，需要我们用一生去倾听和接近。

少年亦即白头，过客纷纷如流水。路很长，我们的相遇很短，无处轻放的光阴，载走了我们的丰茂年华、青春凭证。被保留的书信，一封封说出了谁的忧郁谁的迷惘？谁的爱情有着被群山阻隔的无奈和擦肩而过的彷徨？隔着一片天空，如何把一个天涯与另一个海角交换？读一部春江花月夜，谁闯入我瘦削的江山？唯有沧海桑田，在我手中千万次篆写。坐在中年的光阴里，回首走远的青春，目睹千种伤痕累累的幸福，我们，不负青春；我们，不慌不忙，安放好自己，只管朝自己该去的地方走去，把日子过得温和坚忍，款款释放草木芬芳，让世界和人生成为下一代人的风景。

致谢青春

当命运的风霜浸染青丝，我不敢触摸。大风起兮花满地的岁月尽头，只任暮色收尽最后的雁行。

流年烟火，低吟不休。猝不及防，一生的好时光都已远去，浪迹天涯的小草，如何可以回到出生的庭院？世间空茫，万物归元，只有时间从容不迫，经过你，经过我，经过春夏秋冬，只剩一本经卷，无法唤醒我们青春岁月的山水，但是，我却不敢，跳出红尘之外，只能向命运让步或者绕道。

风吹落花瓣，有谁还在千回百转中叹息，叶落参生死，清风证有无。我真想停下脚步，成为青春花瓣中的某瓣灵魂，这样，我便可以缠绕山水，用诗句丰富和青春未能相遇的光芒，还可以拥有林木山溪，鸟雀虫鸣，悉数倾听万物之灵，然而，近了又远去的，依旧是时光。我只能在青春清澈的目光里，理解深情，感受勇敢，当一名匆匆过客，做一尾沉在扉页不肯醒来的蝴蝶，紧抱自己，读那些短暂的青春诗行。

也许，匆匆数年，我们所到的每一处，都是一种空虚的抵达，我们的一生不被自己支配，营营碌碌的世间琐事中，我们都在与时间较量，却一直都在输给时间，一直都在蹉跎此生。山河虚妄，劫尽重生，我们，还爱着这个世界，还心甘情愿把命运交给岁月的刀锋，踩着刀刃行走，一边流泪，一边低头，只为将来启程时，不再那么迷惘。谦卑中，向命运致敬，向青春致谢，全力以赴之后，听天由命。

世事都在身边，青春已经走远，且封存了那些与年轻相关的季节。风起风落，聚散无常，更辽阔的事情，我力所难及。千疮百孔是我虚度的岁月，在岁月熟悉的陌生中，谁的笛声，还在青春的尽头轻扬？请原谅我渺小的胸怀吧，在命运的无限折腾中，我隐匿苦难，让泪水把自己和当年的青春遮住，推开窗，与一场大雪相拥哭泣，天青日白，庭闲花落，一生的好光阴，都让给青春湿淋淋的日子。

偶尔，我会回到故事里，与青春小酌。只为，欣赏岁月枝头最美的风景；只为，阅读那些温暖、幸福、泪水和张狂。循着一首小诗的香气，细品红笺岁月里的所有时光，手心揣着青春的全部喜悦，在树叶的缝隙里，我借一方晴空，沾二两阳光，与一朵花儿低声细语，在一片叶上浅斟低吟，潺潺流水绕过身旁，用青春的十万朵花，捧出四月芳菲，捧出大好河山，把日子切割成泥土的温暖，蛰伏在远比一生宽阔的幸福里。河水向东，落日向西，春愁秋恨连绵更迭，我们青春的心，被岁月清算得仔仔细细。

当时光一次一次篡改面容，时间老去的声音，如此真切。走过青春，谁愿意匆匆进入疲乏的中年？停留的刹那，转身即天涯，越往前走便越想回头。风，一次次从各种方向吹来，风景中那些花儿都谢了，青春到此为止。我像一个满腹故事的人，把山山水水梳理一遍后，绕过岁月的荒草，探视中年隐忍的路径，沉默安静，聆听迟暮韶华里的低唱，让重重心事慢慢风干，在岁月门外，不张不扬，不卑不亢，滑过生活的表面，深入底层。在老去之前，不辜负生命应有的精彩，倾其所有的力量，在喧嚣的凡尘，把未来的日子和岁月扛下去，安排好落拓的自己，不负此生，致谢青春。只因，青春的故事已酿成了一坛芬芳的老酒，填满我灵魂的山山水水，让我笑谈浮生流年，余生频频回味，不逞春光，不悲秋凉，只看人间细水长流。

同窗的你，别来无恙

——致金沙一中八五届初三（一）班同学

这个五月，阳光甚好，花朵开到荼靡。

这个五月，姹紫嫣红，芳草铺满天涯。

宿命相约，为了这一天，我们匆匆又忙忙，穿过多变的生活，推敲着这个季节的风景。一个约定，飞越万水千山；一句盟约，打破风雨征程。只因，友情这坛老酒，比春色更浓，细酌慢饮，不醉不行；只因，我们愿在一首诗里，还原三十年前的万里春光。

时间是怯懦的，历史是温暖且深邃的。

一别三十载，落日照不见故人，天涯的两端，都是他乡旧景，同窗的你，别来无恙？

一别三十年，从一个地方到另一个地方，世间的每一寸净土，都留下我们的风雨痕迹，镌刻在我们已经经过或者将要经过的地方，空山无人，水流花开，我的老同学，你还好吗？

回想斑驳老时光，回忆你旧时模样，支离破碎，却贯穿一生，山高水长，情深意切。

风走了三千里，雨也走了三千里，你路过我，我路过你，然后各自向前。从校园生活到柴米油盐的远处，铅华洗尽，我们已能承载时光的重量。

三十年的时光里，我们看遍悲欢离合，尽享侠骨柔情，且认他乡为故乡。在不同的路上，缠绕我们多年生活的蒺藜和荆棘，被迫为我们让出道路，那些无边的苍凉和有限的忍耐，已验证我们进入中年，当时青丝渐成霜。抖落前生的灰尘，是我们一刻不停地成长，一刻不停地老去。我们，却不敢，也不愿抛弃春暖花开的思念。因为，时间还在，还有清风、明月，还有满园花香，盎然绿意，张扬狂妄，一如多年前我们的青春。

离家在外，记忆与梦境容易混在一起，有一首诗，在宁净无尘中掠过三十年旧梦。韶光如枝头桃花，一匹骏马循着往事痕迹，让我带着今生的肉生，前来凭吊。我颤抖着，摸到一些柔软的往事，多情怀旧，疼痛不已。对于分别三十年的我们而言，里面隐藏着的三十载光阴，正从未来不同的方向朝我们奔来。一滴泪，还不清三十年的相思；一杯酒，盛放了我们逆风走远的青春。我想，如果能倒述一生，从中年的梦里回到青春的夜晚，我们，终将会被命运原谅。

青春百舸争流，中年千帆正劲。在众声喧哗之后，打开一朵青春的花，打开那些生活隐秘中的好命运，我们在深情的庄严里，走进五月的阳光。顺着校园的纹路，了悟爱的真谛，我温暖你的岁月，你湿润我的诗行。校园的老时光，只需一枚，已掏空我的心。我们，在轮回的故里寻找记忆，在相互拥抱中泪流满面。

三十年，足以让我们成熟长大；三十年，足以让我们画下一个真实的自己。流年似水，从少年到中年，青丝染霜，人生的日历，总有几页不能轻轻翻过。人生这场大戏一旦拉开序幕，不管我们愿不愿意，不管我们如何怯场，都必须演到结尾。这中间受过的挫折都是我们生命里应该遇到的，在锋利的时光里，所有疼痛结伴而行，我们，越挫越勇，让更多的岁月充满风雨和茂盛的怀念。

这个五月，我们词不达意。这个五月，注定让我们铭心刻骨。

一朵朵梦的花瓣，沿着校园的周遭，把我们曾经多愁善感的时光，连同春天的温暖，带往我们放牧青春的河谷。流年韶华，一些故事来不及开始就被写成昨天，多少花事已无从再来。只话当年，怎如当年，人远天涯远，且不必说谁牵了谁的手？也不必问谁盘起了谁的长发？光阴如此明媚，我们挣扎多年，回忆只是唯一的行囊，柳枝上的新闻，池塘里的旧事，落花与落花的缝隙里，长满山水，一切，都与我们青春有关。

如今，我们的青春被装订成一本伤感唯美的诗集，让每个读过的人爱不释手，欲罢不能。山河不可逆转，岁月不能回流，依稀旧人，身边还剩几个？我们修行三十年，今天，是否已得到一种圆满？浮世红尘，相遇不易，而相知三十载，该是何等因缘成就？应拿多少岁月来修炼？

三十年的岁月，我们已过了半生，即便如何怀旧，我们也不能从镜中唤出青春，一瓶陈年老窖，不需开瓶，自有隐约暗香。伸手触摸那些被洒落的时光，我们齐齐赶赴一场盛宴，祭奠我们远去的青春。时光枝头明媚的，依然是我们的心跳，千年、万年不老。春烟散尽，慢看时光烙伤的痕迹，最深的伤口，总是开满最繁盛的花朵，每一场花事都是一个等待。从一朵花里，我看到你旧时容颜，枝头花朵飘落，山涧溪流潺潺，留白处，是我们仓促未提及的青春。青山不老，流水不老，由此，天涯因为眼泪变短；由此，你的模样依然是领我回家的温暖路标。

缘分，不是擦肩而过，而是相互拥抱。一杯离别的酒，浅浅流淌，如百炼钢，如绕指柔，堆叠出许多忧伤。风吹即散，就此别过，不必烟雨朦胧，不必高楼目断。

一程山水，一个路人，月上柳梢，茶凉言尽，酒杯不沉，任时光走远，青山常在，流水常在。我们，还有青春可用，还有未来和好风景可以期待。

我们，把此生的约定，根植于心中，每一个承诺，每一次遇见，都是值得珍藏的风景。天涯的你我，各自安好，江湖两不相忘。

浅茶一盏，清酒数杯，
相互亏欠，相互惦念。
无须询问山河年岁，
每寸韶华皆深情。

——题记

荡漾台金花海

季节在响，无边的湖光山色装饰着天空的风景，我们穿行在一片初夏的阳光里，花香温暖，岁月和煦，溪水潺潺流过，落叶堆满小径，风抚摸我们沉睡而幸福的灵魂。

山河青翠，草木葱郁，我们，已然成为这青山绿水的一部分。溪声、风声、笑声、歌声，弹奏着人间清籁，诉说着地老天荒，给我们中年的光阴打开另一扇窗，去感受和识别更多无形而贴心的东西。

满眼的绿意如初夏喧腾的阳光，脚下溪流，一如漫漶的时光，雾岚轻纱般依偎天边的山川，相知相遇间的情意，让人长久唏嘘，碰醒我们三十年的平静，并引发深深共鸣。

置身青山绿水，温暖悄悄滑来。一份深情，带着酽酽的厚重与沉香，推开连绵起伏的云雾，如山川与溪流，隔着遥不可及的距离，最终，我们在一片紫色花海里完成前世今生的一次心灵相拥。一曲《让我们荡起双桨》唤回我们少年的快乐、青春的张扬、中年的沉稳。我坚信，这是岁月所诠释出来的深度与光芒，是时间和精神煮熬出来的芬芳。那些真挚的同学情分，就像四散的清香，弥漫周遭，生根发芽，散发出琐细而真实的烟火气息，每一丝每一缕，都触动我们的情感，流淌着千回百转的舒曼乐曲，虽不浓烈，却一点一点，沁润人的心脾。

弹一曲高山流水，抒一阕人间情怀，在这短短的相聚里，自有纤细绵长的力量，让我们曾经与生俱来的孤独灵魂，在此相逢，相互试探，彼此欣赏，相携着走过余下的每寸年华。

瓣瓣花香里浸润着珍惜、温暖和坚持，纵使年华青衣褪尽，我们依然相互固守，不在风尘中放逐。人间万千事，多少春秋被辜负，静水深流里，我们留不住逝去的时光，却可以保有最珍贵的情谊。

吟咏石仓林场

风，缓慢地吹，已经难以拂动我们波澜不惊的岁月，更无法打扰我们去看一座石林的拔节和开花。

依依不舍离开台金花海，我们驱车前往石仓林场。

对于石仓林场，除了仰望、敬畏，也许，我们更多是回忆与珍藏。因为，它承载了我们青春年少时的万千记忆和深深怀念。

师生情，学友意，简单清澈的内心，不被世事蹉跎的天真，那么清晰地疼痛，都镌刻在这里。

云影暗渡风自流。青翠的草坡开满各种野花，风中传来牛群清脆的铃铛声。蜿蜒盘旋的山路上，我们每重生命都走遍每重山水，两岸的凌云山峰，如两页摊开的书页，那里存放着我们不能接近的问题和我们迟早有一天最想知道的答案。树叶、花朵纷纷落下温暖，落下它们的秘密，流淌着四季的芳香，唯有山水，不问古今。

我们，在因循的往事里，守住彼此的因果，为一场久别重逢写下不朽的文字。私藏一袖的诗情，被再次抖了出来，流云的心事便浅睡在我们姗姗来迟的脚步里，喜极而泣的泪水，在我的一笔一画里泛滥。一页诗行，反复把韵脚押在走过的青石板上，身后有青山，山上有回声，我心中有欣喜，因为此生，我们还能如此相遇。

石仓林场，以一个智者的平和，从清晨坐进黄昏，不辜负一草一木，如饱读诗书的青衫书生，踩着心事，在此苍老，这光阴，值得一生虚度。

石仓林场，以一座山的方式，在此落地生根，使这片江山，再次声势浩大。寒月映照的归途上，它吟咏成故乡向晚的风景，每一块沧海桑田的断垣残石上，都飘落着华章绝句，蕴藏着一位歌者积蓄一生的绝唱，需我们用一生解读。

我们，怀抱青山与万物，在千步云梯间张开翅膀，飞翔在时间的苍茫之上。从蝴蝶的梦中出发，我看到最高的爱情。他像我爱过的一位古人，藏在唐朝，同星空对弈。我在云朵上行走，在香气中暗红，在爱与被爱间艰难跋涉，打开一扇唐朝的天空，温一壶离愁，采撷几页诗句；舀三江春水，煮清茶一杯。诗歌的文字，依然星星一样鲜活，我忘记自己迷乱在哪座城池，只等一路奔袭拼杀的将军，接我回家，让我在远处的江湖宠辱不惊，行到水穷，坐看云起。

回首，只是时光在这里顿了一下。莞尔一笑后，我们，必须委婉启程。

落叶溪潭外，钟声云雾里。短短的相遇里，深深的相知，已经让我不忍离开，说不出再见。原来，我们说万物悲喜，我们说人生无常，不过如此。

诗茶歌酒醉金辉

这个夜晚，一定值得我们深爱。数杯清酒，就让一个夜晚在金辉这里闲了下来。

我们在一杯酒里碰痛一朵桃花的心事，在花瓣纷纷坠地的瞬间，我许下的诺言，已被一只蝴蝶带走，每瓣之上都有故乡。

我们在一盏茶里淡泊流年，不理繁华。离别的微雨一点一点打湿光阴，润湿已久的情感，掀开一角，不再对往事隐瞒。

我们手中的杯盏，各自含着沉醉的心事。我的同学、我的朋友，请容许我的泪水，每思念你们一次，就决堤一次。

语言之外还有语言，人生之外还有人生。诗里天气晚来秋，画里青山便是家。一幅山水，渔歌晚唱，弦月临窗，群友对坐。夜宴后的一颗颗心依然激情澎湃，在回忆中用疼痛的鲜血绽放一生的花朵。月亮与乡愁的波澜，或寸断衷肠，或烟雨蹁跹。

远处灯火辉煌，一夜笙歌的对岸，千年前的那艘古船早已在万里的码头靠岸。几十年的光阴，我们越走越瘦，满江春水不知去向，却留下时光的斑点，留下我们彼此雨过天晴的等候和今夜此刻的诗酒好年华，留下为一场相聚而故意深醉的我们。

夜风那么浓，很多惜别的句子，在相互亏欠的歌声里，停落在我的痛处，新墨落在纸上即成旧痕。被挤坏的春天，在诗词里养伤，我写出的拙句日渐苍老，你唱出的歌词有泪带笑，历经岁月的我们眉目渐衰，却光影媚好，那些雨打芭蕉的闲愁，在酒茶里晃了几下，便在回忆中纠正我们的余生，用心血以一段肝肠写下我们共同的情分，用缓慢和耐心，一如初见，一如多年前我从书堆里见你纯粹、干净的模样，弱水三千的我们，内心的情愫依旧纤尘不染。

风雨敲窗，且听风吟。不理解深情，不感受重逢，怎能忘我陶醉、酣畅今生？我们在成长，百转千回间，曲径通幽后，人生的忧患也许从不停歇，但我们浅酌低唱，疏狂一醉，只因需要一种温暖，需要生命年华中的浪漫。在营营碌碌的世间琐事中，不蹉跎岁月，不枉此生。

纸上的诗，我们，本不善写；世上的酒，我们，本不善饮。只因一首诗，只因一份情，才有了此刻的诗酒人生。

朝霞暮景，明月皎皎。酒中有花，花中酿茶，诗中种芍药，字里植海棠。有酒的岁月一路行来，有茶的日子相依相伴。我们，煮酒论诗，醉倒在三十年的感情里；我们，清水煎茶，将窗外的夜色一染再染。我们，过着冷暖交织的光阴，相互亏欠；我们，守着简单的安稳和幸福，相互惦念。诗酒趁年华，每寸韶华皆深情，我们，不惊不扰；我们，人生静好。

愿时光缓慢，愿故人不散

——献给我短暂相逢的老同学

时光辽阔，江山便在又一岁里打开，柔软得像三月窗外的桃花。

江水在门外曲折，我们齐眉相坐，看两鬓渐染，一时不敢相认，彼此的心头起了忧伤，却不敢把过往一笔勾销。两岸青山依旧，穿越一生的经纬，将往昔放回原处。只为，回到故乡完成自身的流淌，回到这个安静的角落栖身；只为，不跟岁月跌跌撞撞地穿梭，不在故乡之外永远做客。

我深信，一个地方，就是一个故人。可以让我们用一段江山，替换另一截风景。

一个故人，便是一段缘分，值得我们将岁月生生世世搁置于此。

初春的阳光落在双肩，坐在藤萝椅上，泡上一杯茶，谈笑间，还是故里的生活。

想想我们的一生，能够从故乡故土开始，从与故人相遇开始，一别三十载，一个个少年已匆匆在岁月的缝隙间长大，再到今天的短暂相逢，更多的是眷念的纠结和一种无法舍弃的牵挂。我们心里，那些不能预知却又像早已约好了的暗记，在缓慢消逝的时间里变得触目惊心地真实起来，让我确信，世界上有那么一种东西是担当得起永远二字的。那些春天的花，落在我们坐过的校园青草上，中间荒芜的岁月，已经不知去向。

我们的青春就这样无可挽回地逝去了，同学情谊却情深意切地被思念着。

一路走来，我从故土到他乡，从一个城市到另一个地方，某些情意会让我不由自主地停下脚步，恍若隔世地想起我们曾经的青涩和张狂，想起我们未曾照料好的青春韶华，它远远地被时光搁浅在一个只能通过回忆才能想起来的地方。今日今时，我们相聚，我们一同在岁月里转头张望，久久凝视我们的青葱岁月，风流韶华，云雾散尽，无比清晰地出现在眼前，明媚、忧伤，像一个人在眺望她的过去，又像在为我们坚守这从时间深处穿越而来的至诚至情。刹那间，我看见岁月的慈悲，体会了岁月的况味。人生际遇难料，岂止沧桑而已。谁的青春开不败？谁的生命能重来？

世上多少青春等待唤回，多少情意需要重温？昨夜微霜初度河，今晨的风里又凋了多少青发？我们，开启每一扇回忆的门，让久暗的心重新有了风声水响，只为，回顾的刹那更特别的深情凝重。隔了那么多年，重拾旧忆，我们心里最柔软的那一部分被触痛，热血迸出，泪如泉涌。今宵，可否再煮一壶酒，让泪流满面的我们，重唱当年百转千回的歌谣？

多年来，生活于我们而言，是一条起伏不定的河流，逐日逐月的流过，它的下面，藏着多少我们不能也不愿意忘记的记忆，它会在某一时刻，唤起我们心中某些珍贵的感情。今日，我们用温暖的回忆对三十年前同学情意的抚摸，那些青葱旧事，在我们的视野里奔跑，顺便带动我们的血液，如潮水涌至心头。多年来，它像一坛忘了喝的老酒，一直堆栈在某个不显眼的角落，今日开启，风华倾座，芳香四溢。一些人，一些事，一些情怀，一些故事，纷纷荡漾着温暖的笑颜，流着温暖的眼泪向我们缓缓涌来。历史可以忽略的世事，却在我们心里留下了行迹，这当是我们人生珍贵的至宝。

温暖的灯光下，隔着三十载的距离，再端详少年时的你与我，便会看出那如水洗一般清明和洁净，那像天使一般美丽的面容。我们，实在舍不得也不能将他（她）们忘记。青春，真如醉酒，似乎都在今夜被我们一饮而尽，薰然而又芬芳。

我们的一生，从未尽欢。曲终人离，盛宴必散，三十年的时间在我们往前的时候是一日又一日慢慢累积而成的，为什么在分别之时却是如此的急流奔驰？我们，在街头握别，尽管频频回首，尽管声声再见，彼此的身影仍会在夜里逐渐模糊。就算我们一直在不停地回头，就算我们一直在不停地挥手，总会在最后一个转角将彼此遮住……

淡淡的祝福，藏着深深的牵挂。

此去经年会有期，人在他乡，似在故里。隔着岁月遥遥相望的眸光，是我们此生不变的同学深情。在匆忙而又无奈的今天，我们怎能享受日日厮守的奢侈？世事一路穷追不舍，我们无路可退，唯愿时光缓慢，唯愿故人不散。

那一夜的萤火星光

青春的盛宴总有散场的时候。青春散场后，我们会被无法预知的时光推搡着，在人群中走失；而恰恰是那场烟花般繁盛的一场聚会，让我们飞快地弄丢了彼此。而那一夜的萤火星光，*潺潺流水*，连同走过的岁月，变成了我窗外夜空里不灭不休闪耀的星群中最明亮的一颗。

今夜，举头苍穹，那日的快乐情景历历在目，心被缠得柔软而深情，春意姗姗不知不觉落满双肩，顺着长长的夜路，我叩开青苔石阶的记忆，踏碎五月如花的小径，以一种欢愉的心打探多年前的那夜星光，那片萤火。

那一年，那一季，那一日，所有的植物都在五月的微风中绿得密不透风，一根根春天的藤蔓、一片片春天的叶子、一蓬蓬春天的气息，顺着小径、溪涧顺势蔓延。那些来自大地内部的声音，音乐一样缠绕着我们并覆盖了所有的植物、石头及生灵，行走在田垄间的我们，安然于一种新鲜的生活和向往，灵魂深处长出大片大片的绿意并抵达大地的心脏，迅速蔓延，一寸一寸，铺陈开来。

飒飒的山风穿过树叶草木拂在身上，我们在一弯春水旁停歇下来，支好帐篷，享受着天地间的这一份宁静。两岸青山如黛，蜿蜒开去。夕阳下，婷婷的不知名的花草被晚风轻轻拂袖，舞蹈一般，齐齐地摇来荡去，一浪推着一浪，像涌来的一股股绿色的波浪，与身旁的溪水相和，生动流畅。河岸深处，野鸟的啼声颤悠悠地拽过松树的枝条，弹出抑扬顿挫的声音。那些春风般的声音，如相遇的风，轻轻地刮来，又刮去。

在谈笑风生中吃罢自制的晚餐，已是夜色初上，繁星点点。河风裹着百草千花的香味幽幽而来，我似乎已闻到三百里外生命的气息，它让我睁开另一双眼，去感受和识别更多无形而贴心的东西。春波碧草，虫鸣婉转，我们，也就成了这高山流水的一部分。

围着篝火，唱着不知名的歌曲，一首接一首，一曲又一曲，与身边的溪涧流水相配，甚是好听。夜渐渐深去，我躺在一面石头上倾听流水，流连忘返在一只蝴蝶的生命里，一颗露水睡姿安详，一片绿色的梦蔓延成海。枕花而眠，心事婉转，又随溪水流淌。

"哇，快看，好多萤火虫……"朋友的一声惊呼，让我一下子从遐想的空间跌回现实的土壤。顺着朋友的指点，在右侧的那片低矮的灌木丛间，密密匝匝地飞舞着一群萤火虫，它们那么微小生涩，却又浩荡绵长。它们发出的光亮辉映在夜空里，与天上的繁星一道，照亮我们年轻的脸庞，照进我们被时光洗劫的生命岁月，一抹春色便充满阳光般的力量，覆盖了所有的过往。

月亮像刚刚萌生的一弯嫩芽，白净安详，悬浮在天中央，倒映在溪水里，风带着醉意，摇荡着我们。生命中一些不曾在意的时光正是在这样的月夜，在这一弯萤火星光中，从我们的日子中间流过，留下难以磨灭的痕迹，安抚着我们无法安抚的心。

慢慢地，有几只萤火虫唱着生命最本真的歌谣向灌木丛四周飞舞，叹息着令人无法抵御的叹息。它们像一缕青烟，在空气中恋恋地游走了，在它们游走之前，流下了它们心中最后一滴泪珠，溢然坠落在我掌心，而它们短短一生享用不完的山水，该由谁来参悟？

今日此时，回想那一夜的萤火星光，回想盛装我疲惫灵魂的那一方山川溪流，于匆忙中抬头望一望远处的山峦，在悠闲里低头瞥一眼窗前的落叶，我依然愿意回到那夜的山风、那夜的萤火、那夜的星光里。那些风物景致，在山里有着特有的安然与宁静，却又让人隐约觉出隐匿在微暗之处的疼痛，这种若有若无的疼痛潜伏在我的胸中，无数次给我带来莫名的温暖和悲凉，而那些星星点点的萤火在我心中，则一直固守着它纯朴的光芒，有着任何光照都无法比拟的色彩。它们像一段明媚的日子，镶嵌在我的生命里，照亮了我的内心，点燃我眼中的灯盏，更让我在一种眷念的纠结和一种无法舍弃的牵挂中时时怀想而泪流满面。

有些情意适合收藏

　　原本，我是一个不善言辞、也不喜表达的人，只知自己只是一朵无人欣赏的无名花，在每日匆匆人流中，默默前行，不慕荣华，不求富贵，在朝来暮往、茶绿肉红中，享受世俗烟火而不知身外春华几许，几回更迭？

　　上周末，参加了汇川区作协组织的一次活动。因为前几次活动我都没有参加，这次我的出现多少显得有些羞涩和不安。在这些才子才女面前，我像一枚青青的果子，藏匿在花草鼎盛之间，感觉到偌大的寂寞而又以安静的姿态生长，与身边即逝的风景默默相守。

　　车窗外的风掠过山林的顶端，发出清越的啸声，有什么正随风潜入我的耳膜，在关闭的眼帘背后，我的心奔跑得异常迅速，面对陌生我只能无声微笑。最后，只能听任自己在一片混沌、昏睡中被一辆车一群人带到活动目的地——桃源河。

　　且不说桃源河美景如斯，且不说漂流的惊心刺激，更不说在急流与险滩间响起的女人的尖叫声和男人的狂欢声……我只深切地感到，不经意间，我们从陌生走进熟悉；不经意间，我已深深融入其中。原来，我们都是大自然的性灵，从彼此生长的角落展露了最本真的一面，在千万种因缘和合中，经历了无数次我们所不能理解的因缘奥妙的组合，才呈现出今日的欢聚和欢乐。我们的微笑是共同的，在与万千人的擦肩中，来来去去，云聚云散，我遇上这些才子才女般的精灵，一笑之间，我领悟了佛指拈花的含义，我灵魂里长出大片大片的根系并抵达土地的心脏。

短短的一天时间，我们以纯真的心接近和抵达彼此，虽然我们只是风景里的一个过客，是桃源河随风散落的一瓣馨香，但却留下了我们的丝缕感念。

美好的时间总是短暂而易逝的，这就意味着所有的旅途都有终点。青山和流水仍在，河柳与明月仍在，旅途上的事情不是凭美丽的想象来完成的，而是切切实实的一种经历。

暮色回合，明月千里，鸟儿归巢的时候，我们血液却醒着。此起彼伏的歌声和笑声充满归途，剥离了岁月深处的疼痛。

一曲《夫妻双双把家还》似千柔百媚的青衣，兰花指在空气中一抓，就算挑开了门帘，多么含蓄，多么美；随着《我心依旧》一句句的吐露吟叹，故事情节徐徐展开，折叠、悬念、扣人心弦；《山东快板》用土土的方言唱出来，却是酣畅豪放；《智取威虎山》，纵酒狂歌，仗剑走天涯，马蹄声从雪原一路响来，我们走失的记忆，被一声粗犷的唱腔撞响；《让我们荡起双桨》弦音一拨，叮叮咚咚，少年的美好记忆弥漫周遭，蜿蜒开来，浸入肺腑；《同一首歌》如同夜莺，以清扬婉转的旋律，唱出人生况味，盛开生命的原色；一曲《朋友》已泪流满面，让我们挣脱欲望的缰索，卸下世俗名利，去呼应生命与友情的大气磅礴和别样情怀……

彼此正在兴头上，依依恋恋，却总要分手的。就像一曲卡农的结尾，起伏跌宕后，在意犹未尽处戛然而止，但却可以收藏在我们的记忆里千年万年。在年老的时间，重新抚摸聆听，仿若第一次相遇般宛如重生。

岁月很长，人世很短，在滚滚红尘里，也许我们只能相伴着走这短短的一程，可就是这短短的一程，已让我不忍离弃，说不出再见。

樱花友缘

　　春风更酽的时候，春花更盛的日子，两年前在遵义县石板镇乐意山庄相遇的那株樱花树，带着几行宋词的清丽婉约，裁一袭春衣舒卷，把满腹沾襟的泪痕变成片片花瓣，深深浅浅，袭向书卷堆叠的枕边，飘彻梦里。深夜醒来，时光涌动，一宿春愁，扶起一身暗香。晃然惊觉，年华不待江山又老，与樱花的约定，注定又会被春光照亮。

　　初燕衔着一枝桃花，率先打开春天。风一阵一阵，各种野花也漫不经心地开放。窗外桃花微凉，绮罗半裹；门外小径，落英缤纷。低头嗅花，残留的香气让人心慌，每一朵花瓣都托着一个春天。我牵住一场细雨的衣襟，剪一段长安古城的风，相思便从前世的尘缘里溢出。我从一曲清词启程，携起起落落的缘分，在三月的春风里，与我的友人相遇，共赴一场樱花的约会。

　　山冈的颜色，在前世的经卷里五彩斑斓，草木已经完成轮回，粉色的花团结满恩怨，柔软如水，柳丝独钓一弯溪水，把时间和心结，泊在袅袅上升的烟尘里。那些优雅的春风，温柔一年胜似一年。分别两年，隔了多少风雨和距离，我的樱花树依然粉面桃腮，莺歌燕语，如同一个痴心等待情郎的少女，逃离到时光深处，为找到值得托付终身的人而倾心开放，将内心的江山，一寸一寸，为我们捧出春暖花开的灵魂。春风一过，泥土吐露芳香，那一朵朵带粉的樱花，就以一个家族的霸气开得娇艳无比，开得高高低低，一泻千里。置身一树芬芳中，我无处躲藏，有谁还会关注樱花的忧伤，在这个春暖花开的季节，有多少期望没能如期吐蕊？又有多少美丽只能独自流放？

我曾相信，起落的缘分，就是我们与这棵树的轮回。我曾倾尽一生柔情相依相随，几起花落，她骨子里的那一缕暗香，自然就成了我今生无法破译的谶语和预言。弹开茫茫花海，再把柳色翻新，为转回来世的情缘，为我一直写不好的最后一首诗，我只好放慢脚步，望断长亭短亭，把一春的娇媚献给我爱的人，把一朵樱花的芳香，还原为万里春光。

青山依旧，人事已改，樱花是打开的，每一朵都是我前生的痛。两年前如水般的少年已各自天涯，两年前的一瓣樱花让我的诗句反复馨香，两年前的友人依旧相互惦念，两年前的缘分仍被深情吟唱……而我，拙笔的回忆，记叙不尽岁月年轮的生动与平淡，描述不准两年心灵的感动与遗憾，却只是为了一份实实在在的情分回来，为了一份深情相系的尘缘再次驻足。

轻轻推开长满绿苔的老柴门，看着满枝繁盛的花朵，轻抚飘零成溪的花瓣，我的眼睛还是红了又红，湿了再湿。我像一个离家的游子，坚持着一个人的痛，被风熨烫的山水，应了谁春秋的背景？在如此温良的地方，薄酒尚温，溪岸赏花，我把自己埋在春天的香味里，与温柔的樱花静静安守，曲水流觞，青梅煮酒，同好友共醉，与好友同歌，还有翠山春水，万里风光，让鸟语和花香，为我找寻今生想要的最后一场爱情。要有多少场陶醉，我们，才能醋畅今生？

人的生命如锦瑟一般，藏有许许多多的痕迹，怎样可堪说？怎样才叫不负今生？心事沉淀多久，才会终于安宁？此身常在，深情常在。晴天和日，淡赏闲云，我的心已几多褶皱，每一个缝隙都盛满樱花的温暖。

今春，一分一秒的好时光，在三月永不褪色的情意里，用清浅的酒意酝酿新鲜的疼痛，给我们多一些诗酒流连的好年华，让我们明白，人的年岁越是增长，就越需要一种温暖。我们，都选择了没有开始的永不结束；我们，不说再见，是因为保有一份下次再见的渴望。

流年有爱，心随花开。情不弃，时光温暖；爱不离，岁月不寒。有些风景之所以让人深情流留，有些缘分之所以让我们铭心不忘，是有那么一个时刻，有一种清晰的疼痛，镌刻心里。

一杯老酒，为我们的青春壮行

　　人的一生，总有些时光，会成为生命里永恒的记忆，会在张扬和无悔之后，积淀在岁月深处。虽然有些痕迹并未过多的停留，但我们仍然一遍又一遍感慨那些似水年华，感慨那些青春往事。

　　那些洇湿了脸颊的青春、那些花朵般绽放着美丽的精致时光，虽然如蚕蛹化蝶般疼痛，但它记录着我们所做过和感受过的一切青春细节，让我们一边回眸一边成长。

　　今日，青春已过，世情洞然。曾经年少轻狂的我们，如今，已散落天涯。韶华不在的我们如若再聚，可否重回二十岁的冲动？

　　坐在有着明净玻璃窗的屋里，为自己斟一杯酒，把溢着醇香的杯子挡在眼前，细碎的时光便停滞在酒杯里，我也静止在酒的醇香里。一切，因而变得美丽。也许，只需要一个醉了的下午，我就可以回到从前，回到二十岁的锦绣里。

　　想着那些走远的日子，想起那一张张青春的脸，自己，早已泪流满面，千千心结，不知谁可以挽救？

从落地窗望出去，路边的法国梧桐叶子承载着自己的心事，纷纷散落，这是一个散发着思念和回忆的深秋，而我，只借着零星的回忆思念友人温暖自己，独自抵抗一季满地落寞的金黄叶子。

在拾起记忆残片时光的那一瞬间，想起青春这样的字眼，一张又一张青春的脸，像一束束烟花，在心底闪过，很短暂，也很漂亮。如白驹过隙，忽然而已。

那一年，十年寒窗苦读的我们终于登上命运的列车各赴天涯，而一心向往军人生活的剑放弃了上大学的机会，决然选择了去云南当兵。出征的前一夜，我们几个挤在剑的小阁楼上连哭带笑，搂作一团。剑的老爸拿出一瓶古朴的老酒，神色凝重地为我们每人倒了一小杯："孩子们，从明天起，你们就各奔天涯，这一杯酒，我祝福你们，为你们的青春壮行……"剑的老爸流泪了，我们更是泣不成声，两代人的泪，滴落在酒杯里，打湿了千言万语。我们沉默却异常满足地品尝着这陈年老酒，心在沉醉中痛而快乐地歌着……

一杯老酒，斟满祝福；一杯老酒，打湿了青春的脸；一杯老酒，便是一生的记忆……那一夜，我们的青春，在一杯杯纯纯的老酒里清脆而响亮；我们的友情，因为老酒，质朴得更接近生命的本真。因为，只有老酒，才能让我们的灵魂沉醉。

二十岁的天空，多情而美丽。世界无论在成年人眼里是怎样的柴米油盐、名疆利场，在我们青春正盛的一刻，它就是遍地桃花心神荡漾，它就是煮酒论英雄的肝胆豪情。一杯老酒，见证了我们青春世界里的轻舞飞扬。

当最后一声汽笛鸣响时，慌乱而痛苦的一挥手就造成了离别，疼痛流泪的一段时光就这样轻易地画上了句号。西望夕阳的残垣古道，只听到快马远去的蹄声。那些散落一地的青春，只能飘散在我们的回忆深处，我们注定无法带着过去上路。

不同命运的摸爬滚打，让我们遭遇时间的海岸和不同方向的缘分，但用老酒来装帧出征前的那一场青春豪宴，在我的世界里从来不曾苍白过。如今，山水空明，已是一生，唯一剩下的，是千人万人之中也不会错认的青春背影。

二十年后的今日，我们彼此越走越远，散落在不知名的天涯。面对红尘，看着指间无声滑过的岁月，也许我无能为力，只能眼睁睁地目送，除此之外，我还可以做的，就是用文字记录老酒与我们青春一同快乐而疼痛的日子。

山一程水一程，岁月变迁、沧海桑田，一切都会变，但老酒曾斟满的温暖却无法替代。我，也将随时斟一杯老酒，在青春的原地、在老酒的故乡，等候远方的友人。

此夜，小酌，大醉。

夏天的雨，说来就来，打在挂满窗棂的常春藤间，滴答、滴答，不眠不休，像夹在宋词里细长的桨声，疼在一个人的梦里。

一些人、一些事潜入梦境，优雅的风声和着雨滴，温柔得胜似去年的春风，翻开的书页间，春天收藏的花，早已凋谢。墨汁余香，照亮今夜微启的窗楣，手握缠绵悱恻的往事，青春的忆念，让我萧萧瑟瑟的心旌无枝可栖。有谁来旁白，今夜窗外的一蓬青藤、半窗风声？

推开窗，雨滴如几枚从宋词里跌落下来的诗句，每片叶子都是一阕婉约小令，在窗台间平平仄仄。我在命运的残山剩水里，打扫寂寞的内心，斜靠红尘，拈起一身风霜，搁置多年的残棋，疼痛了一个水木年华的青春。

风和雨纠缠，沿着曾经的青春记号，我风尘仆仆，走远的约定，触痛心扉。我在雨滴里，衣袖阑珊，烟雨两岸，心已潮湿，把另一段凄美的谜题，托付给多愁善感的后人，用素衣布衫，挡开这尘世的烟火。大地之侧，陋室一隅，清茶一杯，笛声曼妙。一年一年，一季一季，就这样弹指老去，白发苍苍且渐行渐远。

许多时日走远，在物是人非的今天，去年的春花已逃离到时光深处，在今岁会重新开放，开开合合间，世事更迭，风生水起，而我，像一个被时光用旧的人，灵魂斑驳，在微雨中跌倒，半生已成灰烬，跳过了生活最深不可测的一面，余生仍在一路的风雨中疼痛。

一场旷日持久的忧伤弥漫过来，走过的青春，曾经的爱情，在远处锈迹斑斑，路过的掌声和脚痕已如沉疴，疼成一把铜镜，照亮我们的前生，也照亮我们的来世，却埋藏了我们的今生。

青春于我们，曾经是一段浪迹天涯的风流山水，每一个日子，都会被无数个故事温暖，让我们记住一程又一程的风光。风一经过，我们远远循了那花香，于风与阳光合谋的日子里打开灿烂的诗篇，一个盛大的春天，在我们的青春里复活、奔跑，绿了灵魂的两岸。一路前行，步步深入春天，为一朵朵开败的桃花心疼不已，我在岸上折柳，不送春风，只微笑着写下桃花这粉红的词，水袖里的十指，腾挪出多少风情，伸手一抓，是一把大好的春光，繁衍出的一些温暖细节，贯穿我整个的青春年华，无人可以取代。

如今，我扶着春天站在伤痛的前方，在命运这首蜿蜒曲折的长歌里，浑然不觉自己的前半生已经弹奏成一首别离的老歌，失踪在苍茫的暮色里，我该如何回应这匆匆的山水、匆匆的人生、匆匆的脚步？

今夜，且让我将青春一饮而尽，静听巴山夜雨，空阶滴到明，每一声脆响，都痛彻心间，潮湿了我中年的所有念头。何人暗拭清泪，从此酒杯换了茶盏？青春已不复存在，尽管我频频回首，它的不动的身影仍然会在我回眸间逐渐模糊；就算我不停地回头，一直不停地挥手，它仍然会在最后一个转角处消失，将我们从此隔绝。自此，就是与青春永诀，我们，甚至没有伸出手来挽留的勇气和力量。

光芒隐退后，西归的马蹄已踏出铁血和花香，我只想踏上另外的征尘，快意江湖，放纵天涯，一声长笑放马南山，饮尽青春，扶起尘世的云鬓银钗。在岁月的尽头，听枝上鸟鸣，拾地上落花，听流水潺潺，观云来雾去，守着一间草宅，半亩田园，饮山间泉水，写世间好诗，面对文房四宝，以书养心，延续前人的诗意。

樱花树下，水一般的少年

阳光细碎明媚，春风拍马而过，伫立于春的门楣，各种各样的草欢天喜地地疯长，万紫千红，满坡锦绣，风一刮，草木涌动，连绵天涯。眼前，簇簇金黄，深浅不一，落点于一片翠绿，然后，又浸润开去，犹如远去的一些岁月、一些情感。

在季节宽阔的锦床上，生存着像风一样放荡不羁的灵魂，任意开放的野花和逶迤的青草依然饱满，燕子的足迹沿着庄稼的线条飞翔。晶莹雪白的李花，妩媚妖娆的桃花，淡粉柔弱的樱花，美得惊心，美得山河无声，美得时光凝固。空气中，溢满浓郁的馨香，那是我蓬勃的心事，仿佛一坛倾倒的老酒。

我们穿行在春天的深处，在春阳的爱抚下沉醉自己的灵魂，世界那么大，红尘那么宽，淹没了我们微不足道的锦瑟华年，花草鼎盛的情感枝头，早已无法安放我们曾经的青春岁月。没有什么力量可以挽回一朵花，让她重回枝头，鲜嫩如初，岁月流过，自己的青涩少年尽管许了深重承诺，却最终敌不过催人的岁月。时间往我们的记忆里种植了太多的荒草，轻易就湮没了我们的心声。眼前绽放的一树樱花，只属于少年的春光。

都说触景伤情，都说春心如诗。杨柳堆烟，樱花如雪，站在樱花树下，无论惹不惹得起这番春愁，无论拾不拾得起那一地花瓣，只要春风吹过，飘零成溪的花瓣又将会是一番百转千回。

这是我和他们的时光，两个水一般的少年，眉眼淡然的男生，笑靥如花的女孩，在一朵花与一只蝶的轮回中，清凉透彻，带着些许小小的害羞，并肩走过落花与尘封的传说，如同一阵微风吹拂过来，温柔了整个时光。这是他们最好的年纪，是他们笑得最好看的时候，这样的美，没有一点人间烟火气，他们干净如白丝绸的世界，全部在一棵樱花树下打开。苍老的时间在他们年轻的脸庞回溯，尾音挑起的清澈感，沁人心脾，唱得人想流泪。我那颗被世俗的种种日益包裹得坚硬冰冷的心，瞬间被来自两个小小少年的温暖解冻，衍生出无限风光。他们的气息围绕着我，绵绵延延，浩浩荡荡。

湿润的枝头，繁茂的花朵，如水的年华，让我的诗句在花雨纷纷的树下，反复香了十遍，前世种下的花树，霎时开在我的今生眼前，又转向来世的情缘。那些老去的事情，如一生的行云流水，一旦想起来，都会归纳为美好。一如眼前的两个如水般的少年，一瞬间就能让我们回想起，自己那青涩懵懂，温柔若水小声告白的少年岁月，那些轻微的话语，已隐没在流水的哗然中，犹如散碎的水珠。

时间，像一条河流，从我的身边慢慢淌过。也许，这就是我们身边的时光，能看到而且似乎可以触摸，却永远把握不了。我在这头，而我们的青春，在那头，明明只有一肩的距离，却仿佛隔了一生的时光。

忧郁地回望那些过往，在自己的旧时光里，翻涌着自己认为的俏皮、单纯和活泼。时间是如此的，从少年到中年，从青涩到沉稳，都有我路过的痕迹，最恨的那一段不是爱与恨，而是"曾经"、是"过"、是时间。我走在人生的最大拐弯上，我长长的叹息也在此拐了弯。

少年清朗的笑声颤落了花瓣，太阳把剪影投在花树间，花丛中就会有斑驳的光阴流转，流光把人抛，红了樱桃，绿了芭蕉。

若干年后，某个细雨过后樱花盛开的清晨，关于青春的记忆尚有一个虚拟的地址能够抵达，那便是这一年樱花树下，两个水一般的少年留下的暗香。

温馨的春天还在花骨朵里睡觉，暮冬的影子依然在远山徘徊。冬站在窗内窥望春天的时候，岁月的慈悲霎时凸现。

在春的门口，偶尔飘过的风，仍是昨天的模样；不舍流过的河水，还是昨天的声音。只是，昔日的花落在了哪里？昔日的水又流向了何处？

她手握书本，静静地坐在窗前，看着烟雨迷茫的远方。一些褪了色的花瓣，从书页间纷纷飞起。那些孩子无邪的双眼，那些因缺乏营养而失去血色的苍白的小脸，像她看过的某些风物景致，掠过心底，沉重平凡却记忆沉沉。

她的心开始无端疼痛，她的泪开始支离破碎。这些泪，注定将与初春发涨的溪水一道，要承担着滋润花草的责任和帮助孩子们面对人世的勇气。

五年前，她第一次和一群年轻的同志跋山涉水，走进深山腹地。第一次接触贫困山区的家庭和仍呆滞在启蒙的摇篮期的孩子们，她的心就阵阵战栗。那些枯槁的面容，那些荒芜的背景，那些破败的木房，那些塌倒的屋墙以及苍老岁月过滤之后余下的无奈、无法、无语，经由片刻的凝视，使她得以体验全部贫困的内涵和深度，深深勒痛了她的心。

久居城市，第一次看到远离繁华的那些简单而麻木的眼神；第一次看到那些怀着期待等爱的来临和出现的好奇而怯怯的脸庞；第一次读到从大人身后斜斜地向她偷视的一种尘嚣静处清澈如水般的孩子的双眸；第一次看到一个个在她面前手足无措的那些瘦弱的身子，她就有一种想抚摸他们、拥抱他们的欲望。

在她心里，世界上的每一种生命都有壮大自身的渴望，都期待以梦想的花朵去拥抱自己未来的本能。在她眼里，孩子们是散落在贫瘠土地上的花朵、是遗失在大山深处的小草，都有在阳光下开放和绽绿的权利，如果就此陷落在岁月里，注定将会被世界遗忘。于是，她决定，把自己的爱传递成春天的消息，静如小雨般滋润每一朵花、每一棵草，用自己一点点星星的光芒，给孩子们的黑夜点亮哪怕是微弱的一点灯火，好让他们眼前不再漆黑一片，她愿悄悄地释放出自己微薄的能力，让孩子们在幸福的阳光下，不经意间舒展自己的绚烂，蓬勃自己的生命，然后，开成一朵朵鲜亮的花蕾，长成一棵棵葱郁的树木。

走出闭塞的大山，告别贫瘠的乡村，回到身边的城市，她怎么也无法忘记孩子们苍白的小脸、清澈的双眸，她不知道，在告别的对视中，她和孩子们说了些什么话，她无法忆起，或许，根本就没说过话，但她却分明听到孩子们渴望读书的声音，懂得了孩子们心灵深处的渴求。那些无声却揪心的场景，成了停滞在她记忆中不能释怀的荒寂和疼痛。

她不富有，但她懂得付出；她不图回报，但她感恩世界。

为了果实的成熟，花瓣必然凋谢；为了新芽的绽放，果实必须了结。

她尽量从微薄的工资收入中挤出一部分，连同她那静静的，如小雨般沉默的爱心一同寄出，翻越千山万水，抵达孩子们的天空，明亮着孩子们的双眼。

每一次，当她邮出了她的爱，她就仿若看到孩子们开始成长的生命因春天的雨水而鲜润，因春天的和风而铺满天涯；在无怨无悔的播种中，她不期待花开，不期待草盛，却愿像守候幸福一样守候一朵花开，守候一棵草绿。在这样的守候中，孩子们的书里长满发芽的树，开出朴素的花朵，而她的心就会变成清晨的露珠，吻醒睡在枝头的晨光。

她明白，她也许无法做孩子们永远的港湾，但她的爱会依然存在，哪怕是沉默的，静如小雨一般的无声无息，但却是纯净而美丽的。

生命是一场喧哗

深秋很浓，浓得可以看到寂寞的疼痛。

我在窗前回忆四月的风景。周遭喧哗，时间慢慢流逝，人群拥挤如潮，我像一粒种子，被风吹到这个地方，在这片土地上寻了块地方，把自己并不坚实的根扎了下来，虽坚韧地生存着，却依然陷入某种无家可归的迷惘中。

一个人若离家久了，四处漂泊，是否还会想起那些生命的根源，还会不会在意自己身在何处、魂泊何方？

生命是一场喧哗，从爱到爱，对生命的尊重，除了父母，还会有人在乎。那些潜伏的易被忽略的细节，在彼此身上延续，少年进入世故，青年染指婚姻，鼎盛时的风采，暮年的无助，直到生命消失，所有的喧哗才会平寂下来。相同的开端相同的归宿，不同的过程。纵然是击水千里豪情万里也难以逃避生命不可触摸的虚妄和苍凉。

生命最初，静静的门被谁推开，是一个大声喧哗后又端庄熟睡的婴儿，皮肤洁净细腻，嘴唇新鲜红润，眉眼鼻子，生得横平竖直，娇小得简直让所有在场的亲历者不敢碰她，伸出的手又怯怯地缩了回来，生怕弄疼了、碰醒了这样娇小的生命。在那里，你可见一种生命的姿态，一种生命鲜明的细节，原来，生命竟如此娇小，如此完美。那一刹那，一个真实的世界开始提供凭证，仿佛生命固有的召唤，执意要你去注意她，去寻找她，看望她，照顾她，心疼她，才意识到她们是生命，才意识到自己也曾是这样纤弱细小，所以不得不好好端详自己，好好心疼自己；那一时刻，仿佛全世界都在我之外，有一些东西，环绕我生命，我会用什么方式，再看见另外的生命？又如何发觉生命曾经隐忍的种种深义？

这个生命，天真可爱，不知人间风霜疾苦，那是因为有人呵护，有替她担待外面种种世界、种种风雨的大树，她会附着那棵庇佑她的树生长，血脉会在她这里延续，亲情会在此光大，所以她才可以从容长大。她哪里懂得，每个生命都离不开高天厚土的滋养。

后来，这个生命成长老去，生理和心理朝着两极延伸，身体一天天老去，而情怀与心境却时时紧扣童年。其间，陆续有别的人出入，记忆重重叠叠，模模糊糊，偶尔晃过一张遥远的脸，那些不明走向和未知的距离一路前行，跟跟跄跄，让我们类比了生命的种种。年华老去，不得不承认，生命是绕着圆圈在跑，一步一步，直到又回到圆圈的起点，与最初的生命相遇、重叠，很多人跑过了我们身边，跑着跑着，就跑丢了。而中间的时光呢，被抽走了，不知所向，不明所以。

我们，在路上送走了一拨拨的人，看着自己眼角一夜忽生的细纹，仿佛一夜之间从少年到两鬓霜雪，心里微微颤抖，生命中所有的良辰美景，也只是一日朱槿。生命，终究跑不过时间，终究要归还。

生和死喧嚣着带来血液和时间，也带来了疼痛和消失。生命的衰老，像一枚石头，沉入水底，一个关于生命关于死亡的一页沉重地合上了，再也无法辨认。喧哗到最后，领略完一生一世就一剑的万种风情后长眠千秋，沉重地关闭所有的肉体和门窗，无边无际地下沉，没有重量。把温度和呼吸留在别人的心里，滴滴答答，一声一声，似乎远远的就嗅到隐隐的一抹凄美的气息。

从生到死，好像只是跨过一道肉眼不见的界标。生命到另一个世界休息去了，没有呼天抢地的抱怨，没有牵肠挂肚的系念，那情形，仿佛只是某个午后，或者清晨，或者夜晚，去外面走走，一去，就永远留在了那边，于是，喧哗停止，周遭失去了声音，琵琶琴断，乐曲戛然而止，一点转折与回旋的余地都没有。那种弥漫氤氲的安详、恬静，超脱生死境界，呈现新的轮回，便是生命最后最好的注释，同时也是生命延续的一种手段。生与死的标尺丈量，地理上的相隔万里，此岸与彼岸，也只等同于一个纳米，但从这头跑到另一头，竟然要整整几十年的时间，这又是多远的一条路？

每个生命的离去，都带走了自己的一部分，尘埃落定，隔了生死的大幕，无数的问题都不可能得到解答。历数过往，满阶长叹，该经历的经历了，不该经历的也经历了，不是没有咆哮过，不是没有闯荡过，只是，最后都云淡风轻，人世间折磨得生命痛苦不堪的一切恩怨是非都释然超脱了。

生命走到最后，忘掉了鱼梁渡头的争争吵吵，抹平了所有的起伏和创痛，尽管一生里，全是纷扰。

我在红尘转角处

——从朋友老空拍摄的照片想到的

秋天走向纵深的时候，满山树叶早已陆续飘零，初冬带着寒意刚刚到来，从我们的身旁耳边流过。

从山脚向上攀登的过程，我们一路都在远离，远离城市的喧嚣，远离疲惫的红尘，这远离的过程中，一面是琐碎的人间烟火，一面是红尘之外岁月深处的传说。踏过斑驳的青石天梯，抚摸青苔渐浓的残石，我的内心与灵魂相逢在这里，相互辨认，相互试探，彼此试探出了对方的温度，但什么都无迹可寻，而蓬勃生长的野草，只是一个痕迹而已，已没有追询的意义。

这是我第二次来到海龙囤，在海龙囤的最高处，看磅礴的群山漫无边际连绵起伏在半阴半晴的空气中，除了无语的世俗，我更加明白每一个关隘写着的即将老去的神话，每时每刻都触痛我隔世的牵挂。我无法从容地在飞龙关的断垣残壁间拍马而过，只能触摸红尘的一路苍凉。

登临山顶，喜爱摄影的朋友们四散开去，各自寻找自己拍摄的人或物，而我，在淡淡的落寞情绪下，远离人群，云微水茫的天际，是地老天荒的苍凉。风吹过发梢，带来冷意，身材高挑的野草在黝黑的石缝间挣扎生长，掩盖不了血写的历史和现实的断裂，萦绕不去的悲歌使历史驻足。

在飞虎关前，那些微微的凋败与荒凉弥散在每一个角落，繁华落尽满地凄凉。我紧贴残石，屏息静听，旌旗半卷，城头人影攒动。关隘下，是红尘的万千喧嚣，惊鸿掣电；关隘后，是多年前留下的深深沉默的残垣城池，岿然不动，血写的故事藏匿其间，这是大地深处的风景，也是旷古的仰天一问。这些带血带泪的故事就是这样，无论当时怎样的惊天动地，怎样的让人悲痛不已，时间一久，就成了云烟。

今天，这样的故事仿佛生了根，根须触进我的筋脉，隐匿着不为人知的密码，连同那段血雨腥风的岁月，一同融入苍茫的历史。我，就站在这样的转角处，仰望混沌的天际，望着此生的天涯，脚下是万丈红尘，那些无语的石头，挟带着生猛的疼，凝固的疼，流不出一滴血的疼。我，却不得不把看到的疼痛放回眼里，把红尘心事还给伤痕累累的灵魂。

风零零落落，来自数百年前，吹动我凌乱的发梢，吹醒了那些零星的旧事。一种声音，流淌着荒草的味道一直吹进我的心里，那是三百里外生命的气息吗？谁的金戈铁马响彻胸膛、谁的柔情万千轻抚忧伤？又是谁，将平平仄仄的诗句跌落在风雨残石间，再次温暖我们荒芜的生命？数百年前的海龙囤，注定铁甲粼粼，号角嘹就，连儿女情长也终是一场杀戮，掬一把光阴，爱得花开花落，浮萍漂泊无根，我眷恋在十丈红尘与一座残城边缘，是因情字纠缠吗？

我在红尘转角处，半岸青山苍白，古道旁，逆风如刀，夕阳被冷落，故事从此散落天涯，历史斑驳的一页，会被谁忆起？尘缘从来如水，三生烟火，一世迷离，今生之后，我该是谁的谁？

我在红尘转角处，秋末的风涌起惆怅，数百年前的城头，西风漫卷，花已寂寥，江山功名烟消云散。我倚在深秋的门槛，梳理半生的岁月，那些已带着我气息变旧变老的日子，有谁懂得？

我在红尘转角处，翻看那些旧事，微微心酸，再读旧事，自己已是旧人一个。一条寂寞的路，一段苍老的华年，让我站成了岸，任凭流年暗换红颜，站成这座残城里最明媚的梦。

耳边杀声犹在，绣花楼依旧情意绵绵，而我，只能选择沉默，因为，这是唯一可以不朽的存在。

阳光如雨，鸟声如洗，陌上青草盛。绿水流过，宁静地滋养溪旁两岸闲居的小草和野花。

我穿过岁月的寒霜和千重凉意，躲进弯曲的时光里，在葱茏处，与心爱的诗句，替走过的春天流泪。把一盏春暖，慢慢啜饮。

此刻，我们不提山河，只想当年，风华正茂，袖手戏江山，举一樽，招惹春风，轻摘三两枝梨花，春天便安宁地与我厮守。

风正暖暖，水静莲香，一室芬芳。阳台上安静的花朵间，不温不火的我，脂笔书写，红酥手，在渐远的风尘里打开梦，在前世的白马和今生的浮云里，看兰草生发，听空山雨下，春色正香，这是何等人间幸福。

回首，多少光阴已如转世的雪，多少岁月已被深埋。我们，经历这尘世，倾其百年，也不能比月亮更年轻。春光与微凉之后，掩面而来的中年，不惊不扰却疲惫不堪。我找不到词来修饰岁月，找不到话来安慰光阴，只好打开南窗，念一帧经书，素衣拂袖，慈悲满目，让远去的青春和冲撞的中年各安其好。

有风微过，屋檐滴下翠绿的雨，有花初开，与诗词酝酿温暖，和爱情在前尘旧事里相依为命，这样，便让我找到干净的疼痛和岁月渐行渐远的淡然。命里走远和走近的人和事，都是可以让花开放的日子，这种人间岁月，此生知足。

我们，动了红尘之念，修行千年，只为等一枚内心丰盈的正果，不惊前世，不慌来世，只在今生，在此刻，为眼里每一处风景都如此安好而幸福，所以，我知足，所以，我让人生慢下来，褪去浮华，越往前，我就越富有，我就越接近幸福。万花纷落，安心踏足其间。当过往变为曾经，当曾经含笑远去，醉笑陪君，共赴生死百年。

人生，一咏三叹，开始了就不能回头，世事侵袭，危机暗伏，我们，迷醉微眼，如何看透？青春散场，往事可堪忆？挥手之间，往事白发苍苍，恍若隔世，我们，已回不到当初。十年前是朋友，少年风起白衣，系马垂杨，心里不舍难过，十年后远走高飞，各安天涯，谁也不停留谁也不回头。谁，又能铭记当时？我们，没有勇气和力气去轻触往事、抚摸回忆，更无法苦守一份落英缤纷的景致或者每一个下着小雪的夜晚，做不到饮醇酒绿蚁新醅，松醪佳酿，数执茶盏，一饮倾筋。我知道，不是每个人都愿陪你经历所有，但是，我们可以抵达内心的安宁，可以在知足中放下，在放下中接近幸福。

如今，在这个危机四伏的城市已走到身心疲惫的我慢下来了，默默地自我安慰自我疗伤，默默地注视芸芸众生世间百态，一场盛世，大风飞扬，短暂如斯，不过须臾。我倔强地扛下所有伤痛，优雅转身，给自己一个迂回的空间，不再偏执，也不那么坚持和执着某些人某些事，只把低到尘埃中的心，洒上自己的阳光，读那些唯美的文字。流风回雪，舞一曲翩翩霓裳，把皱皱巴巴打满补丁的心情铺展熨平，腾出前世和来生，把春天带上，在这里恋爱，在这里人间烟火，红尘流年，平淡真实地过每一个日子，让房间充满笑声，让自己过得更好，历经沧海安全无恙。

尘世一角，风雨，仓皇了多少背影，花再开时，当时青丝已成霜，我们，终究抵不过光阴苍茫，所以，我们必须学会放下，懂得知足，学会让舍得和舍不得都随缘自在，面对误解委屈，不去计较，以最安全的方式保持一如既往安静的生活。

天天桃花，眉眼年少，已是前世景致，昨日过往。

今生此刻，我只想唱一曲风花雪月，吟一阕岁月静好，手捧诗卷，怀抱春琴，叹飞花柳絮，吟赏烟霞，落红满纸，在夜晚的柔媚烛火中，西窗论诗，东篱作画，陌上花开，与良人共享。

由此，这样，我才能忘记前世，不记来世，知足今生，知足此刻，便更接近幸福。

时光太瘦，只剩错过与怀念

人间三月，相思如水。

南方的雨，来得早也来得细腻，走得温柔也走得轻曼。三月，三两场迷蒙细雨，便润色出春的细眉淡目来。

这个季节，灵魂在睡眠，我在路上。

此刻，在南方，在这里，一个让我深情细读的小镇，我躲进斗室，在若有若无的芝兰芳香里，独啜那杯浅浅的轻怨。桌上的古瓷瓶里插着几枝新开的桃花，粉粉嫩嫩，有无尽的春意弥漫。斜斜打在窗棂上的细雨把我的心浸润成一颗饱满的种子，有些潜在的东西，像要生出嫩绿的春芽，流淌在我血液里，让我身心同时安享这难得的轻闲。我不知晓这样的感受能在似水年华里留香多久？它像逢春的鲜花，在适当的时候，释放出了美丽和芳华。

翠翠的绿叶自窗外伸展进来，春深似海，带着岁月的风，将自己修饰润泽直到呈现出最动人的一面，让我看见那些柔艳娇媚的景致。眺望林木叠翠，烟岚明灭的青山，花开半坡，春风扑面，人如溪水，心似胭脂。我于百忙中，离开了廛市喧嚣，丢弃一切远行，投身走一段长长的路程，坐在陌生城市的边缘长久发呆，悠然遐想，轻抚自己的内心，还有多少春光可以让我流连？

在这样的季节，在这样的时刻，那些忧伤和缠绵，潮水般涌来，淹没我的心田，细腻如丝的纹路记录了记忆里及生活里的每个过往，每个交点，每段故事，它们有序或无序地组成一个硕大的脉络，牵起我的整个心路历程。在这一路的行程里，面对一片一片的陌生和惊喜，小小的我，不思尘世，不念六根，只静静地享受这古城深处弥漫的轻松和安静。

人，在亦长亦短的一生里，总会发生许多偶然的事件，但每一次偶然，一定都潜伏着一些我们无法琢磨的东西。

彼时，我是迷茫的，对于诸多花事，它们一年一年开放，我是一年一年忘却，有一种光阴恍惚的惆怅。我坠落人间，却不知道该怎么走，不知道哪里是出口，除了来来去去的风，我什么都不认识。年轻的光阴里，一错再错，错过了一场触手可及的幸福，错过了一场又一场的繁花盛景，所以我不断地迷路，不断地搭错车，并一再下错车。

今日，我只以一朵云的身份，碰触了一下这个陌生小镇的额头，那些久远的记忆和怀念，就被抛在身后，使我安然于一种新鲜的生活和向往，让我的灵魂长出大片大片的根系抵达小镇的心脏。

时间突然慢了下来，古旧的过去在街头婉转，如春风翻阅的一本线装书，暗香流动，上面有时间剥落的簌簌声。小镇两边门店木纹的浅暗，窗台雕花的陈旧，浓浓古韵中晃动着一个个青衿大儒，他们留下的风韵洒在我的血液里，一点一点，渗透进我的骨头里，在不经意间，改变了自己，让我以一种崇敬的眼神关注着。

人一辈子要去的场所很多，为什么单单这个小小的地方会融入我的一腔深情，让我涌出亲切又亲近的感觉？以至于我想把有关先前命运中的所有信息全部删除或切断，不留一丝痕迹，而把自己留在这个小镇深处里，嵌入她的心，牢牢地入她的骨，把这里当着安身立命的好时日，好地方。任时光绵长，岁月流逝，带着从此一生一世的心情，与她从春一同坐到秋，无人惊扰，用安静的眼神望着她的安静。

可是，时光太瘦，满地细碎的光阴，温馨又悲伤。无缘的我不是来得太早就是太迟，我在不该来的时候来，却又在不该走的时候不得不走。因为，我们完成了相遇的使命。

我明白，一个地方，她不属于我，剩下的便只有错过与怀念。

成长是一辈子的事

时光流转，人事更迭，花开花谢，人生聚散。

走到今日，即便把一朵云内心的辽阔耗尽，也无法抗拒迎面而来的中年。沉默中，浩瀚的红尘，如何可以安放我心底的苍凉。我擎着世事的无奈，含泪一饮而尽。

人生恍如急湍，暮雪添两霜，曲终人会散。

我用一点一点的时光，看着日子挨个挨个在我的身体里倒下，又怀不忍之心，眼睁睁看着亲人们大片大片地老去。理一理来时路，其实我们都在路上成长。在隐仕之间、在得失之际，拥抱岁月的侵蚀和挥霍，收割为人的幸福、安宁，也收纳为人的苦楚、贫瘠与窘迫。荒芜了青春，蹉跎着生命，虚度了满天光阴，辜负着无边风景，在沉默不语中低头亦成长。今日，人生的种种于我都令人惭愧地泄露了生活的辛苦，甚至人生的失败。相隔数年前少不更事的我那么急速地成长，今天的我依然在不断成熟，而其间的岁月，已是我一路上需铭记且缅怀的。

走了这么久，内心的旅痕没有任何里程记录，梦中醒来，日子青黄不接，怔忡不明所以。是不是，只有再次穿越尘世的考验，我才能增加成长的勇气？是不是，要再次扎根红尘，才能明了红尘的种种无奈与苦楚？在我耳闻目睹的现世，我的成长，已付出昂贵的代价，岁月不动声色地凋零着过往，也凋零着自己，现实逼我成长，也逼着我让步。浅笑看花开，无争赏叶落，忙落半生看似满满当当，实则悲多欢少。几十年的光阴亦长亦短，我被一根命运的绳线牵引，在成长中前行，该记的记，该忘的忘。

浩荡的今天，能够默默战胜无闻，安静梳理心事，就是一件需要耐力和心力的事；作为女人，触摸自己的心事，更需要无畏的勇气。有些凉、有些薄，已被来来往往的风一语道破，我今生仅存的一点温暖，在这个春天，落下花粉一样的疼痛。多年前，我在成长，像一棵篱笆前的小草，活泼并欢喜，不加掩饰，纵着自己的心性成长，不管风雨都一一接下，摇摇头，不气馁，更好地生长；在枝枝不教花瘦的晨露时光里，长成一株鲜艳的花，美得无可奈何，让大好春光情何以堪，但没有谁为我铺下来世的柔软，保障我一生的不凋零？路过春天，白衣胜锦的年华，遇上一贫如洗的爱情，得不到一句交代，就默默地改变了命运。那样的成长，没有足够的力量撑过漫漫岁月，撑过柴米油盐的艰难，只好用一杯乡愁，剪碎窗外的月光，从爱情的户籍上删除当年的盟约，以纯善之心，作为某种支撑，缝合伤痕。人到中年，时间突然慢了下来，唯有用一颗安宁的心才能安抚遇到的疼，理清来路，写下成长的痛，眼睛里有薄凉，心底里有慈悲，远远看庭前花开花落，静静观远天云卷云舒，尘埃落定，随缘自适。

岁月流逝，无声有痕，滴答的走秒声，露出跟跄的旧年，截一段从暗处涌来的暮色，缝补过的忧伤足以遮蔽一个人的往昔。

世事无常，我们在一天天变老，从懵懂开始逐渐明白事理，等着花开不败枯木逢春，等着等着一晃已白发苍苍。我走进红尘，进入时我是一个人，出来时我是另一个人，一步一步的成长中，没等我准备好，前半生就没了。

原来，成长是一辈子的事，需要用一生的时间来完成。

秋叶落满双肩

投宿他乡，梦里穿越故乡的山水，一路翻阅，无助的我，形单影只，泊靠乡愁，一纸书信，在天空下着细雨，想象中的怀抱温暖、踏实。

擦身而过的陌生乡音，让我和旧有的时光相遇，一条幽深的窄巷尽头，繁花早逝，芳心辗转成尘，无迹可寻；往日旧梦，落叶堆砌。在迷途的轮回中，每一片辨着风向飘去的落叶，都沾染伤感，尘中长出藤蔓，遮不掉霜色深潭。

我寄居于此，蛰伏其间。门和窗朝向溪水，和每一个或喜或忧的日子相遇，预约来年的惊喜。在让自己沉醉的日子里，我，不挣扎、忘掉痛，心甘情愿经历这没有烟火味的寂静时光，任凭流光催促。屋内的花朵盛开柔情，满园的秋叶落满双肩，在静下来的夜晚，翻开书卷，探寻来生，一页笑声朗朗，一页怆然涕下。窗帘的一角，牵出潮湿的千种相思，身后的山河与你，都在我的笔端烙下梅花般的诗句。

时间是孤独的。落叶的更深处，满园秋意一直漫延到门槛边。命运如此打结，我该如何抵达镜中的青春。已过半生、跟随沿路风景的我，在微雨的午后，撑着伞，以诗人的姿态走成百媚千红的世间一朵湿漉漉的杏花，用手接一滴雨，润湿整个心房。原来，我是如此庆幸，在季节的最深处，依然可以被秋风吹痛，依然可以用深藏一生的暗香，完成一次灿烂的盛开。尽管秋叶成堆，尽管有细碎的微风吹过。枯叶上的梦痕，池塘里的旧事，与我总是有千般联系，只需一场江南的细雨，我便可以踏上桨声轻盈的兰舟，和深埋的落红一起，酝酿一首首小诗，在秋意阑珊中随着或深或浅的缘一起逃走。

时光走远，旧时明月，已长满青苔。一生中的经历滑过额头，微凉的霜，轻轻拂过眉宇和发际，一瞬的红颜，在一秒的莫名、恍惚间，已走遍世上的云山烟水。一段倾斜的桥栏上，一棵梧桐，晃动着新旧两种光阴。此端到彼端，多少光阴生长又荒芜，彼岸无花无果，溺水的我，追不回无刃时光。寄往故乡的书信，早已抵达，却错过了一世情缘。一湖春水，被我一次次误读，马蹄声远，天涯因为眼泪变短，多少胸怀豪情，终已散作云烟。

往事苍茫，我在低处飞翔，忘记与生俱来的忧伤，不再为半生无为而惭愧。在慢下来的时光里，抄写慢下来的秋风，为人生下一半烟云弥漫的行程重复简单而又朴实的日子，看花蕾初绽，一直到落英缤纷，灯下读书，纸上老去。在一片落叶的中间，期待一枚长出阳光的花瓣，把春天的优雅，带往我们放牧爱情的河谷。

我的窗口，永远风情万种。溪水香透十里，赶赴一场久违的相约。春色和秋果，挂满微笑，在光阴里醉眠。

春天绕梁的双燕，在宋词的平仄间，留下无法删除的背影，手掌上花朵盛开的日子，让我明白，有些洒下的诗情原来只是枉费了心机，一些误读的暗示，只剩恨与别。青葱岁月里，我们，成全了现实，辜负了爱情。

陌生的遇见总是带着分别。回眸探看一路走过的风景，秋风乍起，秋意已老，陪伴同行的人，还剩几个？青春已被没收，结局已然写好，叹息的琴弦，恍如隔世。

淫雨霏霏，时光寂寞地发霉。异乡的我，一遍一遍在深睡中惊醒月亮，一遍一遍在诗酒中冲洗自己，淡泊了身世，恍惚了前生，我们，是否还有勇气再谈相逢？相逢后，是否可以做到从容相惜？

在这个秋叶落满双肩的下午，我借道而行，安步当车，款款走至中年，茅檐依旧，素衣如昨。起风的时候，一边码字取暖，狂草一阵，隶书几行，忘记时光流逝；一边煮酒论诗，采菊篱下，马踏南山，饱读横山烟霞。用一杯清茶，泡香一个黄昏。

在佛陀面前

　　第二次到瓦厂寺，相比五年前的第一次来，这初夏的风还略带些矜持。

　　车过田野，鸟鸣错落有致，为我默念的诗句押韵，水草潮湿，安静如处子，青葱的炊烟和闲散的云朵与乡风暗语，带着村野人家的烟火气息，让我产生久违的温暖。跌碎的阳光，轻轻擦拭我蒙尘的心，一些记忆，被发黄的经书收藏。

　　我从尘世喧嚣处出发，虔诚的心，清澈山丹。我相信，我是有幸被神召唤，来于此地。

　　一个半小时的车程后，瓦厂寺就在眼前，有香火缭绕，当我靠近、仰望，内心充满抑制不住的威严之感、慈善之心。佛陀面前，轻风诵经，万木林中，佛迹斑斓。原来，在这里，卑微的生命都靠近天堂。时光埋藏了一切伟大，却呵护着卑微事物的辽阔的心，人心与佛心，有着同样的静穆，我脚步轻轻，岂敢惊动？在这里，可以忘记籍贯，忘记岁月。我看佛，佛在看我，我不看佛，佛也在看我。我不知道，前世的宿命，今朝能结出怎样的果？

掩藏起凡俗的心，我如一滴湿润的雨，举起骨髓里的经幡，怀着人世的向往，向着虚无之美奋不顾身，焚身涅槃。插在佛前的三炷高香，是否可以把我走过的艰辛全部用纯净埋掉？如水仙一样虔诚跪拜的我，能否把我的前世唤醒？袅袅青烟，木鱼声声，守望的许诺和记忆，可否等待来世的轮回？那些未经历的，提醒我红尘无罪，却不知还将暗藏怎样的伤，如何才能把今生和来世鉴定完毕？

我不是虔诚的圣徒，一生中饱受的苦难和彷徨岂能被一段经文轻易超度？重门深掩，怎可穿越我一生的沧桑？诵经之声穿过旷古的岁月，有些事物轻盈老去，有的在翻转世界。我童年的哭声已化为某一个词牌，发着微光渐行渐远，为我期待的一首诗、一个句子，躲进我的骨头缝里，看乾坤斗转如何，与长日一起获得永生。

山有无数重，水有无数重，它们嵌在佛的怀里，祈祷众生平等，即便在九天之外，偶尔凝眸，我依然相信，一座旧寺庙能装下的陈年旧事，照样有新的过客出入，即便收拢所有的风水、四季以及前朝的味道，容易怀旧的人，依旧会把历史重新秘密抒写。有的禅意，就写在我们意念的眉梢，有多少，可以伸入时光深处？因果轮回，早已被一句箴言说破，前世的宿命，唤起我对根系的寻觅，我要如何，才能抵达无风无浪的码头？人到中年，还有什么理由可以拒绝纷扰的尘世，谁又能侧身躲开风雨的追逐？

佛前的青竹已长成风景，风经过，与草籽一起，把初夏重新布置，落日悄悄栖息在旧祠堂，虽有些苍凉，却也可以让人在此读旧书、品老茶、赏幽兰、说人间事。黛青色的瓦厂寺，为我装点出一个静寂的世界，成全了我最诗意的相遇。

我坐在这里，一声叹息如同半阕婉约词，被风吟来诵去，一朵海棠，在夏天的宣纸上写诗，林间有鸟飞过，流水穿石，松涛阵阵。人在红尘花在枝头，与五月的风同声同调。日暮斜阳的庭院，锁住多少旧日的繁华，又尘封了多少曾经的故事。黄昏中，娥眉淡扫的女子久坐风檐，凝眸深处，依旧是满眼的残阳。我礼拜在佛的某个侧面，谛听它的呼吸，却始终握不紧，一缕与尘世有关的气息，只有满山的风雨，透过我的身体。

清风明月，一切尚好，由此，我学会用柔软的心脏，千般情愫，守在细花雕镂的格窗前，凭借青春的眉弯，望今生的你，望来世的我，用童真的双眼，去看待这个世界所有的纷乱与残酷。

「叁」

前世，我们一定深情相爱过

前世，我是你怀中的那朵莲，用痴情，守候今生的不变

今生，我是一滴泪，沿着你的纹路，缓缓滴落，在每一个缝隙，盛开婉约的温柔

来生，我们会在春天里老去，会被埋在春天的一坛酒里，会随杜康远走

前世，我们一定深情相爱过

　　佛前弥漫的香雾，是我未完的祈祷。我在人间的一角，等一个轮回的身影，供灯的案台下，磕向你我的今生与来世。咏诵三千页经卷，在岁月日渐苍老的孤独里，刻下我们前世深情相拥的模样。

　　红尘浩大，我相信每一个转弯都暗藏玄机，有些东西，注定无法辜负。

　　与你相遇的刹那，我整个人低到尘埃里，心灵如春水一样丰盈、润泽，猝不及防的瞬间感动，深深激荡我们的内心。我们确信，冥冥之中，我们是前世的故人，有一种明明暗暗的牵挂，生生死死的纠缠。我们生命中相逢过的春天，被一点一点唤醒，与我们的生命深刻呼应，生生不息，在岁月中深情等候。

　　我纤手摘花，你举杯邀月，诉不尽庭里芳香，写不尽庭外红尘，一路寻访到我们的前世。

　　经过春来秋往的涤荡，经历日月交叠的轮转，可记得三生约定、百年相逢的誓言？奈何桥畔，一碗孟婆汤，又是谁负了谁一世柔情？

我以为你忘了，你以为我离开了，但相逢的一瞬间，前世历历在目，那些过去的轮廓栩栩如生，我们的世界，又蓦然回到前世。

你少年飞扬，长剑狂歌，君临天下，倜傥天涯。

我低头嗅梅，袅娜娉婷，画梅西窗，红泪偷垂。

我们，从一草一木开始，从春花秋月启程，以含蓄和细腻的方式，传递此情此意的深切。一湖春水，被撞得七零八落，杏花的落英，淹没我们相守的院落，客舍柳青，海棠含情，美若深渊，不可测探。夜月一帘幽梦，春风十里柔情。我从漫漫花季长成亭亭玉立，如春日初绽的鲜蕊，怎堪采撷？何以怜我？你用勇气保障我的一生不凋零。我为你绽放最美的一页，全部的温柔都捧在摊开的掌心，足够你承担一个永远幸福的承诺。一夜的桃花雨，都在为我量身定做嫁衣，我们彼此的爱撑过了漫漫岁月，却无法撑到我们白首偕老的那一天。

我们被空间挤压起来的时间乱了排序，错了衔接，曾经消失在我指端的隐喻，无依无凭。你萌生退意，朝着我不知道的路径和风景而去，我从斑驳恍惚的梦中醒来，以醒为梦，以梦为醒，怀着一贫如洗的爱情，咀嚼着青春的最大不幸。我深知，渐行消失的你，烟花散尽，已华丽退场，犹如繁盛的树，又骄傲地长出一枝，当爱情的土壤只能承受其一，你剪去了陪你舞尽青春的那枝，谁管旁人指点江山言语激昂。

临风沐月，一生一世多久，纯美的情事，总让人心酸。

我没有理由去记恨一个爱过我的人，哪怕他不小心伤害了我。当最后的伤已愈合，我努力摆渡自己，穿越前世的湖面与逝水的光阴，在求剑的舟楫上，留下一道清晰有力的刻痕，只为今生记得前世。我在水尽山穷处找到了彼此前世的脚印，你是我丢失的肋骨，我是你埋藏的那个人。我再也无法找出原稿，将你一笔抹去。

若干年后的今生，当你来到我身边，灿烂的微笑，一如当年深情地将我仰望。我确信，我们的前世和今生只是隔了一段岁月，我们只是彼此走失了一段时间，但我们，一定深情相爱过。

莫问我思念的目光为何这般清瘦，只因你一次深情触动，唤醒了我们的三生三世。我们走过了一世，在彼此的心里，来来往往。人在天涯，我们都有回去的心，但我们的生活已重重叠叠，内心挣扎，纠结困顿，有时必须躲避，有的时候又彼此沉迷。相逢离别的瞬间，永远带着新鲜的疼痛，锥心铭骨地镶嵌在彼此的流年里，只有柳丝聊慰我们今生无数次离别，另外的一种深情只能埋藏心里。如槐树与柏树相抱而生，但它们各自的树叶注定不能活在对方的枝头，离得这么近，只是为了看清彼此今生的不能。

前世，我们一定深情相爱过。

今生，你错过了我，我错过了爱情。

后身缘，恐结他生里，然诺重，君须记。

前世，我是你怀中的那朵莲

　　那一日，我和你在来路漫长的转经筒上相逢，手执的力量，胜过我暮年的青春。我清楚地记得，我的感动，那是我徘徊在荒寂尘世之后，遇到亲人般那样的亲切，这是你我最痛最美的相遇，伽蓝烟火，青童指路，恍若人生初相见。

　　我沿着乡音，风尘仆仆，落叶布满步道，雨滴依旧不疾不徐，打在荷叶间，溅湿了我的爱情，疼痛了我的青春。烟雨两岸，世界温润如玉，风雨纠缠，一朵粉莲，半阖在人间，情节朦胧，说出的疼字，竟是满池不圆满的伤。

　　花柳似伊，安静的柴扉前，你秉烛、绾发，端坐莲旁静悟。一朵莲浮出尘世，献给你旧年的经书，滴墨成伤，第一页，就写着打不开的谶语。原来，前世，我是你怀中的那朵莲，留在红尘的末梢，只为等你为我剃度，青丝入土从此清心，在一卷经书里安度终日。

　　曾经以为每年今日，我都会依偎你怀中，谁知我却流落沧海，浪迹天涯。我在水滴里。

在叶脉折痕处安然入眠，被流水覆盖的尘世，漂着的是谁？我的前生还是后世？前世的相思，只有等寒风住了，芭蕉绿了，月儿斜了，在今世，谱成新词，一曲一曲，直到新的篇章翩然展开，我才唱给你听。

前世，我是流落人间的那朵莲，在你的怀里，让我打开一生的寂静，捧露相迎，你把我熬成中药却不吞下，而你的气息，供我疗养、照镜、梳妆；你的味道，让我温暖、沉醉、疼痛。你翻阅着我的每一章节，卸下我在人间的全部忧伤，藏花的古笺流传在书案深处，透过莲叶的几笔箫声，远远地怀念令人感动的时光。我们全力以赴地抒写一生，将多少岁月积淀下来的刻骨爱恋细心珍藏。原来，我依然是顾盼生辉的红颜，你依然是白衣翩翩的少年，永不老去。而我，多么庆幸，可以阔绰地装载那些抒情的流水，在一条芳草侵占的古道，微微的喜悦，从容走进来生，在你的怀里，与你相逢，凭着前世的气息，在今生再次相亲相爱。

前世，多少红尘深景，犹如隔世花影。窗外柳丝满池，飞香走红，你厮守在侧，剪烛写诗，岁月苍老，悄悄就是一生一世。能够遇见你，在彼此一生中最好的年华，以前的以后的所有空缺都在这一刻被灿烂地填满，别问，是劫？是缘？

前世，你见证了我的盛开，从蓓蕾到凋零，我们在春末夏初里遥遥相望，你的脸如斯美好，美得让我忘记呼吸，只一眼，让我整个人似乎低到尘埃里，却又探身为你开成一朵莲。

今生，能不能在你缤纷的庭院，找到我前世的脚印。你手持书卷来到我身边，保持灿烂的微笑，贪婪地看着满池春风，把我的眼泪一饮而尽，是否会一如前世深情地将我拥入胸怀。

阳光正好，浮满院墙，青青的藤蔓，探出墙头，光影漫过，婆娑有声，我远远地开放，在时光深处，寻找值得托付终身的人。夏雨敲打东窗，旧路不忍逡巡，一朵如水般的莲，在盛开的路上，用心绣下，万世花香。繁华落尽，你让我依然相信爱情。忧伤了这么久，我可以展颜一笑了吧。

前世，我是你怀中那朵莲，用痴情，守候今生的不变。你欠我的光阴，我予你的疼痛以及风尘里的人世琐碎，一直在我的回忆里绽放，不曾在光阴里褪色。锦瑟年华与谁度？穿过今生，倏忽之间，在你的怀里，即便沧海桑田，也人生芬芳，岁月静好。

小溪边，碧波微漾，你转身皱眉，翩然的眼眸，为谁负了似水年华？你落寞的岁月尽头，是我难归的故乡。

我是一颗泪，沿着你今生的纹路，缓缓滴落，在每一个隙缝，盛开婉约的温柔，只一滴，一下就温暖了全部的思乡之愁。

溪水流淌，岸线触手可及，溪声起起伏伏，一如初春的纷纷鸟啼。在鲜为人知的旷野，我与你同谱一曲落寞霓裳，共饮一杯雨前清茶，牵手对诗，煮酒说辞，对月谈赋，读史做传。远看前世的风雨，我们，终于在今生褪了色的五朝余音中任梨花纷纷、泪流满面。一颗泪，将长恨饮下，化作千古牵挂，在你的鬓边唱一生的过往，吟不尽谁的悲伤，却温暖着我们人生左岸右岸每一丛带泪的鲜花。

逃离所有的过往，爱已掠过今生的记忆，有些秘密，我已记不清了。情到深处时，我选择离开；写到爱字时，我选择删除；我选择放手时，回忆却无法放掉我。于是，在我们徜游过的山水田园里，我简约缄默，成了你今生噙在眼里的一颗泪，一天比一天浓厚。

在你面前，我退不到当初，回不到过去，想等待一场美丽的花事重又鲜亮，绿树窗前草不除，期望却没有如期吐蕊，而你盛年的一场雨，最后，却把我带走，也带走我千秋不厌的乡愁。

在春暖花开的季节，我在一树芬芳中无处藏身。我愿意把自己交付于你，循着爱的讯息，一路寻访到自己的心灵，思念从此生根，浮云白日，山川从此庄严温柔，年华从此停顿。我走进你眼里，成了你今生眼里最疼的那一颗泪，我内心的雪，积压在你的肩膀，命里的花朵，已失去开放的理由。于是，日子安静下来，我们在江南的油纸伞下，一同抵达春天，用吴侬软语打湿淅淅沥沥的家乡月光，把一日三餐拌在鸟鸣和阳光里，不与群芳争艳，从此拒绝喧闹，让一切安静的声音到来，继续将爱进行下去，天上人间，共度良宵。

曾经，那些语言、记忆、欢笑，也像我们一样走散了，我在风中学会把自己飘得无影无踪。走失太久了，我的掌心已锈迹斑斑，我的每一个日子长满青苔，潮湿、阴冷，在好多泪水聚积的溪边，风吹轮回，在你的视线之外，百转千回处，我忘记了我们分开的原因。

几瓣桃花相约，我又原路返回。在命运的途中再次与你相遇，而你心中仍然只有我一个人的身影，我还能祈求什么？花开花落，你在这里等了多久？在遭遇猝不及防一瞬间的感动时，我已然明白，原来，在成长的过程中，我还可以企及，从一草一木开始，从春花秋月起程，沿着人生的曲径通幽，抵达你的内心，不再远离，只想靠近。

风又飘飘，雨又潇潇，红了樱桃，绿了芭蕉，恍然惊觉自己已愧对生命深处光阴赠予的柔情，有情可以少无所依，却一定要终老。我驻进你心里，成为你眼里的一颗泪。我们彼此是瞬间，却可以永远；我们彼此疼痛，却可以彼此温暖。

其实，我们从未远离，我们日日相思，在岁月中深情等待。如果，我们没有重逢，彼此，怎敢匆匆老去？

来生，我是你唇边的一滴酒

寒夜客来茶当酒……

瘦尽灯花又一宵……

浮华世间，兜兜转转之后，你已不再是那个目光如水的少年，而我，依然，还是你唇边的一滴酒，芳香、宁静、淡淡的，却能深入心底。

今夜，两鬓已开始隐隐飘雪的你，将唇，停在杯沿，吟一行离春的词曲，一些词句，散落酒边，在心上成行。月下萤火，照亮一纸寂寞，却找不出任何理由，拒绝岁月流转，拒绝年华匆忙，却不肯老去。

今夜，我心海如澜，温柔写诗，笔尖碎影，抖落一地忧愁，陪你细想从前，听你淡淡轻语，诉说千叶繁花在枝头含羞掩面，看你描述清香横笛如何折叠成词。初醺的感觉，让人如坠梦里，满怀温馨，醉了残阳，醉了红尘深处的你我。一段人生，一世情怀，泯然一笑间，所有刻骨铭心的灼热年华，所有繁盛而离散的日子，穿过流年，即刻成经年。

一梦一醒之间，已是一春一秋。我们笑着落泪，演一出滚滚红尘，把酒临风，一觞一咏，何其风雅。如此，我们走过前世今生。一切变数都在演绎着无常，我们彼此厮守，永恒地看四季流转，见证着红尘的风云变幻，也目睹着人生遭际的云卷云舒。那些过往，将平凡的你我，照耀成将来不朽的传奇。

惜流年，浮华乱尘谁来接？一半惆怅，一半清欢，红尘紫陌，咫尺千年，谁负万丈尘寰？匀墨提笔间，我们邀月对酌，坐弹宋词一曲，谱下三生唯美。原来，总有些东西，能超过我们有限的想象，在时光尽头，与永恒并肩；原来，爱情也可以三生三世，我们的生命和伴随生命付出的爱，可以贯穿前世、今生和来生。

在花开后又花落，春去又春来的轮回里，我们就这样拉开了来生相伴的序幕。我们走过前世今生，写满诗句的信笺，堆叠成山，关于爱情的故事，我们只字不提。只在来生的酒里，用真情酿造一份还魂的汤剂。而我，停留你杯沿，与你相随，只是因为怕错遇彼此，徒留空情。我们，沉浸于隔生隔死的酒里，究竟要写下怎样的诗篇，才能写出没有彼此的日子？

我知道，时间走过的每一个足迹都是永远，永远只是比时间多了一秒。我以为你忘记了，你以为我离开了，但是，我们又始终站在一起。我终于明白，不管站在任何一个角落，我们，都逃不掉衰老的宿命，时间刻下的伤痕，让世界面目全非，相信在来生，我们依然彼此仍是当初的彼此。

流年似水，染指琴弦。

一日心期千劫在，后身缘，恐结他生里。如若，在来生，我们没有期待的人，该是何等荒凉？如若，我不是你唇边的一滴酒，你如何消受这漫长年华？

也许，我们只是这个世界的过客，但是，来生，我们仍惺惺相惜。走过的前世、今生都与我们的生命有着特别深刻的呼应。来生，我们将以流水的抒情，面对红尘不断变换的容颜，把彼此放在时间之外，养育那些绿肥红瘦的日子；来生，时光流转彼此不变。我相信，每一个转弯都暗藏玄机，我在你的时光里，将前缘后事一一续上，等我把时光灌醉了，我们就会忘记衰老。

来生，我是一滴酒，在你的杯中盘绕，缓缓漾在你的唇边，时光又甜又烈；我像一脉绿叶上碧透的露珠，守护着你枕边的宁静，在战栗的花朵腮旁，缄默中微醉而充盈。

来生，红尘路，只有一个归人，一个过客，你为我准备的整整一个春天，我可以随意采撷。以后的我们，会在来生的春天里老去，会被埋在春天的一坛酒里，会随杜康远走。

彼时，我如濯了色的牡丹，掬一把光阴，悄悄躲进一阕宋词，深居简出。生活的风吹疼在左，日子的雨淋痛在右，用柔软的心，把祈愿举过头顶，举起人间的沧桑，夕阳西沉，故事散落天涯。

彼年，光阴漫过你的周身，阡陌与大道的经历，深深浅浅，有些远兜近绕回得来，有些则回不去。流水载着落花，暮色抱紧红尘，在最易伤感的黄昏时分，等待今生想要等的一个人和她的爱情。

夕阳憔悴，离愁从眉梢悄然隐退，栅栏不能阻隔霜华，五百年前的回眸，打扰了我静寂的时光，一千年前种下的花，开到了我的窗前，在这个与阳光合谋的日子里为我打开灿烂的诗篇。我微笑写下桃花，这个粉红的词句，柳叶一青，我便遇上了春天，沿着题款深刻的花径，报答前世的恩赐，借一阕宋词沐衣焚香，寻觅尘世之下，我青春的湿地。

春衫薄，一宿春愁，醉酒当歌。谁家的女

子，亭前泪若荷瓣，把一团暮色里的花影渗出淡淡月色，一池碧水心旌浮荡，低头嗅花，残留的香气令人心慌，唇边淡然的笑容，让半岸江南流水羸弱，空荡的长廊，琴声依稀缠绵，一把离愁反复弹了又弹。

门前的青竹已长成风景，光阴在一寸一寸柔软下来，一座旧楼能装下多少陈年往事，执扇的少年迟迟不来，旧楼虽老，照样有崭新的离人驻足。往事沉默而辽阔，旧时光的细节，出现在生命凹陷的空间里，前世与今生的忧伤，在今日今时，被雨水洗了一遍又一遍。

前世的记忆，被发黄的经书收藏，凭什么可以记得，那时年少轻狂，花好月圆，鬓上蝴蝶一双？笔搁下，绘不出江南的那幅山水，我褪尽一身铅华，请允许我从长安城出发，携带唐朝的明月，宋时的山河，还有一些前朝的味道，等待轮回，穿越一生，与你相遇，不眠也不休，青梅煮酒，饮酒赋词。

一朵桃花，掀开窗子，香气便溜了进来。我靠在窗内向外张望，春光喧嚣，繁花如梦，凡尘的我怎样才能带着窗内的安宁去面对窗外的纷争？

人生的日历一页一页撕去，日子渐渐瘦了下来。一些离别已经发生，一些相聚遥遥无期，还有一些始终在路上。那些说好一辈子不分开的人，早已各安天涯。人生的舞台上，与我搭过戏的人呢？这人那人，或喜或悲，都罢了，只有曾经为我遮风挡雨的远方人，安然而来，静静守候，不离不弃。

生命不能尽述的秘密，总在一些经纬里埋下线索。我惊异于遇见童年的自己，漫长的一生可能错过一切，却不可能错过你。无限岁月的弹指，抑或年轮陈酒，早已植入我生命深处的更深处，入骨疼痛，三浮三沉，一年一年，蹉跎我的容颜。是不是，世间所有的相遇，都只是为了离别？你亲手为我佩戴的念珠，是不是可以转向内心温暖的禅悟？案上有酒，拿一枝花可换取，但我更愿意，让那只残缺的青瓷，陪我挑灯夜读，辗转窹寐。这样，我便可以在浅浅的睡眠中借一个梦，把春天养成一个玲珑少年，使每一根枝条都托着一个春天，把不为人知的秘密，写成一阕春词，供后人猜度。即便花瓣陨落的心事比美人的花期更短，我依然相信，我穿越一生，与你相遇，终将成为你期待的一个词、一个句子，躲进你骨头缝里，青丝为凭，桃红为印，与你泅渡未尽的时光。

为你转身

秋天是启程回家的季节，秋天也是一个意味深长的季节。而我多年的情感，却在今年早早抵达的秋风秋雨中生长、穿越，多年的深情等待，多少的蹉跎心事，在今天，吟诵成蓬勃的诗情。放眼秋风秋雨，静对年华默默走远，但我仍然用心眷恋，听一段残荷秋雨的缤纷。

落花老去，暮春老去，年华老去，心意老去。

门掩黄昏，暮色匆匆，而心中不舍的眷恋，永远带着新鲜的疼痛，锥心刻骨地镶嵌在我生命与情感的缝隙处，温暖而深情。

彼时，我是落寞的，苍凉世间，没有谁可以借我一个温暖的怀抱。来到这座城，想建一个安身立命的小院，只是双手荒废已久，万水千山走过，命运的脉络依然杂乱无章，人生的日历一页一页撕去，自己的岁月渐渐瘦了下来，有的痛，留在经过的路上，已经无力再愿忆起，经历过的一切，与辛酸无关，却与情感相系。

彼时，你亦是落寞的。一双草鞋，两叶扁舟，从远方归来，在乡愁里漂泊，所有的旅程，积存了庞大的忧伤，散不去的几缕，变成隐约的皱纹，关于爱情的故事，只字不谈，千山暮雪，不记来时路。

千古之间，总会有一些错不过的相遇，冥冥之中懂得彼此。那年的早春，注定成了我们生命中最耀眼的一束光。

和你相遇，琐碎的幸福便开出春天，读着阳光铺开的经卷，我慢慢记着之前错过的路，迎接花期的植物们还在阶前小睡，捡拾冬日遗下的几行断句，我却读懂了它们的娇羞。春光潜伏，你站在我面前，我的窗外，整整多了半个春天。凡俗的日子开始风生水起，情深意浓。

拨开纷繁的世事，我们桃花一样的青春早已走远，但我们依然年少轻狂，韶光红粉，结芦为舍，草色为帘，相依相伴的身影与暮色斜阳映成生生世世的传说，纠缠成一场缘与劫。

某一日，你中途离开，衣袖随长风斜过；我缺席的日子，拂乱了赌局。你转身的瞬间，无非是演绎尘世里一场离散，留给我一纸墨香四散的烟青小篆；我扬镳转身陌路，落字成殇是一场宿醉，望尽彼岸，无力跋涉……

我们，彼此弄丢了彼此，多少红尘男女在你我身边游荡，潮水一样袭来。当岁月的地址下落不明，我们的爱情也落花流水，彼此错身而过，所有的刺痛和忧伤，都分明是一种挽留，是一种深情，最后人间的多少风景还是会落到自己的心上，走过不同的季节，真正看见的，依然还是自己留在那年的爱情和心情。

尘华如梦，繁世如烟，秋风吹老年华，秋意逼老生命，我们，已是何等的百转千回。人生有限，时光无限深情，如何担待得起？我的心，不需要再被提及，而只需要安顿。于是，万千风景过后，我依然记得，最艰难的时光里是谁陪我走过，繁花落尽，你教我依然相信爱情。于是，我决定为你转身，陪你一同走过余生，看细水长流不止，看春花开开谢谢。

再次相遇，我们彼此依旧落寞。人在红尘花在枝头，千帆过境，青丝为凭，我们在时光深处再一次相爱，牵手的瞬间，泪水忍不住滴落下来，走向青灰年华的我们，已然闻到了春天的味道，纤手摘花，举杯邀月，坐看时光流淌，看万物都染了时光的颜色，愈见深情可喜。虽然，时间终究会让你不在，终究会让我成烟，但我愿用余生伴你左右。

如果，我们日渐苍老，亲爱的，我们只是无法抵挡时光紧逼……

我扶了灯盏等你，一笔一纸，剪烛磨墨，嫣然一笑，陪你写诗作画。夜未央，静楼豆灯，书一纸地老天荒的誓约，杜撰着一页属于你我的开遍繁花的春词。

泪浇这一篇陈词，已无须更多言语。我只说爱你，为你拼命挽留青春和容颜；我只为你转身，为你等着前世今生的眉间事。

时光静好，与君语。

细水长流，与君同。

繁华落尽，与君老。

秋风来时，满街的梧桐叶随风飞舞。大地写满辽阔的忧伤，露珠的心里，没有一丝尘埃。不期而至的风里，词语和花朵一起俯身落下，转身打量这渐渐荒芜的人间。是不是，每一个转角，都应该是一段岁月的开始？而我，只想拾起一片落叶，在你转身的时候，用尽轮回外的平仄，做一抹你拈花的笑容。

生命，是一场远行。你我，只是天地往来的一缕凡尘。

流年烟火，红烛捻透。猝不及防地，我们，就走过此生的大半光阴。拐过那些湍急的转角，遇见另外的风景，我们，还是躲不过起伏不定的余生和命运。在这个善变的人世，种种的不确定中，秋光度尽，我们不约而同地走到这里，在无人问津的角落里修行。时光荏苒，流年唏嘘，中间的岁月，一遍一遍重复或者铭记彼此年轻的模样。我们，不再告别，成为全天下相爱最深的人，续写，我们此生未曾写完的诗行。

一段风声，奏响旧年的记忆。我们，都曾是花下过客，风雨并肩。佐一杯诗意的酒，在落日的庭院独欢；写一段多情浪漫的心事，托付给流年照料。我们，看过一场日出，遭遇一架蔷薇，静听一段音乐，日子，过得像山中岁月。春风缓慢，不惊不扰，几十年的光阴安忍不动，站在花下，疑是到了白头。绵延此生的恋爱就从那时开始。

灯火熄灭，星光散场，我们彼此还在原处，在别人的故事外，守着此生的彼此，确认我们终将老去，确认终有一个地方会接纳我们。

远船可否找到旧岸？一夜秋雨敲打着轩窗，秋水瘦，天寒凉。渡口的船还在搁浅，秋花秋叶散落一地，我才敢写出伤口的疼痛。百草泛黄，秋叶飘落，荒芜了我来时的路径，苍老的时光，落满锈迹。吹开往事，泪水从一首小令中跌落，歪歪斜斜的韵脚在款款而至的风声里流浪，却断不了今生和前世的缘。三生石上的约定，只为此生终老的一个微笑。前世的诸多繁荣，正好与我们的此生相等。

今世，历尽尘劫，我们且远离大千世界，免受沉沦之苦，只把今生，当作最后一世，在岁月的山河里寂静存在，从此无声无息。

经年流水，为爱漫延。你我，只为一段缘分，相逢在今生，纯净的爱，平凡的感动，打理着简单的年华。我们，从波澜壮阔的江水，回到安静如初的宋词。褪去一身烟云，拂去两脚尘土，背弃喧嚣，独对苍茫，在寂静中，触摸伤痕，把向善的坚韧，装点落日的背影，不为生活寻找证据，只沉默并肩。绕开陈旧的岁月，绕开闲言碎语，绕开江湖红尘，纳海听风，看百鸟惊枝，任落花满身，随遇自适，相伴还家。多年来，我们东拼西搏的期冀，其实不过如此。

不知故乡的风是否依旧，借着秋雨，我掩藏自己的伤。落叶的山径，开满缤纷的花朵，往事早已苍绿，在时光的阡陌上，我们，依旧可以邂逅一株青嫩的小草。

　　我们，不说时光无情，也不言时光暖心。令人怀念的一段好光阴，离我们那么近，一回头便可触摸，碾过世间的轮回，藏在心里的老地方，始终让我们念念不忘，频频回首。原来，那是我们此生最后的归宿，可以安抚我们疲惫的灵魂，可以温暖我们今生最后的桃花。同在世间行走，我们，已然尝遍市井烟火，历尽尘劫，只想，逃离人生的现场，把心回归山林，布衣芒鞋，与尘世做最后的道别，与山水清欢，不追究不问询，不埋怨不抱恨，从此，将余生安放在一册书里，然后，采撷一朵白云，只为让彼此可以轻盈地回去。

　　如果，有一天，我们下落不明，一段简单的烟云旧事，便可佐证，今生，我们停留过，且是彼此的最后一世。

今生的缘是前世的误会

　　有时候，我不知道，一个人遇到一个不该遇到的人，是不是一种劫难？

　　人生不过一瞬，一辈子不过就是或长或短的故事而已。有时，我们用尽心思也未必能守住一个故事的完整，但却烙上此生都无法磨灭的印记。

　　今年的春天应该是从一朵花开始的。在这个鸟语花鲜的清晨，我的心空了，净了，往事华美，我借故离开，沉默于喃喃细雨的街头和步履匆匆的人群，没有谁目送我退场，而我，却带走了一个人的疼痛。繁华过后，有谁记得，曾经发生过什么？我的城，落英缤纷，爱意款款，因为，这一城的春用得着这样的深情。

　　走在大街上，我蓦然发现，生活了多年的这个城市好大，人好多，但每个人都如空气中的尘埃，无法证明谁是谁。如我一般，只是你生活中一枚你种种布局中任由摆放的棋子，始终不是最关键的那一枚；仅只是你生命中错过的客，如此而已。但你应该明白，但凡会错过的，一定不是最好的，如果遇见，也是一场误会。

思绪如起风时的花，纷纷扬扬。一些旧事，寻我而来。时光的痕迹并未在我身上过多的停留，虽然我一直都在时间里煎熬自己，但记忆已被磨损得模糊不清。那些朝朝暮暮的岁月呢？我只能感叹年华似水，青春如风。回忆以往的岁月，今生恍若隔世，而我，只能往时间深处走去，用一些东西来怀旧。

人愿意回忆过往，是因为上面有时间，记载着自己最美丽的华年，回头，原以为心上那些丝丝缕缕的印痕会弥久清晰，谁知，真要模糊起来，也只是转身的一个瞬间。

前世谁欠谁？今生谁负谁？我不得而知，也无须知道。人生那么长，总有做错事的时候，比如，我和你今生的相遇，一段早已尘封多年的故事被时间重新翻开，你说我们前世的缘今生再续。一个美丽的错误，让我承担不起你的深情，人到多情情转薄。我们终究是遇过的，但擦肩时泪水滴落的心碎声，让我们的缘分和心灵都枯萎了，最后明白，前世的缘在今生的岁月中，已遭逢无情的修改，上辈子曾有过的因缘而最终会越走越远，变成一场误会。我明白，我是你不该遇见的那个人，我们都不能给彼此劫难，因为谁都不能一世总伴于一个人的左右？这样的执着也是枉然，于是，取舍之间，我舍弃了，也就取了，我放弃了，也就成全了。

我们在未打开自己之前，曾尝试相约，陪伴彼此，在不同的时段中一起了解对方，在认识对方更深一层的同时，便撕去一层表面。心可以无限地贴近，而距离还是那么遥远，如潮水将我们忽然淹没一般，挣扎到最后，彼此都在为自己找寻出口，有过的感情从此也相忘于江湖。

前世赋予的一切令所有人艳羡不已的幸福，原来总是在今生将人伤得更痛。如果允许岁月重温，允许我篡改过往，那么，我将把故事留在前世，今生绝口不提。有时候，记忆是最大的伤害，不能拿出来晾晒，只能藏在心的最里面，藏成一个小小的疮疤。我受了伤，是内伤，你看不见，我却很疼。

因为前世的伤口仍未结痂，怕今生再次流血，所以我义无反顾地离开，带着那道以为永远也不会好的痛痕，将今生缘当成前世的错误。

也许因为自己伤了，才明白当年试图牵我走过风雨的人。也许是我累了，才懂得，当年是我疏于珍惜。那么，我们就把今生的缘，当成是前世的一场误会。爱，也就再无欠与还了。

来生，做一朵桃花

阳台前一蓬月季已有新花簇簇，桃花已然开始谢世，纷纷扬扬，瓣瓣随风飘飞，花萼站在由绿转红的心形叶片间，飒飒的风穿过新长的枝叶，拂在身上。

三月烟花的午后，春天的门扉在枝繁叶茂间开得有声有色。

一杯淡淡的香茗，一卷发黄的古诗，一把老旧的藤椅，一米温暖的阳光，一段怀旧的曲子……桃树上的花瓣随着微风落在衣襟、香茗、书页间，宛如飘动的音符，在节奏的替换处，稍作休止，以便进入旋律更深的欢乐和疼痛。一瓣桃花，荣幸地飘落在发黄的书页间，散发着隐秘的光芒。这是我最好的时光，春风捎来的温暖，深入骨髓和血液，让我安静且安心地享受这春日盛景，心素脉宁，不急不缓。看着一首诗沉浸在自己的世界里，不禁潸然泪下。不再轻易去碰触那些沉浸在冬季中的伤痛。

轻风一缕，拂于庭前，盛大的一场花事，剧烈跌宕，宣布异端的思想，藏匿着奇异的隐喻，让人莫名激动。我知道，我与花有了某种关系。

站在春天的门前，耳听时间的滴答声，看生命像鲜血一样饱满丰沛，我便希望长成一朵桃花，坐在春天的故事里，昂起孜孜不倦的头颅，用最朴素的方式，回答生命中最为深奥的命题，在春日尽逝的某个傍晚，与身旁的风景守候一生，坐成平凡。

身边是早春细密而凉凉的风，像绵绵长长的带着苦涩又显得疲倦伤感的音乐，那样真切又悄悄靠近我柔软的心，与我相视而坐，细语般交谈。在纷纭的光阴中，在这个斑斓成裳的下午，水袖三千，红尘百戏，说不尽的喧闹繁华。我关闭已久的花蕊，重新颤开，而我，如何知道花瓣间安放的多少柔情蜜意，容得下多少的山水风光？最后，却词笔已忘，才情老尽，任凭流年暗换红颜，秀句华章难觅。一曲词赋终了，一枚桃花凋谢，已是缘尽，终逃不过这样的结局，英雄末路，美人迟暮，水风空落眼前花。我赏的去岁花，香了谁的驿站？谁，还记得当年？

青春无解，年华正酣，来来去去，演绎了多少擦肩？已逝的旧时光，被疾风带走，奔向另一个天涯。唯有我，还在这座春城里做着明媚的梦，以花朵的滋润，日益芳香，在时光洗劫了半生的纹路里，细细触摸那些"此去经年"，凝望浮云，伫立不动。

原来，有些岁月，我无法跨越，只能输给光阴。把一生摊开，承载的情爱，会被忽略或者遗忘，置身世间尽头，岁月这般静好如初，如何，可以再数一回流年似水？

风过之后，一朵花与另一朵花相互会发生思念吗？有风百转婉盈，阳光细碎如鳞，马蹄穿花而过，闭上眼睛我该挂念谁？睁开双眼身边又是谁？惊醒的我已不能继续与春天深入交谈，阳光正暖，我舍不得离开。四十多个春秋走过，我忽然嗅到了自己的芬芳，一生中最舒展的时刻，终于在此绽开了。

今生，走得太远太累，以至于苍老了一颗春心，无法等到绚烂绽放的那个时候，以至于忘记自己也曾是红尘阡陌间舞动的一个精灵，如花岁月掩埋寂寞叹息中。来生，只愿做一朵桃花，带着爱情带着诗歌和粉色的阳光一起开放。于翠绿拥映处，轻盈婉转，花海之中，翩翩起舞，衣袂翩然，似桃花空中旋舞，又似有风来朝惊鸿一瞥，一个低眉，一个回眸，深情款款，以自己的芳香，赢来一片春色。

不敢匆匆老去

　　身边的花还未凋谢，手中的茶刚刚泡好，来不及改变坚持多年的习惯，来不及关心那些无关痛痒的旧时光。自己，便仓促地走在中年的路上。

　　手中拾起一截凉秋，惆怅中碰碎一季风霜，惊起的落叶四处逃亡。诸神也远去，此生近落幕，绕过岁末的荒草，我还在路上，等待远雪观照，像一盏夜路上的孤灯，不敢熄灭，只敢将哭泣调成静音模式，紧抱自己，不敢老去。

　　当失色的草叶在深秋飞舞，我已无限接近暮秋天气，不愿提及的诸般宿命，在命运的当口，猝不及防地疯长，起起伏伏，风起风落。中年之前，我都输给太早的爱和行色匆匆的好，有些事，记不起了；有些人，记不清了；有些事，记错了；有些人，本来记得，但不敢去记了。走到最后，到此为止的人生，是不是，只是为了创造几件铭心刻骨的往事，供日后怀念？

人到中年，如此这般仓促，还有何物可以让我潸然泪下？还有何人可以令我念念不忘？溪水东流，落日西沉，世事已然后退，一灯荧荧伴晚霜。忍住一生的疼痛，站成山的静默、山的包容和隐忍，只为，藏好内心的佛，用一滴泪洗尽中年的忧伤，在日渐僵硬的时间里，背弃喧嚣，独对苍茫，打马尘世，混迹江湖，用另一种抵达朗读伤痛，用另一种方式找寻一个此生都不能到达的地方。

　　岁月从指尖滑过，经年过后，心和血喂养的两岸绿荫，日渐长大。那么多的蓓蕾，懵懂地打开自己的花期，岸中间摆着的岁月，依旧年轻。春风缓慢，待我有如无言却相知的故人。干净的青春从淤泥走过，童话的爱情温暖不了一条河的两岸，不是所有的爱情，都有一个传说中的归宿。中年，像一篇湿润的散文，万千辞章绕过清幽水岸，匆匆行走中，哪明白未来的段落，该有哪些承载？谁知道下一步的运作，该遵循怎样的程序？披满往事的深秋，跟跄而来，所有的向往和怀念、牵挂和牵绊，都流成一串泪水，写了一生的诗，还没写完，我，怎敢老去？

　　时光苍茫，红尘依旧，回忆的步调敌不过变化的速度，而有些记忆可以加速老去。梦想和春天，在枝头存活很久，终于，在仓促的中年败下阵来。落日将近，我近乎用尽一生也写不出生活及生命的诸多寓意，只把小小的坚韧藏好，一边照亮心事，一边继续未知的风雨，碾过世间的轮回，爱那些爱不完的陌生事物。选一个安静的入口，借着雨的忧伤，与相遇的人相遇，梳理山水，辟一处避静，用深情款待尚还年轻的灵魂，把朴素的梦想，交给余生，将传说中的爱恨残篇，慢慢风干。莫谈春风秋月，勿念陈年旧事，只似涧水，把世间的陡峭和嶙峋诠释成跌宕和柔软，把自己放下，慈悲为怀。

人生如同草木，经历荣与枯，日子已在打盹中轻轻老了。光阴慢慢，我已不再青葱。一生的因果，早已在命册中写好，却不交代好来生的缘分。前世的记忆，已被删除，行至中年，却希望透支来世。柔情徘徊，红尘一笑，姹紫嫣红一朵一朵消失，最后剩下的也舍不得绽放，如果绕道而行，花开我又能去哪里凋零？唯怕红颜戚戚，挑剔剩下的世界。

山水一程，风雨一肩，青丝白发，转身天涯，走得久了，便无家可归。一些人，一些事，经不起离别的一握，突然消失于一瞬，转身，告别，仿佛一生已逝。只是偶尔想起，作为经历的一部分，存在于那里，快乐也好，悲伤也罢，又如何？不问归去来，不管枯荣事，世间悲喜，一个转身就会平静。

人间三千事，淡然一笑间，曾经难以释怀的，在回首中都已尘埃落定。世事茫茫，光阴有限，何须奔忙？我只想将日子裹在淡淡的烟火里，在不慌不忙中与时间相交，一个人诗意地行走，听雨、品茶、赏花、写诗，看枝头堆锦绣，听鸟语弄笙簧，花好月圆，岁月静好。在一杯茶里消磨整个黄昏，在半个梦里看满天星星，不辜负此生，不匆匆老去。

那年，那列开往爱情的火车

我不知道，是不是所有的旅程都有终点或者没有终点。我只记得，那一年，我伫立在某一个陌生站台的黄昏里，夕阳将我的影子弯折在铁轨上，风掠过站台附近的树梢，扬起我的衣袂和长发。

我静止在那些由两条平行线或无数条平行线组合成的铁轨前，看一列列火车喘着气停在我面前，又叹着气跑着穿过城市。有什么风正潜入我的耳膜，带着湿润的夜色和露水的微凉，忽然间，满世界只剩陌生，拥挤而荒凉。

我等的那列火车发出阵阵轰鸣，从看不见的深处远方，穿过我的梦境，叹息着停在我的面前。那激越的声音让我唏嘘回味，模糊不清的心有了轻波微澜。

我被人推着送至某一节车厢靠窗的位置，迎面擦肩的，都是不可预期的陌生面孔。我整理完自己简单的行李，注视窗外沉思，设想火车奔跑的样子和纷达的方向。

沉默的我不惯与人交谈，在关闭的眼帘背

后，我的心奔跑得异常迅速。铺向远方脉络清晰的铁轨，单调地衍生出错综的迷阵，把人不断送到新的荒凉或热情的地方，送到也许孤寂也许喧嚣的远处。而我，想到达的就是那个幸福的站台，真实、温暖。

我知道，每一趟旅程都由无数的偶然与不确定构成，我也明白，同一时间同一列车同一车厢去往同一个地方，已是修了几世的缘分，但我却难以逾越咫尺的距离，面对陌生我只能无声微笑，随乘坐的火车奔向命定的旅程，却不知一颗曾经带着内伤的心能否在故乡爱情的呼唤和不断到来的轰鸣里挺立到地老天荒？

夜已经很深了，只有火车庞大的身躯还在摇晃，无数填充其间的南来北往的旅客都已入睡，偶尔已有一两声细细的低语传入耳际。翻看手机上的短信，还浸润着谁从故乡带回的亲情血脉和爱情温度，如听一个人在逆风细语，如被一双温暖的手握着，因为，它装载了太多封锁在胸口的爱和等待。

黑夜里，我睁大眼睛细数时间，我不曾想过自己会有这样的日子，十岁的时候，二十岁的时候，甚至三十过半的此刻，一次次任由火车带我奔向异乡又折回故地。曾经，我安于静止在命定的故乡，以为那样的生活会延伸到四平八稳的境地，无惊无扰，但是，我终始站在人群的最边缘，感觉如行荒野，荒凉在时间深处，荒凉在黑暗里，包括生活与情感。

外面的世界于我并不精彩却处处充满无奈，多年的打拼里，我始终保持着一滴水的姿态，会在某一天，某一瞬间溘然坠落在尘世。城市的繁华和喧嚣，从不曾让我忘记自己的来处，生活的碎片被扔在各个城市的角落，于是，我想从异乡回到来处，回到离开时的山水和田园里，回到分别时的友人和情人中。原来，感动和依赖已在两地的牵挂和等候里悄悄长成相思。来处，不仅只是时光，还有爱，因为那一份爱一直都在来处守候我，它在不同时期以不同的面貌提醒我一些根源性的事实，让我记取，并温暖我在故乡外面的所有岁月。

于是，彼时彼岸，我辗转陌生的站台，以另一种新生的心情从异乡到故乡。命运的迷阵如旷野的风，铺开在眼前，散发出琐细浓烈却真实的人间气息，让我眉眼盈盈，不远千里，穿越旷邈和远征跋涉，在艰难地绕了一大圈之后，生活又回到原地，我又回到爱情的故乡。

今日，生命在时间的风中一惊，流光把人抛，红颜走失，逝不可追。

当看着一列列火车驶过站台，我会停下来，用全部身心和力量，观望它，想象它当年的模样；感谢它，载我来到爱情的站台，直至它从眼前消失。然后安静地转过身，继续着现世平凡而真实的每一天。

路过你的岁月

人生若只如初见，人生何如不相识。

花朵止于盛开，你我只因缘浅。路过你的岁月，一场盛放，已花去我的半生年华，耗尽我的一段情感。忧伤也好，浪漫也罢，有多少不变，又有多少变得彻底？一恍惚，都已风烟俱静，我却像个从未受伤的新人，在镜中画梅，于砚台写诗，与你从此云淡风轻，彼此不扰。

曾经，你的多情带给我一个怒放的春天，在我早春的年华里，埋下伏笔。千秋关下，我是你前世亏欠的女子，在今生，你携我把爱情的过程再来一遍。一个盛大的花季，在我们的生命里复活、奔跑，染指了灵魂的两岸。看花开花落飘于肩头，我们在花瓣间折叠美好岁月；听巴山夜雨击打窗棂，我们在疼痛中浸入旧时生活，却不知，一曲终了，已是缘尽。

时间走过的每一个足迹，一边快乐，一边刻下伤痕，走到今天，你我早已面目全非，谁也不是当初的谁。对错无辜，缘由前世。既然无缘，何须誓言？不是岁月薄幸，而是我们把缘分想得过于深情。我秉烛、绾发，用素衣布衫挽起，这尘世的烟火，不望你归来，但见你归去。

我从你的岁月里抽身，剥离得干干净净，纤尘不染，但我铭记了两个日子，你的到来和你的离去。这茫茫人世的辜负，轻声一笑足以描述，天涯的两端，我们彼此站成了岸，山水不相逢。

穿越流年和失散的红颜，我把泪藏在泪里，把伤疤结在伤疤上。透过三月的残雪，掩怀一笑，与命运并肩，在忘却中剖析辛酸，然后以一滴雨的形式存在。

打开一册记忆的书卷，我是你迟到的际遇。缘分不能尽述的秘密，总在一些经纬处埋下线索，供你找寻。月光朗朗，青砖小院，就着暖暖烛光，为你抄写四书五经，挽着髻的书童，用花瓣为我们温酒，沉香色的温情千年如斯。这样的日子曾经是我今生最大的奢望，有人想珍藏，你却不懂得如何珍惜。世界很大，城市很小，有些人或许真的只有一次擦肩的契机。我想你会在某个安静的时光里陡然间想起多年前爱过的一个人，那个人出现在记忆里，清晰如昨。泪湿青衫，伊人何在？

我深信时间的力量，旧事不再，那曾经写下的字迹依然印痕深深。爱情的硬伤，乱石穿心，时光未老，爱已荒凉，人间烟火隐没了这短暂的相遇。两个简单的字，让我的后半生不敢再轻易碰触，这是一个宿命又意味深长的结局。路过你的岁月，我用文字冲洗伤口，了结这旷世哀怨，用一枝红杏，扶起一身暗香，还原为万里春光，却无人认领。

走过半世，我们曾短暂相逢。我的一生，在你心里漫延并成为深刻风景，你在我生命中，来来往往，让我今生仅存的一点温暖，被一语道破。我用完美动人的微笑，将现实的无奈、你走后的残局、悲伤的叹息，你的多情和薄情，在微笑中一一放下，任青丝掩去留意，任水袖牵起来路，安于庭前的风和窗外的雨，理清来路，写下爱的竹简。你生命中进出的人，与我无关。

终究，你的岁月不适合我，尤其在这个尘世飞扬的乱世，我心无城府，不懂得老谋更不懂得深算，花了大半光阴从青春学到中年，只学会离开、笑忘。我相信，离开你的岁月，一定有人来捕获我多情的一生，一定有人爱我受伤的双翼，就如同，一定还有人会在天涯尽头呼喊我，来不及应答，我已泪流满面。

桃李春风一杯酒，江湖夜雨十年灯。以后你的岁月会怎样？人与人的期许，有时会被辜负。人生若只如初见，你可以抵达幸福的彼岸，却已经回不到当初的纯情。

路过你的岁月，我已接纳了一切疼痛；离开你的岁月，我已安顿好一颗心。至少，人生的黑暗，我正一一清扫。

再见时，青丝已有了白雪的痕迹。一望之中，很多已经掩盖下去的心事已不自觉地浮现出来。

我们在斑驳的秋霜里背靠柴门，在孤单的静寂中看漫天风雪，内心的柔情减去枝头的寒意。

轻轻拨动窗格下的红泥小炉，将世间最温暖的怀抱，燃成最漫长的相思。远树如烟，斜雨疏钟，一些散落身边的词曲，染上满池烟雨的水墨。

光阴的漫，静静消耗掉了我们青春所有的记忆。青山依旧，人事已非，不语的相遇，只有一个细小的伤口，证明我们曾经若即若离地爱过。空荡的青春时光，像多年前失意的爱情，日记里表达不清的符号，每一处都是我前生的痛。而我，就这样坚持着一个人的痛，走过一个又一个百味杂陈的日子，从青春的花开花落走到中年的疲惫辛酸。我不知道，我们还会不会遇见，前尘后世，江湖雨雪，一切还未曾了结的恩怨情仇。

其实不是我遗忘，其实不是我怀念，而是我不敢去想那段多年前悬浮在我们中间的命运与人生。时光深处的两个人，敲不破隔世的窗帘。门边，那个斑驳的邮箱，一到雨季，总是潮湿不堪，一如我们纠缠不清的情感，深深浅浅，似指尖上的清泪，噙着散发醉意的青梅，在风尘里低眉。

江山是打开的。当年的梨花，在开得一片比一片白的日子里，到处是水做的女人和花样的年华。不明不白的春色里，我们不明不白的相遇，一曲残笛，一道旧痕，从此淹没江山与美人。而我，还未献上微温的小诗和内心的祝福，落叶已经逃离，诗句还停留在风中，祝福尚在天涯。那一刻，我们遥远得只剩下问候。

檐雨滴落，我品读的长诗爬行了整整一个冬天；一枝瘦梅，怎么能抵挡一千里的风雪？诗歌的春天，依旧蒙着一层薄霜。我只想留一片时间容纳我们自己，台词不必更改。时光的岸边，弹开茫茫的花海，唤取诗与酒，再把柳色翻新。我们白衣胜雪的锦瑟华年，花草丰茂的理想，一眨眼，就凋落殆尽。

原来，在最美的年华里，我们只是过客。那时的相遇是开始的开始，然而转眼都已经是最后的最后。时间可以改变很多人和事，所谓的沧海桑田，所谓的山盟海誓，其实不过是弹指一挥间而已。

我们决绝地分开，谁也不停留，谁也不回头，不饶人不饶己，只是为了要忘记，或者重新遇见。

红尘深景，隔世花影，这些年，不过是一场梦罢了。白云聚散，人生复合，悄悄就是一生一世。

假如爱情可以解释，誓言可以修改，你我的相遇可以安排，那么生活就比较容易了。然而，有几人能握着自己心中的一把柔情，给红尘生命一个交代？给自己的感情一个交代？

一片落叶，在一场舞蹈之后回到枝头。

彼岸，历尽沧桑的老人，被一滴泪水洗成翩翩少年；

此岸，英雄末路，美人迟暮，演绎了多少擦肩。灞桥烟柳，白了少年头。我们谢下前世之幕，重登今生之台，伊心依旧，君心依然，我们，能否再演这段不能了却的今生？再去印证一份实实在在的情感？

山河不管伤心事，依旧春来，依旧花开。如今，再回到这个充满回忆的地方，穿过风雨之后的温暖相遇，如同旧梦归来。两个人，一样的心事，怀着同样不倦的诗心，世事沧桑轮转，仿佛看着不一样了，其实我们还停在原处，我们不曾把彼此遗忘。揭下面具的瞬间，面具后的脸已沧桑，而面具里的心，依然如昨。温暖着生命中的苍凉。

远眺空间，望穿时光，之前种种，无非是心上踩过一阵动静。美丽华年后的相遇，如风雨后的一抹夕阳，凝成了我们心中永不褪色的诗意。

一碗鱼汤面的幸福

从昨晚离开你打车回到父母家到现在，一整天心里都难受，却找不出原因，只是觉得头沉闷得像要爆炸似的。本不想来上班，但自己只是一个靠双手努力打拼的平凡女子，只得强装出一副从容不迫、轻松无虞的样子去上班，还要露出职业式的微笑处理公务。而当闲下来，心就有种空落感，身体会无端地疼痛起来。我知道，我痛的不仅仅只是身体，还有层层包裹起来的心。

昨晚我们争吵了，这是我们牵手两年来的第一次争吵，也许是我们还未走完爱的磨合期，还没有真正了解对方。面对你据理力争的口吻，我拉开门，抽身而出，另一只手重重地关上门，几步跑到路边，拦住了一辆的士，报出地名，泪却已流满脸庞。

这一晚，我回到了父母身边，你没有打来电话，我也没有安心入睡。现在想来，心里各种滋味泛陈，有些不解，有些不懂，心却很疼，但我偏偏又是那种无论多痛都不会留下阴影的女子，所以，我面容安静如水地坐在办公室里看窗外初春的景致。

夜色过来，初春的夜晚仍寒气袭人。整栋办公楼早已显得空旷、冷清，我借故加班留了下来。呆呆地坐在办公桌前，一点一点看着窗外的灯光，就像一页一页翻看着与你共同生活的点点滴滴，我们曾经都是彼此的唯一。

那些游移的灯光和冬春混杂的气息，像风一样蔓延过来，一直飘到办公室的窗前，花盆里几株瘦弱的小草努力探出头，企图跨越一块玻璃的障碍，将绿色的梦向我延伸。但这梦，却只盛开在窗前，像花一样的飘散，虽只是些虚构的温暖，却让我感到安慰。夜色里，给我的心带来另一种景致。

这时，手机熟悉的铃音响起，我知道是你打来的，一声"喂"我已经流下了泪。你告诉我你已经在楼下等我，我提上包，匆匆跑下楼，恨恨地把眼泪逼回心底，装出一副轻松无事的样子。见到你的那一刻，心在你关切的笑容里一下热了起来，一瞬间，我的眼泪还是流了又流。其实，自己不是一个能够输得起的赌徒，很多东西还是放不下；也终于明白，其实自己一直是一个需要人来疼的女子。你轻轻地拥过我，默默地替我擦泪，无言无语。此时的无言胜过有言，此时的无言代表万语千言。

回到家，我开始发烧，你把我扶上床，倒上水，将药喂进我嘴里，然后去蒸你给我买回来的我最爱吃的龙眼小包，但我没有胃口。

也许是感冒严重了吧，我躺在床上不停地颤抖，你默默地钻进被窝，紧紧地抱着我，用你的体温温暖我颤抖的身体；我的双脚因冰冷而缩成一团，你立即起来，把手伸进被窝，两只手掌紧紧地握住我冰冷的双足，不断地摩擦，我的双足也渐渐暖热了。一双冰冷的脚被一个男人的大手呵护得温暖起来，如石的心肠也会柔软下来。于是，我在安稳中睡熟了。

一阵钻心的难受让我醒来，原来，空了一天的胃开始疼痛了。你敏感地抓住我的手。"我肚子好饿，想吃热辣的东西。""家里没有现成的饭菜，我给你煮碗面条吧。"你一骨碌下床，钻进了厨房，看看手机，已是凌晨两点。侧身望着你忙碌的身影，突然发现，今生看到的最美的风景，就是一个凌晨给我煮面条的晃动的背影，这背影，让我感到实在和温暖。

过了一阵子，你端着一碗香气四溢的面条走进卧室，轻轻将我从床上扶起，替我披上棉衣。"好香好香的鱼汤面哦。""哪来的鱼？""我把养在盆里的几条小鱼煮了，知道你没胃口，允许你多吃点辣椒……"是啊，平常你是不允许我多吃辣椒的，怕我的胃病犯，今天为了让我吃着香一点，你破例给我多加了些辣椒和醋。我默默地端着面条，满怀柔情早已碎落一地，触手可及的地方，就是陪伴自己一生的人，我怎么可以就此放手？

吃着面条，幸福的泪一滴一滴融进了这碗清香四溢的鱼汤面里。幸福真的没有文字可以形容，它存在于现实生活的许多缝隙里。

这个凌晨，如我这般内心坚硬的女子，终究抵不过一碗鱼汤面给予的温暖。

　　这个冬天特别的漫长，立春过后，天空依然阴沉而时常伴着细雨，迟迟见不到阳光。我的心也在这样的日子里异常阴郁，看着一日一日不复存在的时光，看着自己小心翼翼步步惊心的半世年华，看着本该开放在明媚枝头的一段感情沉入灰暗，不禁潸然泪下，唏嘘不已。

　　这一天，阳光终于眷顾我生活的城市，终于在我推窗远眺的时刻，一缕春阳就照射到我的枕畔。和煦春风扑面而来，我便在一滴雨水的深情中瞬间彻悟。原来，时间缓慢，时间也巨大，一切都会改变，一切又都会重来，即便再迟再晚，桃红柳绿终要呈现，春暖花开将会到来。这样的日子，除了拭去心间的阴霾，还要将自己放在阳光下倾情呼吸，和阳光花草共赴一场春风缱绻的约会。

　　中午时分，春阳正浓，我的心情异常快乐。春风一阵后，零星的旧事渐渐苏醒，阳台上的花听见了春天的声音，轻轻地绽放出一个花骨朵，我放飞的心情如翩飞的裙裾化作了一只永生的蝴蝶，忽然失去了哭泣的理由。我以一颗孩子的心在荒寒远去的季节寻找温暖的滩涂，过往，如一道蜿蜒曲折的影像，早已支离破碎，唯有身边的花朵如血，在我冰凉的肌肤里独自绽放。

走在午后的街头，心头如洗过的清澈，一棵棵叶绿枝嫩的梧桐树，诱得鸟鸣莺啼，桃花开了粉红妖媚的一树，香气在春色的酝酿下愈发浓烈，竟有酒的味道，叫人不知不觉沉醉。身边的河流波澜不惊，披满明媚的诗句，看不出流动的迹象，却触痛我的灵魂，让我在不设防的坦荡之中，遭遇了一场足以打湿一生的绚烂。不到园林怎知春色如许。

我静静地把自己放在春天的一个角落，贪婪呼吸蓬勃的阳光，这样的美好，深到心底，使我一如既往地扑进去沉溺，一遍一遍，美到绝美，爱到极致，而我，入戏太深，退不出来。

一声脆响，梦浅情深，生命中的万水千山我一一翻阅，却被无法更改的往事埋没，半生的心事，被明确于泪水之中，身边的繁花掩映前世，还有半世光阴，靠谁的春天来支撑？该由谁来参悟？

坐在石阶前，春风拂来，缠绕石阶的紫藤叶子轻轻摇曳，墨绿的苔藓在暗地里生长，身旁的桃花灿若朝霞，描绘各种诗境，贯穿春天始终，滋养风情骨韵。隔了万紫千红的劫难，阳光依然熨帖我的伤口，推挤的尘世，淹没了我的疼痛，在山水之间，我写诗弄花，淌出的眼泪滋润了我命植的那棵花树，每一朵绽放的花都是我的秘密，每一瓣飘落的花瓣都可以猜出我的心事。而我，疲惫的视线终于在春天的一朵花里落到实处，忧伤由此转到暗处。

清风翻书，拍开前世的万顷云烟，逼退了我身上的残枝败叶，逼得我热泪滂沱，满目缤纷。我找不到可心人对饮空旷春风，只好放下怀中的春天，与自己相爱。

一朵花，固执地开在我的鬓旁，我的衣衫上沾染些许少年往事，花瓣无声地飘落，牵着我恍惚迷离的视线，牵着我走进一所结满春愁的庭院。一朵花，柔婉的身体蜷缩在一重又一重回廊与院墙里，她过于柔弱的身体如何支撑她人生的精彩跌宕，一重又一重的思念里，春深几许，该由哪一朵花来诠释？

门外小径，满是落花，春风那么美，而我，只愿在这春愁无边的庭院中，种植一棵花树，树下摆张青石桌子，三两把藤椅，手持经卷，与有情人牵手对诗；或养花莳草，看云卷云舒。在安静的角落里，消受我的余生，消受我的阳光、我的春风，消受我的书信、我的棋琴，如果可能，也消受我曾经坚如磐石的爱情。

等候春暖花开

岁月无声可怕，回首刹那，时光翩然，一场繁华，拂去衣上雪花，桃李春风一杯酒，让人陶醉得有些震撼。风声割开时间的梦，诞生了一个春天，千里莺啼，告诉我花朵启程的消息，那些发黄的往事，寒冬里的忧伤，还坚守在我荒芜的废园，积攒虫鸣鸟叫，落英缤纷，让我听到了春天的脚步。桃李绽蕊，塘水泛青，芳草天涯，眼底田园。

一朵花，用一生的颜色，圆满了整个春天。

推开窗，便可以看见平湖烟雨，山河岁月，关上门，一屋灯光，一道窗帘，便是我暖如春天的海洋。我打马南行，在西厢等你把酒，赶在天黑之前，抵达你今生的窗台，推开一树花的缤纷，陪你同饮一杯窖藏的月光，在醇酒香茗里，临风沐月。纯美的情事，总让人心酸而疼痛。

我立在春天的最深处，站在人群的最边缘，闻着野草连绵的气息，倾听山溪叮咚作响的旋律，在梦幻般的岁月里悄无声息地流过前世今生，连接来世。油菜花蓬勃的嫩黄从四边侵入，喧哗着初春阳光的色泽，温暖、真实。

忽然间转身，四周是偌大的寂寞，满世界只剩下陌生，拥挤而荒凉，让人无端的渺小，杂乱无章的世界，谁能给谁未来？谁又能给谁切实的应许？我只能逃离尘嚣，安静思考，以最简洁有力的方式与周遭交流，把似水流年埋藏在心灵最深的地方，忘了返身去寻的路。原来世界那么大，是不适应一个人出没的。

十里春风，吹过我忧伤的长发和整个冬天，流光一点一点把我带向生命的尽头。春花掩盖心事，箫声袅袅，一声一声写着山明水秀，纤细温暖的笔墨晕染情思，空握一把柔情，只为安顿一颗不安的心；秋月照彻古今，见证江山更迭，一生醉笑，千杯不销，只为对自己的感情有一份交代。

我的今生，重重叠叠，青山有棱，江水不竭，我怎敢与你走散？去年春天的誓约，今春如何舍得修改？

彼时，柳色青青的桥畔，小小素手轻挑帘缦，满院梨花，凋落灿烂，纷繁花事，颠倒昏晓，终是使谁弦断？花落肩头，撩起谁的青丝？而那些被爱情润湿的花朵，带着诗词和粉红的阳光一起，开得日益芳香，我一生最舒展的时刻，终于在阳光下破蛹成蝶，翔在你的身边。春雨停歇，春光明媚，流云换景，溪岸赏花。

此时，我固执地相信，起起落落的缘分，就是一朵花与一只蝶的轮回，那些老去的事情，如一生的行云流水，一旦想起来，都归纳为美好，就像我们，是一个美满的词，而不是分开的两个字。

春光望断，时光辗转，我们共同走过的春色，美过昔年。去年坠落的桃花，一片一片都适宜写诗赋词，留白的部分，是谁在前世遗落的一两句叹息？旧时的烟尘里，安葬着谁黯淡的残梦？我用沾满春光的指尖撰写的红笺小字写不出相思，却空惹啼痕。桃林深处，是一段旧江山还是一片新梦境？江山易代，沧海桑田。只记得，那一年春天，在我最美的年华里，与你相遇，以深挚无悔去印证一份实实在在的情感。我们共同写诗填词的春天深处，不经意埋下的伏笔，不得不让人深情回望，挥手间，瘦了一袭裙衣，酸了一阕新词。而今，我不得不承认，我已无法找出原稿，将你一笔抹去。

原来，你早已在我心里，种植了一个春天，半帘残月，一缕花香，轻轻弥漫我的周遭；原来，我一直在此，纤手凝香，淡淡墨香，在文字里缓缓展颜，只为等候你给予的春暖花开。

整个春天，我隐匿在一堆陈词里，缄默无声。春风谢幕，我盛开的花朵跟着春风走了，我也把自己弄丢了，那些春天之外的苦难，再也触碰不到我。落款处，我把最后一页关上，时光在苍凉的足音里衰老，那里，有没有我一地的明媚落英？

我不知道，一个人需要多大的抗力，才能把自己的一生仔细回忆抚摸；需要多大的韧性，才能一遍遍扑进过往里沉溺不醒；需要隐藏多少的秘密，才能巧妙地度过一生。前尘越积越厚，心已伤至三寸，薄醉后的心事，被明确于泪水之中，世事寸断，一道伤痕足够我跋涉一生，此生的劫数，如何可以用来生的时光体谅？

风，吹尽浮云；花，开遍天涯。

我究竟要写下什么样的诗篇，才能写尽所有的尘埃，所有的纷乱。花朵如雪，阡陌无人，我相信，枝头的片片花瓣，点燃过世人的忧伤，我也确信，我们相对而笑的时刻，阳光正暖，春风恰好抚过彼此的脸庞，相看无言，时间沉淀着世上所有的声音。天空蓝得恍如旧时光，空旷得如此惊心，不沾一点俗气，不带一点人间烟火气。阳光透着隐秘的柔情，尘世之外，所有的梦都是温婉的，一朵花用一生的语言，诵读春天的万紫千红和万水千山。

叶片流光，塘水泛青，春色亦好亦浓，微风吹着，深情款款，不紧不慢。人如花，开在春天的最低处，微笑流泪，小小的心思在阳光里跌宕，时间看得见流水，流水看得见落花。

十年是一程，一年紧跟一年，半世光阴，沧海桑田。慢慢老去的，还有我的心，恍若一场大雨落下，桃花转身无影无踪，徒留一地心事，谁来拾捡？唯有春风不眠不休，纠缠我的哀伤，闪着泪花的野草，给了我一个哭泣的怀抱。

春风一度后，我的伤口，埋在谁的伤口里？我把回眸一笑的诗卷，诵读给满地繁花，四周寂寞如斯，回忆却无依无靠，一种安宁、美好而又忧伤的气息，长久地泊在我的心间。海棠依旧清晰，旧事越发迷离，人间岁月悠远静好，为你准备的整整一个春天，却在一棵花树前埋藏，我只好隔着光阴的刺痛，将前缘旧事一一续上，将一程心事还与春风。

五月，繁花辗落成泥，飞絮掠过万水千山，我坚守在自己荒芜的家园，积攒落英缤纷，等待杨柳再度堆烟。时光的痕迹，让台阶生寒，以另一种形式的文字，打破我宁静的表情，摊开的书卷，隔着万里风声，送来前世相似的岁月。我临窗恭听，以缄默的方式，听平平仄仄的鸟啼，然后，静一颗素心，磨一池素墨，倚柴扉小窗，写下窗前明月，却清泪如霜。我小心撰写，抒写我与此生最后的交集，所有的中年心事早已如酒般浓烈，而唯一清晰可见的，只有那一年惊心动魄的相逢，承受那么大的风险，只身一人穿过人生的荒原，抵挡寂寞风化，击退往事侵袭，只为了一个渺茫的希望，而你和我的时光，已在倏忽之间，穿过了今生。

十年一程，心事一程，浮世千重变，缘与劫都叫人百转千回，本该属于我的明媚春天，却在一个黄昏冷冷地对我关闭了门扉。万春园里误春期，心事太重，以至于所有的伤都被渐渐地褪掉，只余下一抹淡淡的温存。时间的泪痕，毫不掩饰的悲伤，令人胸口冰凉。往事嗟怨，又说给谁听？一条小巷，越走越窄，行程万里，寂寞千尺深，我的手，也触摸不到春天，大好的时光，被我毫无保留的放生。

绵延不绝的痛，让我不愿再看见今生，也不愿再去想来世，我只好，把一程心事还与春风。从此，煮字疗伤，采菊东篱；从此，剪烛深宵，不谈俗尘事。让余生的时光，可萌绿，亦可枯黄，更可漾起岁月静好的清香气息。

大雪纷飞，谁约我白头

"下雪的时候，一定要和心仪的人一起出去走走，因为一不小心，就白了头。"第一次看到这句话时，心里有些怦动。我等的人，是不是千年前已经等我到白头？

2016 年 1 月 23 日，大雪。

我素衣简行，继续穿越半座城市。

水瘦到极致，踽踽独行的，是寒冷和这个季节的风。料峭的寒扑面而来，树枝上的雪，静谧而纯净，一如多年前那场温暖的雪，让全天下的爱情都敞开了心怀，发出春天悦耳的声音。一年一年，岁月携我穿越春花秋月，寒暑四季，今已尝遍人间百味。

时光之外，我捻着时光，尘埃起起落落，谁来过？谁又走了？那些旧日碎片，如眼前飘满的雪花，狼藉地铺满一地。这比北风更加空旷的冬天，没有边际的荒凉，我在昼风夜雪的路上行色匆匆，辞别太多的生死悲欢。我一直以为，把自己埋在这场大雪里会让我知足，然而，举目苍茫，这草木人间，却落满我岁月的苍凉。

多年前，与我并肩的人，是否还会送来我

最需要的温暖？今日今时，爱与痛的边缘，大雪纷飞，谁是我的天涯？我又是谁的彼岸？躲在记忆里，隐在人群中，我只有自己亲吻自己。那些活色生香的故事，曾深过千尺的桃花潭水，哪一段属于自己？半部红尘，一帘风雨，红笺书尽，托与谁人？

数不清的雪花，千朵万朵，白得和月光一样忧伤，有意无意都比屡次更改的江山更加寂寞。她们在我的周遭飞舞，吟诵如梦的暗香，尘世所有的浮云，都不及此刻白色飘扬的苍茫。纷飞大雪，走过几生几世的情缘，在今天，在梅花的枝头，在我的诗里与我守望，每一瓣都足以让我情定终身，每一朵都可以让我耗尽白发。她们都在等待春风经过，她们都在看着春天走远。

日子是如此的端庄和寂寞，十年光阴只是薄薄一层纸。人间烟尘，一晃即逝，世间悲喜，一个转身就会平静。

此生，我一直寻找可以与我对饮的那个人，纵横江湖，执笔清书，在文字里挥霍春花秋月和朝霞夕彩，在雪的温暖里，打坐一生，执手终老并祈祷模糊的来世。

彼岸，花朵繁茂，溪水婆娑。

我以沉默的方式，用手指抚过宣纸上的春天，一曲离歌，顺着隐匿的雪，发出春天的光芒。泥炉红火，煮酒言欢，案牍齐眉，只话当年。谁，与我共饮？

山寒水瘦，江山辽阔，大雪覆盖的人间，所有的日子都在奔走，只有记忆里，空亭一间，寒山一座，繁华得让人想哭。想到不可知的未来，只叹聚散无常，世事皆成云烟。

这个季节，是该为自己添一些念想了。

一束光把内心照亮，一夜雪敲打着轩窗，一坛好酒，深深的醉在雪原深处。一朵雪花融化，春天便在我的行囊里流浪，歪歪斜斜的韵脚押在款款而至的绿里，比疼痛更远。小轩窗里一阕温婉的宋词，是我心头撕下的温暖，悲辛交集，低眉浅吟。谁给我绾长发，点朱眉梢？我为谁侍奉君侧，续酒添茶？小楼春深，熏风盈耳，一盏清草扫尽昨夜雪，转念花好，月圆不可残，明晨的雪里，是否还有相约白首的恋人？

一段日子有多旧，不过与一朵雪花厮守而已；一份情缘有多深，不过一朵花开的深情罢了。未来的未来，都会成为过去。很多东西，适合想象，不适合抵达。曾经与我雪中行走的人，江湖策马，他日若能相逢，天涯看花，把忧伤换成美酒，与尔同销万古愁。今日，我步入红尘，行走大雪纷飞的途中，注定将在一种荒芜里，平仄终生。人生尽头是青山，站在尘世间，大雪落了一身，转身、告别，仿佛一生已逝。

大雪，在慢慢收拾时间的残局，远山模糊起来，我独自承担暮色中的全部，曾经与我对饮的人，为此生，已准备足够的空间，仁慈地留下了回忆。我探出提心吊胆的目光，空阔无垠的雪里，就剩下我，看雪花静落，等梅花绽放。谁，愿伸出手，与我相扶，暖我薄凉？把我的爱最妥帖地安放？

2016，年初，大雪。

这一年，我蛰居小城，与一段文字相暖，与一首曲子相契，取雪酿酒，把自己的痛打磨成一滴圆润的眼泪，除了向红尘一一道歉，还等一个相约白头的人。

蔷薇伸出一只光阴的手，恰似窗外的蝴蝶，欲语还休，一声旧时的木屐穿过长廊，一季花凉，满地忧伤，春天入土为安，就此落幕。

雨滴变成阳光，落尽梦的深处，打量我的前世今生。我想抓住一缕夜的光亮，推开黑夜的家门。然而，世界是潮湿的，尽管阳光依旧，即便是晴天。

满城飞絮已尽，飘浮着一层时光的落英。多情的燕尾剪不开春天藏匿的秘密，柳上的惊雀，读不透春天深沉的背影。暗香疏离，拈花的人，手指空耗一春，那些百媚千姿的柔软，正一点一点被删除，犹如时光，错失了遇见，走散了你我。

人在世间，年华未央，总有些空城旧事百转千回。哪一段青春不荒唐？哪一段错爱不受伤？

时间很短，天涯很长。生命是一惊，所有的经历只是一场烟云，人如过客，红尘纷扰，谁也不是谁的谁？好在，我们都已长大，好在，我们懂得放下。

曾经，我在一首诗里找到你，聚文三千，凝情为章；曾经，你在一幅画里寻到我，雪落南山，低头嗅梅。风雨，仓皇了来来往往的人影，我描着青花，在水墨烟云里数日头；你字刻几行，希冀抵御光阴苍茫，衣衫不整的字，揣测着离伤。我们，在诗意阑珊中选择等待相逢。

远去的蹄声，踏碎了天涯，箫声婉转，缭绕指端。阳关三叠的深重，只盛于一阕新词的叹息。塞外的花朵，开不出婉约的心。我们，把一生的旅程，安放在异乡，桃花酿酒，春水煎茶，始终牵手旅行，一只瘦笔，哪能画出真实的江山？

人生，是一场盛大的遇见。每个人在你生命中出现或者离去，都有原因。

红尘深处，我应劫而来，楼前流水，又添新愁。风把我层层叠叠的心事吹响，纯粹的好时光，一闪而过。

一句话，欲语泪先流，一杯酒，未饮人已醉。时光太瘦，我挤不进窄窄的巷道，一场赌局的小小差错，我侥幸做了逃兵。空无一人的原地，我们被时光分开、走散、迷失。伶仃的我，只好收拾残局，在突然而至的苍凉暮色里，磨蹭前行，不再去深究我们走散的原因和过程，唯珍惜相遇，只护你安好。

一朵花，通过初夏的风传送热情，风吹过，多少词语，传着传着就已消失。青春转换主题，当时青丝渐成霜，落梅如雪，不过繁花几趟，一行行脚印已是陈年瓦霜，提笔画故乡，一挥万重山。时间，终究选择转身，我们，不是离别，而是切切实实在时光里走散。

这么多年过去了，我总想把自己退回去，踮着脚尖重新看这个世界的单纯岁月，在疲惫的中年打捞青春走失的脸庞以及唇上青苹的纯净风景。但红润的手终究颓弱，画不出完整的凋零，让探出窗外的桃花至今无法合上花蕊。

岁月在变迁，彼此在成长，我们，已经走得太久，被时光冲得太远，心上的尘埃堆积太厚。我们，真的回不去了。

时光荏苒，一把陈壶，烹煮不出云水天涯，一段青梅往事，打乱回忆。红尘深处，我已心痕累累，路过已路过的风景，行驶已行驶的里程，在岁月中蹉跎着与你擦肩走失。人生过客，浮华三千，只把时光，留给回忆。

窗外梨花如雪

又是一年好春至。陌上花如锦，楼头柳又青。

初春的阳光在午后馈赠着少有的热情，泡上一杯茶，打开一扇窗，斜对的一池春水、几弯垂柳，积蓄了南方三月最浓的春意。我相信，一定有几缕嫩柳走出江南的烟雨，破解一场温暖的秘密。青山回黄转绿，去年的花朵，在同一片土地上醒来，菲拂流影，浅浅清丽，一个盛大的春天，在我的身体里复活、奔跑，绿了灵魂的岸。由此，我的心从容而安宁。

当我的目光与窗外那一大片姹紫嫣红的柔润相遇，我根本不用去探寻，年年春天如约而至的这一片色彩是否会一直如此饱满地在这里张开双臂等我。不经意盛放的花朵，青涩褪尽，风韵迷人，随风散落的花瓣，数点着藏在荒烟蔓草间的烂漫。

正午的阳光，穿插在花朵与枝叶间，虬结的藤，大树大树的花串，像一些悬挂得很好的小故事，亦像红笺小字，写满相思。

彼岸，梨花盛开，一朵两朵，如雪似玉。

她们静静地守在那里，显出那样单薄的寂寞来，温润如少女的脸庞。她们的白，让一场雪了无痕迹，她们的芳香，顺着空气流淌，潺潺地流向我的周遭，一路酩酊，从梦的最深处，撰写诗句，叙述履历，让我在残山剩水里破茧，袒露开花，在心岸上写绯红的文字，在姗姗来迟的矜持中回忆一段好时光。

一杯香茗，在午后的静谧里，浓过鸟语花香。我在残缺诗章里，借用梨花笔迹，缭绕出发，触摸王维的孤烟、李白的月光，在岑参的雪花与马蹄声里，不去惹动醉语呜咽的风，只以转世的诗句，暂时的芬芳、暂时的笔迹，在自己小小的悲欢里，缝补命运辗转的秘密，缝补尘世里的恩恩怨怨。用年年春天的苔色，追忆自己青春的年龄，微微一笑，且待时光。

梨花，如我此刻干净的心情，瘦成几滴雨水，搅拌一堆遗弃的花香和一组疼痛的词汇。那些在我骨肉中激情四溢的鲜艳的色彩以及被暮年的青春吟诵过的年轻的句子，此刻，是如此的安静。三千里的落花里，只有我和孱弱的诗句相依为命，在春天哀怨的树荫下，彳亍前行，惊醒了爱，也惊醒了春光花语。

风过，春虫诵经，雨里，铃声湿润。一朵梨花病在自己的暗香里，被阳光切割成细碎的温暖，埋一丝丝的香，葬千古红颜。

青葱的时光摁着泛黄的契约，薄脆一如柔软的叹息，心事早已扯断瑶琴的弦，你的芬芳落满我的呼吸，隔在你我之间的这场如雪梨花，美丽如斯。淡淡的距离，我们静静的相守，相知的温情，照亮我久未谋面的安宁。春花素瓦，明月清窗，眉宇间的轻愁，指纹里的薄命，淡淡地挤过岁月的缝隙，消耗着我骨质的姻缘，温暖着我红尘中我一颗不安宁的心，让我带着从此一生一世的心情，滋润艰苦岁月。

雕花的窗棂，飘逸着浓墨书香，我游走在诗里，梨花如雪，每一片坠落到地上的花瓣，都是月光，明媚、忧伤，就像一个人在眺望她的过去，最美的一朵，在绽放与凋谢中，将这一年春天的颜色，全部浓缩在半壁江山里，无法篡改。一袭素衫的女子，再一次把一个凄美的谜题，托付给多愁善感的后人，扶起尘世的云鬓银钗，我忘记写诗，斜风三月，拈起一朵梨花，花瓣情节朦胧，香雪迷离。

我步步深入春天，为一朵飘落的梨花心疼不已，在岁月的端口，我一遍遍抚摸她的伤口，耗尽一生的时光，穿越风雨，在泪流满面中与她相逢，一同抵达春天。

四月樱花

阳光甚好，春风甚酽，剪开桃红，春花更盛，又一季姹紫嫣红，将春天徐徐展开。

人间四月天，我抖落前世的灰尘，与时间达成和解的条约，面朝春光，款款前行，奇峰三千，秀水八百，只为等你，对饮一道江湖秀色，用文字填补岁月的痕迹，以一寸寸的青葱，铺设经久以来的荒芜，等你，共赴一场樱花之约。

东风来时，初春的柳絮满天飞翔，各种野花漫不经心地开放。在泗渡观坝，树树樱花，被春天慢慢缠绕，连成十里长廊，我收敛张扬的心事，跟随而至的阳光，不知向谁打开？风抚摸仁江河的斜波，葳蕤的青草就漫过廊檐，徐徐的风和满地的花瓣，撩起我心底的轻愁。一朵樱花，盛放了整个四月的繁华，我颤抖着，摸到一些柔软的心事，写有阳光味道的诗句，多情、怀旧，泄露了往日韶华，泗渡观坝便如湿润润的江南般横陈眼前，让我在一个人安静的行进中，牵住一场雨的衣襟，幻想用一生的时光换取四月的辽阔，却只剩柔情徘徊不安。

四月，是樱花与我一生的晴朗天气，被寂寞打开的书卷，落花盖满两岸，含蓄地编织着穿越烟雨的忧伤。有些缘分，落地生根，嵌进我生命中，从此纠缠不清。头顶的燕子，仍然不离不弃，重温着那些长出皱纹的山盟海誓，思念如珠，永不断线。

樱花如伊人，静若幽兰，手捧诗书，静弹箜篌，何等温柔，美了这十里长廊，醉了这湖光山色，山一程、水一程，相思无尽处，醉了谁的眼眸？思念如河，涟漪如歌，是惜去岁雪如花，还是叹今年花如雪，一首新曲，谁来谱就？

一个寂寞的女子，在紫陌红尘独自行走，与樱花相逢，听信缘分，展开红笺，闯入唐朝诗人的句子里，把诗酒年华和鼎盛青春挥霍殆尽，调一弦素琴，填一首小令，漫不经心地与万物妥协，小径落红，遮蔽了整个季节的花事，直到大雁飞过连绵的群山，直到那些涤荡了多年的忧郁，如一丝游弋的光芒，在信笺与心上之间安静地流动，一行一行，在我灵魂深处翩翩飞舞，如此，我，何须去翻动，只等阳光开始铺满我们相聚的下一个春天。

曾经，我的长发缀满四月的春光，在七夕的誓言里，你轻闻发上的花香，我们拥抱的时候，芳草相逢擦肩，浸染漫延，相思无尽。那株我们亲手栽培的樱花树，在四月的春风里，以一个家族的霸气，开得娇艳无比，开得暗香逃窜，浩荡十里，铺满天涯，鲜艳烂漫，直到荼蘼。置身一树芬芳中，我的思念，如这么多年的往事，还在生长，若非年华老去，不会轻易碰触，我唯有照料好自己仅剩的青春韶华，与樱花结缘，听她、懂她，一如多年后的今日，我从杨柳依依的江南，摆渡樱花烂漫的此岸，只为，等你并肩一起，看几场春日芳菲，等几度新月变圆，接受更美的绽放，把一朵花的芬芳还原为万里春光。

曾经，我们被秋月春风的情怀滋养，又被诗酒年华的故事填满，我在一座闻着风便可做梦的旧城等你，只想在春天的书页里留下一缕思念，却被春风错翻了页码。你在另一个渡口空耗万里山河，他乡被故乡蔓延，当时明月已成霜，你不能再瞭望，不能再系马，你黯然御了鞍，放慢脚步，望断长亭短亭，像一个离家的游子，坚持着一个人的痛，用一首小诗，深刻游子滔滔不绝的闲愁。

樱花是打开的，每一朵都是我们前世的痛。我深深相信，起落的缘分，就是我们与这些花树的轮回，顺着樱花的芳香，你我共赴一场盛宴，在轮回的风雨中，从一朵花里，凭着血液，我一眼看出，你归来的心，比春天还动人。

枝头的花朵没完没了掉在地上，瓣瓣都烙上一句沁人心脾的誓言，留下无法删除的背影。只有眼泪，还在生长，开出尘世中最美丽的花，以十里的芳香牢牢稳住我等你的心。衣上酒痕诗里字，柳色翻新，我一直写不好最后一首诗。弄丢的岁月，在四月的午后，装载整个春天，许诺一段回忆，让我们余下的时光，如互通情意的五言诗，点点行行，平平仄仄，押韵完美，从花开到花谢，耐守平淡，平凡流年。

去年的葱郁还在蔓延，虚构的春天大片涌来，在人声渐远的另一个春天，从一朵花里，我看到瞭不完的江南旧事，每一次袅娜的摇曳我都要深深疼痛一次；从一朵花里，我看到归来身影，春天的烟雨，血液里的暖，已入骨太深。

还好，那两只蝴蝶仍是旧时模样，比翼蹁跹，让更多的岁月充满风雨和茂盛的怀念。你在归来的路上风雨兼程，我在等你的四月安然诵经。薄酒尚温，翠山春水，你不来，我不敢离开；此身常在，深情常在，你不来，我不敢老去。

蔷薇花谢

不是很多东西都可以在春天发芽、生长，也有许多物事要在春天凋谢、结束。比如，那一季蓬蓬勃勃的花事，那一场曾经地老天荒的爱情。

花是一种流水，喧闹地斑斓一时，又突兀地枯败殆尽。春日尽头，蔷薇花已瓣瓣尽谢，将眼前的整个水池覆盖，异常美艳凄绝。我站在楼顶，漠视身边红尘滚滚，俯身轻吻即将辞枝的那一朵残花。夕阳隐没，连同城市的繁华一并收藏。远处有一丝微风过来，像一声声转瞬就会冥静消散的无奈叹息，温柔而强劲地切割我的梦境，而我，除了在这荒芜的阳台一个人静静地怀想，还能做些什么？多少春日被蹉跎，多少春夜被辜负，带着时间的余震已消亡，长夜空白处，如何搁置我那些过不去放不下的念头？

夕阳深处，飞鸟的啼声颤悠悠地越过蔷薇枝叶错落有致的线条，弹出抑扬顿挫的尾声，扶桑单瓣伞状的花冠开得细嫩如绢，海棠依旧猩红，写满相思……看着春天即逝，看着一段感情将埋没于我的世界，我松开手，却不能将回忆放掉。

闭上眼，春已渐远，夕阳黄昏，半生垂暮的苍茫心境下，在全世界都安静的此刻，我才能数清我心底的每一个秘密，才能轻抚每一个结痂或未结痂的伤口。在这个易逝的春天，我躲在时间与情感的后面，想诉说，却发现四周荒无人烟；想逃离，却已置身世间尽头；想投靠，却没有温暖的怀抱可以接纳我的无助。残红片片，穿叶而过，在前尘旧事中，追忆一场风花雪月的事。我，已不能与春天进行更深入的交谈。我只想遗忘一个人，一个给我过程却欠缺结局的人。把一生摊开，这无疑是一种隐忍的伤，胜负已成定局的一盘棋，只有我一颗血本无归的棋子不愿离席。

人生中途，谁是唇齿相依的爱人？谁又是肝胆相照的挚友？时间，总是要收回曾经许诺永远给我们的东西，一开始就预示了的结局，在情到深处时，我真切地感受到某种伤痛的不安，我只能选择沉默和离开，将一段海誓山盟忘记。

人生短暂而脆弱，只是到了这个时候，纷纷扰扰的往事才在眼前幻得清晰，许多的过往，才在我心中渗透得如此深彻。我也终于明白，这个世界，很多事已不堪诉说。我努力想象我们牵手山川河岳、相携于途的身影，但是，我的眼睛看不到、我的心感知不了。在情感延伸中，我们曾有无数次的分离、拐弯，但这一次，却如此决绝、逆转，彼此看不到对方，以致我确信，我们错失的幸福转角，已经被彼此远远地抛在身后，不会重新出现。我们，真的回不去了。

山雨如来，柔弱红颜如何顶撑得住？昨日声声誓言，转身也会雨打风吹去。

一阵风吹来，最后一朵蔷薇花也埙身尘土，满是苍凉与悲哀。黑夜即将来临的悬浮里，一曲旧梦似的歌声，从融融的春末盛景里钻出来，全是凄婉感世的情怀。尘世浩大，谁也逃不脱似锦繁华宴罢酒散的忧伤，虚妄的爱情任你如何坚定，都是一场无人默哀与悼念的自殇。人生不同的阶段有着不同的生活。我，最终还是回归一个人的世界，回到原来的生活，把整整七年的泪水还给伤痕累累的灵魂，心甘情愿地步入原来的轨道，放开心胸过好尘埃堆积下的生命之旅。什么也不说，什么也不解释，怀着从容笑意，至于云淡风轻里，是否还有悲怆，外人无从知晓。

"当爱情已经沧海桑田"，写下这几个字，我的眼眶竟已湿润润的。对于爱情，我仿佛已走过前世今生，紫陌红尘，碧落黄泉，月是当时，人似当时否？我仍是我，你仍是你，而我们，已经不再是我们。

十年踪迹十年心，再回首，空余叹息以及无望的怀念。

手中一杯淡酒，心头几度思量，谁人懂？谁又知？春风经过窗前，不能解忧，只能断肠。万千锦绣山川美景能怎样？微雨风软草长莺飞又如何？只关乎万千世人，与我，却无半点瓜葛。

今夜，新恨隔红窗，罗衫泪几行；又见旧时月，不见良人归。

唐诗宋词吟尽，素笺淡墨描干，渐次隆起的相思，婉约入梦。帘外海棠，锦屏鸳鸯，一枕花香如故，惘然此情，已成追忆。曾经的爱情，终是在你离去后缓缓谢幕。

我们，谁为谁负了天涯？谁又为谁荒了青春？

我们，是深情不够，还是岁月太无情？天涯无归客，物是人已非，从此，萧郎是路人。

往事，如一座寂寞空城，我独自用孤单支撑着落寞的风景，怀揣爱情，环佩叮当，寂寥地走在长长的雨巷，用一季散落的丁香铺满每一个冰凉的夜晚，无助和忧伤如一缕风，穿过指尖，跌落在红尘边缘。可是再也无人，为我披上温暖的衣裳。只有，一个人的月朗星稀、一个人的地老天荒。红笺书一笔，寄予谁？墨汁荡一池，谁听诉？相思几壶泪，案边诗成堆。丹青在左，你在右，隐隐青衫，泪流满面，为何，我还是放不下，是还爱着，还是伤得不够深？

蓦然回首，曾经沧海，早已换了人间。只有爱人消损的容颜，一直栖息在我心头最柔软的地方。三生誓言，滴水穿石，半开的窗台虚掩着，给我们的爱情留着一道缝隙，只是，你已不在身边。我不敢再去敲爱情那扇肝肠寸断的门，只能躲在一个角落里，静静地、长久地为你祈祷和祝福，至于你和回忆，要么放逐，要么珍藏。放逐到任何人、珍藏到任何岁月都无法触及的地方。至此，不相欠；至此，不相憾。

爱情，也许只是一瞬间的决定，却缠绕了我一生一世的光阴。掬一捧心事和流年干杯，不曾先饮却已独醉千回。我们的爱情，一经入心，便是沧海桑田，一眼天涯，怎忍泪雨纷飞，折字煮酒，谁与聊叙？为了爱情，我已耗掉一个前世，一别离，一生无缘。望尽春晓，繁花别了枝头，茶烟上绿，人影茫茫，季节走过，可以留痕，今生的爱情已给，我怎么退？愿望越是美好如花，凋谢起来越是残酷伤人。

蝶舞庄周，落花成冢，你来过我的世界，探寻过我的花季，所有的岁月已逝，任绿草如茵，花开似锦，到最后，依旧纷纷落下。风景流断，岁月搁浅，这一段时光再不敢忘记，三千里河山，落红成戚，我只记取你曾经的模样。

前世因，今世果；今世果，来世缘。

忆一程烟雨望穿你我，摇一叶兰舟摆渡相思，漂泊的你，也有靠岸的一天吗？漂泊太久，你的离伤已经累累；锦书不来，我的疼痛飘零成堆。我们，已是天涯孤旅，人间惆怅客。

我在灯下，翻阅我们的曾经，爱情如一地茂盛的青草，蔓延至天涯。我们，用一弦锦曲写尽绮丽，写尽温柔，写尽前生缘，今生梦，如今，锦曲的调子已被弄丢。青丝为谁绾？柳眉为谁描？岁月静去无声，爱却有始无终。你的离去，已经告诉我，无可奈何的遗憾，是爱情的另一种完整；我的转身，只望下一世，纵然又要过一个忘川，却是为了和你的下一场相遇。

情至深，注定人至专。

世间最可怕的不是离别，而是生离，两个明明相爱的人，却注定永世不得相见，该是怎样的锥心刺骨、摧折肝肠？天水一方，相见无期，一寸柔肠情几许？

我们，如此的无能为力，最终，成全了现实，输给了时间；辜负了爱情，输给了宿命。原来，任世间哪一条路，阡陌万千，都没有一条可以让我们同行。

放开彼此牵过的手，留下最后一个拥抱，就算依旧流着泪，还是要各安天涯。往日的珍重，成了今日的断肠。因为慈悲，所以放手；因为爱着，所以失去。不能相忘于江湖，却可以选择永远想念。

红颜已逝，爱已沧海桑田。流年不再，风华尽；往事，蹉跎成河。爱到尽头，不是疼痛，而是无力。我们，彼此肯在心里为对方留一个终生的位置，即便用一生的荣华与荣誉也不兑换，在真正的尘世，可有能与之等值的？

爱情来过，爱人离开，只要爱情还在，便是我今生的圆满。

身前是烟尘缭乱的尘世，身后是亘古不变的蛮荒。进一步是三生石，退一步是奈何桥。珍重别拈香一瓣，记前生。

前世，欠他若许，来生，还之若许。

来世，期望修一个同行，只需一个理由，我们便可以在坚定中等待，让爱情，为彼此安上那颗滴泪的心，拈一指曾经，与秋水共长天。

来世，我是你念了一生、痴了一生的多情女子；你可是我至情至性、至温至柔的世间男子？从此，可否红袖添香，英雄温酒？

来世，待我长发及腰，你可为我青丝绾正，铺十里红装，执手偕老？从此，可否倚柳题笺，当花侧帽？

来世，花落花开的命运能否悲喜相依，把沧海守到桑田的爱情能否安放我们备受折磨的心？从此，可否闲情枕臂，耳畔厮磨？

客舍写雨

客舍写雨，江阔云低。我在简陋的酒肆击缶而歌，陌生的山
水，连春风都无法修改

一盏黄酒，终究无法抵挡新鲜的寒意

客舍写雨，写一段尘缘

雨停搁笔，搁一段尘缘

从故乡出发，人就像一只单薄的风筝，无根飘絮，手中的笔，怎么也描不清回家的路。关山万里，岁月重重，从故乡捎来的风和叹息，是否还有锈迹斑斑的乡愁？

舟楫已远，我的前生还在漂泊，今生的三千里河流，牵着我看不见的未来。我的一管弱笔，在苟且里煮字疗伤，咀嚼着人在旅途的千种况味，带着卑微的愿望，打扰了沿途的安宁。

岁月，像一枚符号，让我相信前世的真实，也记住真实的前世。日子日渐苍老，我用暮年的青春记录想念的日子，蓦然回首，竟在红尘角隅已磨蹭数十年光阴。呷一口尘世炎凉，将诗经之语，破茧成酽酽的乡愁。

春天从一棵小草破土开始，柳枝返青，黄鹂歌唱，沿途的春水春花，让生活发芽，呈现万紫千红、花好月圆的人间胜景。

我从故乡出发，从一滴春雨启程，如远方而来的蝴蝶，穿越旷野，一路沾染红尘的花粉，途遇山川飞流，历经大雨泥泞，行色匆匆，只为落脚于柳色青青的客舍，醮一点江南的水墨，写一首关于桃花雨的诗，一生的画笔，填不下一声苍茫的鸟鸣。

没有西风，也没有瘦马，一次一次，我邂逅在落英与落英之间的流年，将三月的孤独连续到四月，故乡提供的讯息给予的温暖，已经在我身体里生根。梦里的春天，花满枝头，青山郭外，门前流水，找遍人海，我在他乡再次与自己重逢。

异乡草木万花蓬勃，缤纷惹人眼眸。我行走辽阔大地，闭口不谈风月、红尘、江湖、遇见，我走在靠近菩提的归途，中庭空空，打开扉页，听月折花，挑灯续茶，写一场滂沱春雨。

客舍一夜听春雨，深巷明朝卖杏花。一卷夜空，两只乌篷，一生千船故事，一字一句云淡风轻。很多事，过去了，很多人，离开了。风起云涌的半卷红尘，在春风的伤口上筑巢，捂着一滴晶莹的雨，把伤痕一笔笔写进我的诗行，夜色醮着雪墨，晚风轻执花杖，在一场写雨的过程里，就着细水长，就着烟火烫，连同新的烟雨，算上我滚滚而逝的青春，修改我一颗流水的心。在从不掉头的春天，写我少年聆听过的雨声。

客舍写雨，江阔云低。我在简陋的酒肆击缶而歌，陌生的山水，连春风都无法修改。一出贵妃醉酒，酡红的时光再也回不到唐朝，夜深人静，不圆满的人生，隐藏的心事，一一在雨里探出头来，我该如何、该怎样概括时光改变的命运？一盏黄酒，终究无法抵挡新鲜的寒意。

流年如梦，我已经走了多久？身后，回不去的万水千山只留一个轮廓，替我守着圆满。春雨如歌，于青砖素瓦间衔接着客舍小小的烛光，忍不住说从前，碎花衣裳，红袖添香，初相见，远别离，时光老了你，相思惊了我。我端坐一侧，写风写雨，最颓废最懒散的一笔，竟在雨滴间轻笑，让我看到梨花带泪，妖娆妖媚，感怀与伤旧，让宿泪伴着春雨，滴在苦涩的杯缘，就像一个人一生无法释怀的爱情，需在千米的高空抒情，邂逅一次一次的伤痕后，变成春天的泪珠，一滴一滴，稳坐在我稀薄的文字里，躺在书眉，为春天取暖。

雨水从扉页溢出，如眼泪一般，跨过早到的春光，让我把静水深流的爱，藏进杜撰的文字里，让秉烛寒窗的书生读到爱情，让一只白狐在聊斋的旷野里狂奔，花朵与情意，还会救治我身上的三千苍凉。

几天前，我从一场春雨启程，今夜，客舍小憩，安静得只剩下我自己。为了春天的温暖，我研墨写雨，一任阶前点滴到天明。

雨水滴落，如时光滴答之声，每一声滴答，都清脆温暖，都意味深长，都饱含禅意。因为，雨滴里有君的笔墨，写着素淡的女子，仙骨雪肌。空白处，我一声感叹，你是淡墨山水，我是素色红颜。那年深秋红叶送情，翌年春风斜燕子低……

客舍写雨，写一段尘缘。

雨停搁笔，搁一段尘缘。

觅春

每一天，我和这座城市迅速擦肩，保持着来去匆匆的安静。就在这样疲于奔命的中年时刻，在迈过又一年的门槛上，我不知道，还有多少自信，可以让我随意挥霍。站在原地，我已跑过千里，我，再也没有筹码输掉春秋。

今年的春天折腾了好久，空气和雨水中才开始有了新的气息和感受。几缕暗香，在一棵树与另一棵树间互相朦胧地望着，几朵早开的樱花窃窃私语，更多的蓓蕾还在枝头疏疏地坚持，不肯绽放。

这一天，晓雨初晴，风吹鸟鸣。青山被柴门推开，阳光干净飘逸，白云轻移，来了又去。一只被囚禁的鸟，丢失了最初的飞翔，停在我的窗前，在胡乱的惊慌中写下几行起起落落的句子。多少早春的心事，在雨后的阳光里绽放，一切悲喜化作了意味深长的一声叹息。

应好友相约，我一再蛰伏的心，借故从时光里逃离，带着不能言说的快意，向着春天，一步一步走近，赶赴一场约会。

我们游走在葳蕤生长的原野，一个村庄的时光，被角落的清香所感动。渐渐绵软起来的风，将天空、山川、大地以及房舍墙角的一丛野花串在一起，燕子剪辑着云朵和树梢，也同时剪辑着人间的春和景明，所有初春的全部阵容，将我们眼角的忧郁吞噬。春风浏览，笔墨有痕，我们衣襟沾着唐诗，沿着张继的脚印，将诗句铺成清瘦的驿道。彼此放松的表情以及阳光下的微笑，已将沉重的忧伤沿途卸下，于草叶间，安置我们辽远的心。春意逼进骨髓，与身边的潺潺急流，站成不老的时光。

　　春天盛产浪漫也播种忧伤。春草如愁，每到春来就会有深刻的忧伤涌在心头。春水起、春花开，寄托着时间的流逝凋零，唯有一弯浩荡春水，不理会人间万千变迁，生生不息的花草，耗尽一生的心血，掩住满眼芳草之间长出的沧桑，让终生寻找故乡的人深情回望。我停留在春天的对岸，多少风景，还是落在我的心里，酿就了一片次第老去的春光。放眼，延伸的绿漫长而懒散，它的全部柔情几乎是不能被惊扰的，美得剧烈，令人生畏。

　　桃花仍在梦中微笑，红粉娇嗔，春光流泻，一缕风来，花容失容，惊叫出声；梨花忧郁含蓄，开成村庄里美丽的忧伤，山脚有渡口，彼岸烟火清明。春蚕吐丝，暗香浮动一百里，朵朵白色的野花站在春天的田埂，吞吃不了我们早年青春的喧哗。我们肩并肩手挽手，拍照留影，诉说着被风吹过的岁月，黛墨青山，面容灿烂，只为挽留春天，拒绝春花谢幕。花朵遇上美景，人花相照面，都在彼此眼中活了起来。哦，原谅我过度的兴奋，将一排一排的欲望绽放成笑容。

隔着皮肤，暖暖的阳光在我的衣袖里蹿来蹿去，我把温暖和幸福，抱在胸前，沾一身乡土气息，把去岁的寒意埋进脚下的草丛，倚坐庄稼的边缘，如一首诗般坐成青苔，被随手摆放在时光轮回的路旁，少年春风，吹绿两岸，青草舞动的袖子，让我想起桃花、杏花、李花或羞涩或奔放的模样。现实的苦难，悲伤的叹息，都在阳光的微笑中一一放下。

一只早到的蝴蝶在旷野里轻声呼吸，无须风吹杨柳，不要繁花似锦，眼中已百媚千姿流转。

落日时分，生命温暖从容。田园中有宿鸟归来，有柴门掩映，炊烟袅袅，鸡犬相闻，凝视一段飞鸟掠过水面的痕迹，我愿在此，越过司马迁未写完的竹卷，修改我今生的文字……

春来春去，江山不可重逢，良辰美景不可再现。遇上好日子，交上好朋友，与生命中更多的人不期而遇，给我愉快的时光锦上添花。一杯缘分，一纸的酒，随性铺排，我只是一嗅，便是春天了。

一夜枕上无眠。昨夜的一场春雨到今晨仍然滴答有声，掀开窗帘，烟岚袅袅，装点着我生活的城市。从十六楼的阳台俯瞰，三月的清晨春衫轻展，婀娜有姿。去年坠落的桃花，写满早春的心事，蓬勃新鲜。

今天，我要启程，去很远很远的地方，三千里的旅程，被一场春雨牵绊。西子湖畔的春天是否依然真切？乌镇的小桥流水是否仍很温暖？一生千船故事，渔歌对坐灯火，笔墨还在留香吗？飘飘落红会替我续完本是与你相约的诗篇吗？

提着早已收拾妥当的行李，轻轻关上房门，挥手道别，从今天的一场春雨出发，撕掉错写的一页，把故事留在昨天。我知道，接下来的每一秒，人在天涯，风雨阴晴，我都必须卸下这个城市给予的疼痛，将人间烟火抚成我怀乡的琴弦。

多年前也有这样一个春天，微秒的气息流转至今。撑着江南的雨伞，一个人走在春雨不休的清晨，像是从生活里出走的一小片时光，在这个日子深处，把一个又一个当下变成往事，简单的行囊盛满我一生的悲辛交集与浓情苦爱。我目光冷静隐忍，将一切不爱的、不喜欢的都默不作声地接受，在最后的伤好愈合之时，忘记伤悲。

水阔天长，山迢路远，天涯到底有多远？我放下手边琐事，带着诗篇远游。我相信，天涯的天涯，远方的远方，一定会将我真正接纳，因为，我的多情和热泪，一次次涤荡过春风春雨。

在南方，我只是一棵树，小心翼翼地生长，等着花开不败倾情绽放，等等着心事满了，就会从眼眶悄悄溢出。你走时我青春正盛，多年之后我仍在这里，始终在青黄轮回的命运之间耗尽心血，只有朴素的信念，把小心，把温婉、安宁、不争铺成今生辽阔的柔和，为你长成一棵花树，把寂寞的时光，写成风烟满眸的诗行。

我在这里，你在哪里？人生的遇见繁多，我是你的哪一个？

生活中，很多的细节都是隐匿而交错的，你始终亏欠我一个理由。哪怕是世间最荒谬的理由。一个让我安心就足够的理由，那些你给过的伤害，真真切切，刻骨铭心。多年前，我就是你生命中一段被废弃的记忆，成了一颗心里久治不愈的暗伤。尘缘从来都如水，挽留不住的梦，比霜寒，比雪冷。我是一株弱小的树，怎能抵挡得住一千里的风雪？我背负万丈尘寰，从一场春雨里出走。我明白，每个人都只是穿插在他人生活中的一个片断，因为只能陪一程，所以学会放弃；因为只能陪一程，注定山水从此永不相逢。

人，是否只有把自己逼到山穷水尽、毫无退路可走，才会找到骨子里真正所要皈依的所在？才能找到让自己坚强站在大地上的东西？生命与时光，走到最后的悬崖，我已无意转身，那么多的深情和泪水、憧憬和遗憾，都是身外渐落的尘土。我只想在一场春雨里，用启程的方式，放弃多年没有寄出的夙愿，圆了过程，看淡结果，和这个城市做短暂的道别。

我不知道，我要多久，才又会被一滴泪唤醒记忆，在一个人深情的歌声里回来？躲在天涯的心事，会一点一点覆盖泪痕，再一次涨起的伤心柳色和一场迟来的雨，会让我在远方再次等待回家的路，再次盼望一个温暖的怀抱和一个深情的凝眸。

一场春雨会伴我走过天南海北，有的路，用脚走；有的路，用心走。走遍天涯，只是为在某一瞬间，重遇自己，找到一条走回内心的路。

春日闲读

春风变浓、变厚之际，我相信，大地温柔的气息，一定会破解一场烟雨。几缕柳丝，几瓣桃花，划破三月的浓尘，定会走出江南的门槛，牵扯春天与阡陌的经络，小心翼翼地停留在我的窗前。看我研墨，铺开今春的明媚；听我吟诵，内心的万里山水。

花开半丛，门扉半开。我一身粗布素衣，手持书卷，面容平静地走进还略显稚嫩的春天。与山川相遇，成就一段生命里的夙愿。

春色辽阔，人间清朗。一弯春水，被风弄得七零八落，飞珠溅玉，无法收拾。梨花初带夜月，海棠半含朝雨，一枝玉兰，缓缓地、温柔地放出一簪一簪的馨香，一枝桃花做的素签，沾满宋词的婉约，翻阅着我的春愁，散发草木的清纯。初春的纷纷鸟啼，起起落落，唱遍人间风情，惹人心痛，催人相思。我不知道它舌间婉转的恨意春愁，是想挽留什么？寄寓何物？我，只愿托付它一点点相思，让它为我完成一点点心愿。

春在天涯，人在天涯。柳丝荡漾，带着新鲜的疼痛，江南水北一直相陪相送，看我走进生命的春天，让我聆听春天内部，年轮吹起岁月的涟漪。我只是担心，我的心藏不住对一朵花枯萎的痛惜、对一棵草老去的忧伤。

　　绿藏在绿的背后，花开在花的前头，草是草的天涯……

　　我在阳光斜射的林间小径安静下来，内心清明纯净，平和柔韧。站在春水的边缘用淡淡的微笑打量着经过我生命中的春风春阳、春花春水，静静忘却去年的霜雪给我留下怎样巨大的惊恐和挣扎，悄悄怀想今春的诗篇又是如何敲醒我内心温润的悸动。

　　春鸟高踞枝头，婉转欢歌，春花在枝叶间躲躲闪闪，低眉含羞。我步入曲径深处，闲坐清溪，在好山好水中忘记俗世宠辱，消融红尘名利。看云卷云舒，自若泰然，卸下名分，随性天真，以细腻从容的心来欣赏生命中的一草一木、蓝天白云，俯身倾听哪怕一只小虫的呢喃。一蔓一叶、一树一花陪我静读诗书，共享人间安静。

　　时间仿佛在这里不动了，这样的山水，已成为寄寓和滋养我心灵的所在，让我的心境染上了一层精神的仁山智水，并在此找到生命的种种深义。山高水阔，桃红杏雨，偶有一两瓣花片飘进书页，不疾不徐，优雅宁静，直达心灵最深最柔软的角落，让我回归自然，看见生命的自我，在这最后的伊甸园中徜徉，于袅袅书香、花香中与先人相遇相知，与他们的魂魄亲近交谈。我们的心，已然被山水成全。

满纸生香，春风扑面。"红了樱桃，绿了芭蕉"，让我感怀时光的动魄惊心，有形流逝；陶渊明的诗意温暖我生命深处对光阴的柔情。"落花时节又逢君"给我一个倦念不朽的春天，萌生蓬勃的诗情；"悲欢离合总无情，一任阶前点滴到天明"，春风秋日走过，人生苦短，一颗豁达的心，会更加从容地穿越春秋……

掩卷沉思，人生恨水长东，春来春去，一捧朝霞，几行新雁，世间的美好是有限的。走过半生，我所能得到的只是限中的有限，就这么一点点而已，许多的美丽，都会在我们转身的刹那，被永远地抛在身后。盛筵必散，盛年永不复返，且一点一点流逝。人至中年，在迂回行来的路上，才发现，这是人生一处美丽的驿站，让我霎时明白，我拈花春日山冈听风呓语的时候，我的世界才如此楚楚动人。

闭上眼睛，我问自己，在如此忙得分不出一年四季的生活中，我还有多少春光可以流连？我还能否偷得半日浮生，静静阅读一个下午的时光？映阶碧草自春色，隔叶黄鹂空好音，下一个春风轮回里，我还能否用一页一页的诗文，安静内心？

春天，是唯一被唐诗喂养的季节，一场春雨，把世界改了又改。

推开窗门，阅读到一首诗，龙飞凤舞，亦癫亦狂。杏花怒放，小酒芬芳，把天地和我一同灌醉。

眼前一地灼灼的樱花，粉嫩、娇弱，仿若与我有着前世未了的姻缘、今生深重的情意和来世未尽的牵绊。

我将自己暂时停泊在这里，一株绮丽多姿的樱花树下。一些旧事，还在肋骨间隐隐作痛，风吹过，在我与花瓣之间写满沉默，时间从其间流逝，透过幽暗的伤口，让我的体温掩盖泪水和幸福，用一场樱花雨来填补空白。原来，微不足道的尘世，微不足道的我，奢望的时光，不过如此，凄美而温暖。

当年，我是青涩的，我的心和这个世界始终保持着单纯的模样。走过的路程，跨越的山谷，流水匆忙，清风徐徐，我用开过花的手，掀开我命里的葱茏和荒芜，让罗列的情节，可以再一次开花。

细数岁月的纹理，得来的岁月日渐稀少。一场春雨，在温润的泥土里闪烁泪花，铺满天涯的绿，填平了爱情的沟壑。浮生有约，时过境迁，伤心之后，我早已经历了一些新的伤口。从伤痕处卸下伤痕，我如此坚忍，依然对人世怀有永恒的柔情。当年怎么跋涉，留下这一路牵挂？兜兜转转间，如何纵马天涯？

时空交错，旧事不敢重提。我终于明白，我的好时光被带走了，竹林已远，明月已沉，我一生都在牵绊中安插自己，忙着证明自己，忙着赶路，忙着启程，忙着放下。千帆争渡沧海水，我此刻刚好千疮百孔，光阴在额上刻下沧桑的时候，也让我的心留下皱纹。原来，这人世间，谁都不能踏雪无痕，谁敢做到了无牵挂。

且不说两小无猜，且不提青梅竹马，空掷豪情，耗尽眼泪，那些包裹稚嫩、青春、光芒和一个女人饱满丰盈的岁月，都一一退守到时间的背面。当春风再度，素手一扬，繁花满地，终成尘埃。

我们，曾经随缘而合，又在命运的嬗变中离散，我该忆起你还是该忘记你？我以为我害怕的是告别的时刻，原来，我同样害怕重逢。此生的意义，流放在江湖，始终不过，一场繁华。剩下的岁月，适合一个人咀嚼，前世今生的两行清泪，从哪个朝代流来？输给了谁的刀斧？轮回的苦难太多，我在岁月的尽头等待，待我了无牵挂，待我笑傲狼烟，西风漫卷，故事散落在天涯。

多年了，心开始归于平静，那些荏苒的时光，正在一点点删去，所有的经历，只是一场云烟而已。年华未央，满地忧伤，时光的接缝处，我曾小心翼翼，满脸笑容，将自己递给世界。如今，我披一身旧事，缝补着生活的千疮百孔，记忆的花蕊补充了春天之外大地的伤痛，在叶子纷纷逃离的枝头，空白丰富着我的前世和今生。即将泊岸的我，又被命运的风吹走吹疼，尽管无数的伤与痛，我都会一一打包带走。待我了无牵挂，我们可否浪迹天涯？

曾想，放歌纵马，驰骋天涯，如今，早已厌倦厮杀；也想，四海为家，相思放下，但我的心不够辽阔，词语已渐枯萎，怎么也弹奏不好那曲筝音缭绕的阳关三叠，只有那盏茶，安静地留在我的书房，待我弦断音尽，待我褪尽一身铅华，了无牵挂，陪我聊天填词，写风弄月，并肩看，天地浩大，一生醉笑。其余的，只是多余的陪衬，可以忽略不计。

人生，该有一场随心所欲的旅行

　　我们，很多时候都把自己的身不由己、心不由己归为人在江湖。因为禁锢自己，所以无法做到遵从内心，做自己喜欢做的事。有时，一场随心所欲的旅行、一次细听花开的闲情，于我们，也许都是一种奢求。

　　很多日子，我们向往山外的山，云外的云，很想去远方的远方，去一个陌生的地方，从异乡到异乡，从时间到时间。旅行阡陌，不为别的，只想还能在故事之外，时间之外，随心所想，我行我素，活在自己的意念里，郁郁青青。

　　长久以来的时间里，我生活在重重矛盾之中，找不到生命的出口，安然接受岁月的封喉，而内心，又有一种冲动，想奔赴另外的山水、旧事，去远方的远方。晨钟暮鼓里，放下人间杂事，于清风深处，溪水如酒，与自己对饮。然而，粗粝的生活让我惊心，我只能缓慢躲闪，试试探探中，苦苦突围那些人为的栅栏。

时间有多种诱惑，我最终选择行走。这个春末夏初，人间的一大片景色，覆盖我的心慌，我平静地感受，为一场没有目的的、随心而行的旅行，隆重地打开心的旷野，去远方的远方，用双脚和诗句，跋涉、眺望，填补停落在异乡的情怀。

初夏·西湖

因为工作，这些年到杭州的次数颇多，每次都匆匆来去。这次，因为时间相对宽松，所以，利用大半天的时间，沿着西湖，没有目的地随心走走、看看。

初夏的西湖，绿了一季，又红了一季，暖风拂面，百鸟和鸣，放眼望去，到处都在开花。从合欢、绣球开到海棠、睡莲，开得恣意汪洋，妩媚生羞，无边无际，它们所发出的光芒，无比遥远，即便我用一生的时间也达不到。西湖浓郁的水，在江南的这个早晨，轻轻翻动微波。我携带的记忆，在清波微澜的湖水中，正渐渐褪去往日的涟漪。一尾锦鲤游过来，碧绿的水便破了，四处奔泻。

我停下来，聆听她发出的无以描绘的起伏，诉说的悲欢离合、阴晴圆缺，一声水波轻叹，就是一声咯血的相思，把人的心泡软。那些凄美的传说与记忆，依稀低泣，香草深处，一定圆满了许多因和果。花香，散落一湖，鸥鹭飞过的所有线路，都是诗行，让我驻足阅读。

湖边小径草森林茂，千年的石板缝隙间，写着潦草的前朝旧事，深得足以埋没人生的所有秘密，媚光一缕照千里，无论抬头低头，都温暖如初。

苏堤和白堤绿得恰到好处，雷峰塔在远处沉默，留下芬芳由人道说。谁的双手捧起这湿润的江山？谁的相思打湿这江南的初夏？平湖秋月，断桥早残雪，南屏晚钟，花港鱼已归。我如何卸下草木峥嵘的时光，追问一湾湖水的流向，把植物的芬芳，连同灵魂干净的蓝，将往昔放回原处？

一个上午，穿越了一生。

我坐在初夏的林荫里，悠闲且懒散，任风轻轻拂面，阳光斑驳在林荫的背景里。一声鸟鸣，树叶纷纷坠落，有风吹过，有花开过，有人经过，此时的天堂，此时的彼界，天高云远，让我的生命如秋水一样透明，如诗中的女人，袅袅如许。

我是不是，该坐在这繁花似锦的西湖边安身立命？

屯溪老街·旧生活

清晨，从杭州出发到达黄山市区时，已近中午。因为下雨，登临黄山的念头瞬间改变。

正是雨点骤密的时候，我徘徊在黄山客运总站，想着下一步该往何处去？查查地图，原来，在黄山，有一条名叫屯溪的老街，离这里只有几里路程，便毫不犹豫跳上一辆计程车，直奔老街而去。

屯溪老街在一个不起眼的角落，不是当地人，根本不会注意那是一条老街的入口。

进入老街，雨几乎已停，只有三五零星了。望着两边旧铺老屋，我奇怪在这庄重的彼此对视中，我仿若与之相隔一次，一时不敢相认，只将淡淡的忧伤轻轻拂开。前生的我们曾这样相遇，今生就不该两两相忘。记忆如此鲜明，柔软得像窗外的桃花，烟水蒙蒙，这不是一个地名，而是一段梦境。

世事远在天涯，江水隔世，几只船泊隔世，梦里的雨滴还在，过往岂能一笔勾销？流水带不走，那些被忽略的历史，记忆里琐碎的章节，在老街的午后，不露痕迹地泄露我一生的忧伤。后世的某天，再次闯入老街深处，我，是否还是这般躲躲藏藏？只怕时光太快，我们匆匆老去，却不知时间、地点、人物已全然更新。

老街细雨如乡音，梦里访故人不遇。我在老街的最深处，品一杯闲茶，看烟火人间，咸淡未知，甘苦不明。一个窄窄的巷口，一个满头银发、眼神微闲的老人，坐在台阶上看眼前过客，连同她一生的风雨坎坷，时光赐予的伤疤，不露痕迹地卸在这老街的午后。一把旧红尘，良辰美景，齐眉相对早已是陈年旧事，两鬓渐染，倦意已沉，芒草渐高，花一朵一朵已谢了，让看她的人，如何用手指抚摸春风、花朵？

老街很旧，旧得有些模糊。多少年过去了，没有被时光更改，老街的旧物与旧人，生活在旧生活的两岸，安静、闲适、忧郁、悲伤，用彼此苍老的身影，让活过的每一天，都能平静地感受和热爱生命中任何一次的春暖花开。

今日，时过境迁，故事已老掉牙。云烟散尽，历史的盛宴已杯盏狼藉，只有青石板的沧桑一世重叠着一世。我被旧梦劫持，在久别的屯溪老街，在重逢的故地小镇，用诗句或泪水，填补旅行的空间，不去想尘世中的因缘，一个人看书、喝茶，给远方的人写信。

等雨落下来，故事就从头开始。

岳阳楼·岳麓书院·爱晚亭

人生的改变其实很简单也很偶然，世间的每一寸土地，都是有花有水的好地方，只要让心拐过弯，就可到达我想去的地方，这，就是旅行的随心所欲，也是旅行的挑战和魅力所在。

从一个地方到另一个地方，游遍山水，相遇时的风景，别离时的愁绪，无须字斟句酌，反复推敲，新线路一定是我们梦寐以求的方向。

因为浩浩汤汤，横无际涯的巴陵胜景；因为长烟一空，皓月千里的洞庭景观，我与黄山擦肩之后，辗转安徽、湖南，到达岳阳，只为一睹岳阳楼的雄姿与风采。

少年读书，《岳阳楼记》背得滚瓜烂熟，却不能深领其含义。今日，登楼远望，才知何谓庙堂之高，何谓江湖之远。且不说风景如画，江山妖媚，只沿着湖堤刻下的那一首首词，一句句诗，抚摸一朵烟或者一丝垂柳，人间江南的气息便扑面而至，它们在我的精神世界里，敞开一扇宽阔的窗子。那是一种美丽的精神，一种被世界挽留的灿烂，使我的生活重新开始一种新的表达或抒写。

凡色皆宜近看，唯诗只可远观，万古长空，一朝风雨，旧日亭台，杏花春雨。走近岳阳楼，便觉得自己旧了，衣上沾着宋朝的烟雨，心上落满旧时的惆怅，那些跑过千年庙宇的烟雨，那些经过落没书生的惆怅，不停地挟持我，轮回的故地上，一位在汉语中收拾时间的女子，在宋朝的屋檐下躲雨。我可不可以，在廊沿下抚琴，酒肆里听戏，铺纸研墨，写诗抄经，让时光慢下来，让世界静下来。

也许，那是我始终抵达不了的彼岸，但我，终其一生没有放弃泅渡。

岳麓书院是深沉的，充溢着浓浓的书卷味。

书院在布局上采用中轴对称、纵深多进的院落形式建成，是中国现存规模最大、保存最为完好的书院建筑群。

走进这千年学府，瞬间觉得自己渺如尘埃，无边的庄严、幽远里，我简陋得一无所有，连梦里写过的诗词也一行不剩，无法保留我活过的痕迹。我闯入这浩瀚江山，努力不让自己陷入任何愧歉。但是，我还是惭愧又愧疚，只好用半生浮名，掩住自己的无知和渺小。但书院由近渐远，由低到高的一行曲折脚印，始终以一种高远的能量唤起我对通往未知领域的向往和追求。

阳光，姗姗来迟，书院私藏的一袖乾坤，被再次照亮。青风吹送流云，渐次展开的山水，曲曲弯弯，与岁月对峙。一册发黄的书卷，在朝北的书房里，等待众人翻阅。页页泛黄的纸上，满纸烟霞，先哲们分别从不同朝代醒来，稳坐在一袭宣纸中，收拾丹青万千。澹澹桃雨，青青杏衣，饱读诗书的青衫书生，已熄灭寒窗下亮了十年的油灯，用疼痛的鲜血，绽放一生的花朵，每一瓣花的残片，都深刻断章绝句，写出的诗，苍劲有力却满院生香，万世芳菲。

风，缓缓吹过，无法拂去书院波澜不惊的岁月，我默默地回眸，弹落满身红尘，不敢去打扰一座千年学府的拔节和开花。

走出岳麓书院的后门，已进入岳麓山。爱晚亭便在离岳麓书院几百米远的岳麓山清风峡中。

爱晚亭三面环山，远看如琉璃，亭角飞翘，似凌空腾飞的大鸟。亭前有池塘，柳树成行，枫林成片，青葱翠绿，流泉不断。如此景致，怎不教当年热血青年在此聚会纵谈，看书学习。先人失落的脚印与烟尘，血性与荣耀，已被拾起。根深叶茂的历史，牵动我们的血脉和思绪，在今天，更多的菁菁学子在此抒怀壮志，豪情如斯。

身后是青山，山上有泉声。爱晚亭，盘踞在岳麓山一角，怀抱青山与流水，软软释放山林清气，草木芬芳，把内心深处的诗章，一一向世人显现，在高过时间的纵深里，将全部的历史抵达今天，一字一生的步伐，是你至高的归去。

我轻轻走近，在千里的跋涉之后，终于停下来，与你见面。彼时到此时，士子路过，骏马踏过，好山好水纵横交错，青翠的草坡开满鲜花。我明白，我终于抵达。请允许我，仰首望天，写下你的名字，在溪水潺潺中，珍视这时光带来的珍贵礼物，从清晨坐进黄昏，追逐你一路的芬芳词语和人生重量，让肉体和心灵回归本真。

长沙·橘子洲头

"橘子洲头，看万山红遍，层林尽染，百舸争流……鹰击长空，鱼翔浅底……问苍茫大地，谁主沉浮？……恰同学少年，风华正茂，书生意气，挥斥方遒，指点江山，激扬文字……"伫立橘子洲头，耳畔响彻着一伟热血男儿的豪情万丈和雄心壮志。

除了湘江的壮观辽阔，我更愿意俯下身来，用手指碰触这里的一草一木。天地澄明，河山广阔，读一首气宇轩昂的词，听湘水打湿河山，看手指描绘江山，想象当年那位热血青年铺展的青春，在阳光里留下潦草而坚韧的笔迹，磨破的书角边，收敛笑傲和锐气。遥望河汉和星辰，秋风读梦，秋雨写诗，和湘水交心，与山川对峙，处变不惊，将喜与悲、忧与欢，拿捏得恰到好处。写下的句子，澄澈透明，拨开层层烟雾，在时间与岁月的沉淀中，用一盏灯，触摸世事的锋芒，照亮更加辽阔的大地。一生的跌宕起伏、刀光剑影和一匹汗血马的长嘶，惊动岁月的竹简，敢把历史翻开重写。

傍晚的湘江，渔歌晚唱，橘子洲舞动宽宽的水袖，一抹辽阔无边的湘水，已平息多年前风雨的旋涡。远处灯火辉煌，主宰着江山和朝代，穿过弯曲的时空，风调雨顺的光阴早已如期而至，花事鼎盛，山青水暖。

清风是醉人的，她沿着湘江水，掠过橘子洲，抚摸江山，在层层叠叠的缝隙中歌唱。我相信，每一条河流都有一个源头，每一条河流都有许多子嗣，绵延不绝，长亘千里。

逃离上海

秋意渐浓，上海外滩沿着黄浦江铺陈开来，起伏的江水两岸，灯红酒绿，流光溢彩，不管是老上海成片的俄罗斯、意大利、英式等建筑，还是新上海蓝色玻璃幕墙的现代大厦，都让人目光晕眩。这是我傍晚抵达上海外滩的第一感觉，可就是这种感觉，让我有种只想远离，甚至逃跑的念头。

像许多繁华都市一样，上海喧嚣吵闹，给我的感觉不如江南温婉的小家碧玉，也不是北京那种端庄秀丽的大家闺秀，而是一个时尚浓妆的现代女郎。身处十里洋场，耳听车马喧嚷，让我这个喜爱宁静的人真有种不知所措的胆怯和彷徨。

其实，来上海的目的，不是想去看上海有多大、有多现代、有多繁华，而只是想去看看张爱玲公寓，去感受这位女子的才情，感受这座公寓在中国现代文学史上的特殊位置。

第二天一大早，便乘坐地铁到静安区，按图索骥找到常德路，终于在一幢不起眼的六层楼前看到常德路 195 号常德公寓（又名张爱玲公寓）。只可惜，无情的"私人住所，禁止参观"几个字挡在眼前，一道门关闭了我的仰慕、关闭了我的渴望，只能遗憾地在公寓前徘徊，不忍离去，好在，公寓正门旁有一家书店——千彩书坊，便推门而入，热情、好客的店主热情地给我说这里的书可以买也可以坐下慢慢翻看。

点了一杯极品蓝山后，便随手抽了一本书面发黄的书《今生今世》，故纸的味道淡雅幽远，如焚香，召唤着我这个远道而来的灵魂。慢慢翻阅，书中竟有介绍张爱玲的文字，便问店主张爱玲公寓因何不对外开放而变成了私人住所，店主告诉我，因为张爱玲不是红色作家，她的住所国家也未作为文物保护单位保存下来。她曾经居住的那套寓所被一个香港人买去作为私人物产了……店主再说什么，我都不记得了，只是失落感、失望感愈发的强烈。

我不知道，这位才华和感情都极其丰沛的女子，如何安静地在那间屋子里，完成了她一生中最主要的几部小说创作，我只能隔时离空，用安静的眼神望着她安静地写作。同样是这位女子，即便在写作的片刻中获得了现实的安稳，但她的内心，也总是惊涛拍岸。她站在偌大的舞台前，时代的帷幕已经拉开，眼前风雨飘摇，残山剩水，但她竟然积攒了一身力气，语言生枝，文思泉涌，她写下的每句话都像从身体里慢慢抽出的丝，在时间的纸页上生生不息，一曲曲旧上海的歌声，在上海滩的涛声间钻出来，全是凄凉感世的情怀，就像她的人生，空白处无尽的心事不可捉摸。

想想这位才女的一生，总是令人愁苦。满世界的飘荡，偌大的世界兜兜转转，不过是求一方安静，一张书桌，是为寻找一个好的归宿，却换回那么的疲惫辛酸，结果依然客死他乡，依然一个人千疮百孔，无以生还，把艰辛疲倦都咽下去，一滴不剩的。魂断处，什么也没有，那么彻底干净。让人替她心酸，她曾有过的，是怎样逼仄的日子？

在千彩书坊看了近两个小时的书，翻看那些旧事，我微微心酸，便出了门，再回头看看常德公寓，失落感让我快速逃离开去……

傍晚时分，在老上海边缘，沿着黄浦江漫无目的地走着、发呆，江风裹着腥臊的气味，再看看对面新上海的面容，没有多少情调。徘徊岸边的我倒显得心事重重，只好赶快回到旅店，准备第二天的回程。

清晨，收拾好行李，赶紧逃离。

微风吹过发梢，窗外秋意薄薄，频频回首间，我一下子看清了我和这个大都市的距离，看清了这一段无心之旅。上海，它或许只是我经过的一段风景，除了路过，我永远找不到停下来的理由。

千花开尽，纷繁的春意挂满日子忧郁的枝头。海棠依旧，开在春天最深处，鲜红而绚丽，微笑着疼痛。

时光在苍凉的足音里衰老，我，穿过时间的彼岸，凄凄细雨已打湿沈园的前生，弹指间，已是几番岁月，多少沧桑。

红酥手，黄藤酒……一怀愁绪，几年离索……

世情薄，人情恶……欲笺心事，独语斜阑……

当年的两个词人，一往情深的爱情，矢志不渝的忠贞，在千般无奈中，将万般心事纠结于眉，郁结于心，倾泻于笔。只是青梅已谢，竹马已老，时光，可萌绿，原来也可以枯黄。沈园老去，忍住绵延不绝的痛等我细读，我空旷地留在它的身旁，于细雨凄迷中阅读那首古老且不朽的诗词，一个字一个字，读得认真而坚定，读出了南宋颓唐的气息，读出了当时的年华与才情，如此细腻坚实的情感，世间有几个男女可及？

雨滴在眼角发梢，烟尘轻轻游荡，将沈园浓重的黛色一一染开，空气中便飘起淡淡的墨香，如春天深处的血液，字里行间保留着时间的泪痕，毫无掩饰的悲伤，让我的胸口冰凉，让我看到一对恋人以弦而歌唱出悲凉，用一生的过往，奏出一曲不圆满的伤。

春如旧，人空瘦……山盟虽在，锦书难托……

人成各，今非昨……怕人寻问，咽泪装欢……

彼岸流年，苍老了多少岁月。相看无言，泪水涟涟，时间在唐琬和陆游间默默流淌，流过宋朝的故土与乡愁，流到我的眼前身边，沉淀了世上所有相爱无果的无奈与悲怆，一曲词，隐藏着馥郁的情感，尽管用了最朴素的字眼，也只能在言语中实现憧憬，也只能喧哗一段岁月。

当所有的快乐时光逐一变成记忆的时候，叶子亦枯老，岁月已离去，红颜已衰老；当所有的爱无路可退的时候，那些写在词曲里的话，有几人能读明白？在他们的世界里，她是万古不竭的沧海水，他是温柔缱绻的巫山云。然而，天涯曾经咫尺，咫尺却已天涯。

此时此刻，凄凄风雨里，一场寂寞凭谁听，心字已成灰。但字字闯入我眼帘，让我读出时间久远历久弥新的忧伤和秘密；让我读到斑斑驳驳刻骨铭心的愁苦和无奈。一对有情人，一曲忧伤词，便道尽世间一个个情中男女的心事，不忍碎读，只一个照面，便让我掩面落泪。他知她以泪洗面，知她冷了，知她暖了，一切尽知，却无可奈何。当爱情变成曾经，我的眼前只剩下满目疮痍，只看到爱后的断垣残壁。

梨花苍白如雪，暮春的风又起了，扯碎花瓣，零落无情，我拾起花瓣，任雨落心间，残诗断柳处，听君诉，一生愁肠。

一个人，一杯心事，读那些高贵圣洁的词魂，世事沧桑轮转，昼夜春夏，一切都在变。原以为，我已经走远了，其实，我还停在原处，仍与多年前那些悲戚的句子有一种明明暗暗的牵挂和生生死死的纠缠。今日重读，我的衣衫依旧沾满寂寞荒凉，却不知今夕是何夕？今年是何年？袅雾萦烟，欹风困雨里，无法逃出寂寞的包围。

折转月洞门，海棠依旧，它们抚摩过我脸庞的手指，红润如初，让我看清隐居在白墙、灰砖、黑瓦及天井两侧花纹里的温暖。湖水清得让人伤感，池塘的四边草枝摇摇，金鱼的扇尾被水藻合上，水面漂浮着几片红叶，依稀可辨的旧事遗痕，在时间里生成另一种文字，露出它的凉意和黯淡。我将痛放在词边，在缄默中悄悄走动，把情感交给流水，循着远远的花香，在词的肩头，触摸雨滴的忧伤。

花开花谢，无人问津的斜风细雨，吹开了我内心的花朵，清香墨汁耗尽后，细读沈园的我，看遍人间开阖，是否可以在水墨深处看到爱情的温暖。

宏村，一抹旧时月色

到达深藏黄山脚下的宏村，已近晌午，淅淅沥沥的雨点，在初夏时节，喃喃低语。游人渐少，我却才开始深入其中。

光影恍惚，消匿于宏村浅绛的山水里。诗意江南黛瓦白墙，微风细雨深深庭院，我一迈脚，已误入前朝的江山和明月，古风里的旧辞，落着斑驳的时光，我一路寻觅，看岁月如何在宏村诸多的色彩里无边无际的泛滥。山色空濛，水光潋滟，最后，让我掬起一抹旧时月色，恋恋不回。

我想，宏村是安静的，世事击穿时空，她抵御着光阴的伏击，不悲不喜，如佛似禅，枕山而眠，依水而生。

此刻，除了纷飞的回忆，我与宏村，如此安静。

穿过宏村的疏影横斜和阡陌旧巷，我如归林倦鸟。回首，问候当时的我，迷失在哪痕风雪，世间悲喜，一个转身，就让我在宏村的一个角落宁静如斯。

月沼水盈，南湖烟云，燕归衔泥，婷荷初绽。

我在一枚汉字可以落脚的地方，隐约触到时间的凉意，一桩怀想多年的心事，打湿了南湖堤岸，往事的暗影，静栖在重重树荫下，被遗忘的低低絮语，徘徊在月沼尽头。

此刻，只剩我与宏村，静默成诗。

青荇软泥，低柳映堤。走走停停，轻轻触摸那些长满青苔的旧物和尘封的老故事，一方苔藓浸润的院落，几块音韵袅绕的青砖，将宏村的青翠一染再染。人世间的烟尘，一晃即逝，时间在沉淀中，散发着墨绿色的醉意，与泥土私奔。唯有流转千年的那场雪，把我啄醒，且疼到骨髓。如果，我能取雪酿酒，研墨作诗，与文字长相厮守，我想，此时，只需一盏灯，我就会原路返回，为这个水墨诗意的画里乡村，耗尽白发，说声晚安。

黄昏时刻，宏村的初夏里，细柳清风，水墨飞烟，芬芳如逝去的流年，轻易覆盖了所有的过往。我独步南湖，端看湖畔垂柳，荷叶深绿，细听眉间烟云，陌上花开。似静慧如风的女子，行走于小桥流水，一帘水墨，花气侵衣，一低头，落下一地青花。一湖漫开的烟雨，无从收拾，雨过风慢，隐匿诸色，宏村的容颜，保留时光的真相。一棵银杏，一棵红杨，依然站在村口，讲述宏村的陈年旧事，阅读南湖的静水微澜。木船已解缆，谁把栏杆拍遍？而春天未开放的那一部分花草，在修行中坚忍，误入南湖深处，等下一场春眠后醒来。

回望月沼周围渐次点亮的红红灯笼，我总是迷失。宏村的水脉窄巷，纵横交错，越过唐宋，直抵今日。逝去的青春，沾满全天下最幸福的回忆，只有溪水抱着宏村，贴着书院祠堂，挨着高墙深宅，在一瓣一瓣的月光里歌唱。一对相拥的伴侣，踩着心事，牵手而行，他们交错的身影，会在暮色里还家，在小巷深处苍老。

夜渐渐鲜明，月亮从云层里袅袅走来。窗外长廊，把时空填充又抽空。客舍临窗，窗前燕眠，一案书香，一窗疏影。窗内的谁，琶弦上挂着一滴露珠；倚窗的谁，于芭蕉上觅拾良句，在书卷里看光阴交替。溪水，在月光下曲折成诗，如绣楼女子的心事，婉约多情。流水绕过缝隙，绕过白墙深宅，宏村一生的跌宕起伏便可水落石出。月沼与南湖，抱着宏村一生的春秋，而源头，仍紧紧攥在月光那头。

世事不在身边，昨夜之前，今夜之后，我只是宏村的匆匆过客，谁是谁的江山？谁是谁的朝代？权当别人的故事。雕花的小窗闭了，足不惊尘的我是否还会再来打扰，也不重要。此时此刻，我只想坐在月沼旁，听风听水听月光，一半风雅一半烟火，不需我去翻动。那些记载的曲觞流韵，手指描绘过的山峦，陪着我，安静而优雅。原来，一生中，我庆幸还有这么些闲暇时光，可以用来虚度。而人生，又有多少夜晚可以这样纵情挥霍？

一池旧水，斟满旧景，挽留过往唐诗宋词。一片月光在石阶上响过，月沼的水便瘦了三分。只有穿越一生的流水，仿佛遇到一段旧情，替我扶正倾斜的月光。

夜色正好，清风深处，我铺纸研墨，在月下写诗抄经，用笔端种上葱茏，听流水打湿江山。去年花草的清香还夹在我的诗页里，落款的日子正好掬起一抹旧时月色。

烟雨绍兴

正是江南梅雨时节，从繁华红尘的杭州乘车到千年古镇绍兴，一个小时的时间里，一直弥漫在沉静而温暖的忧伤里。

一直固执地相信，我的血脉里流淌着江南的血液，冥冥之中开启着我不一样的人生风景，只有自己能懂，对江南的迷恋，缘自我骨子里的那份清愁。

到达绍兴，已是中午时分，细细的雨帘里，静悄悄地把自己放在临水人家的一个客栈，突感疲倦，就像在红尘凡俗中仓皇辗转多年，已安于命运的花样百出，洞悉人生的穷形尽相的旅人回到了家乡，发现溪水依旧甘甜，花朵依然盛开，终于可以脱去仆仆风尘的那种疲惫。

屋内一室茶香，窗外云烟迷离，是怎样的细雨无声，寂寞美丽。

小憩片刻，便撑伞缓缓步入这千年古镇。跳上一条会吟诗的乌篷船，奔向唐宋，在前世的绍兴、在古老的渡口，将前缘旧事一一续上。

江南梅雨，把我的记忆锁在烟雨淋漓的苍茫中，轻轻呼吸，已有宋词的鼻息，一段流水探明不了一朵花儿的一生，捎回的意象，竟呈现我前世藏匿的一个人的全部容颜。看他梦里飞花，看他浪迹天涯，只想在今生的桥头，十指相扣，细雨纷纷里，看人间岁月悠远静好，回眸一笑的温柔，已把太多的艰辛抚平，小小的心思，在暮春的最低处跌落，便是世界的全部幸福。

草尖风软，雨滴欲坠，暮春正好正浓，细雨炊烟，微风款款，不紧不慢。一个人，撑着江南的雨帘，缓缓走过小桥流水，鸟啼深春，翠色逼人。柔风过处，寂寞深千尺，从我的指尖溜了出来。雨打芭蕉，芳草天涯，我的伤，埋在这江南的伤口里，纠缠着我的前世和今生，我隐在一堆词语里，缄默无语，在春天的臂弯里，坐成了明媚的落英，于流水转折处低回叹息。凝视着身边这座古城的骨头和血液，我相信，覆盖流水的片片花瓣，一定点燃过古人的忧伤，满眼飘落的梅雨，曾是他们温婉如玉的草章笔意，滴滴跌落在绍兴被时光浸染的褶皱里。隔着发黄的书页，除了感叹古人的痴心与薄幸外，那些忧伤与放纵的文字，一样散发出永世闪耀的光芒。

细雨透着隐秘的柔情，我的影子便在这江南雨巷亮了起来，在这些老屋窄巷，所有的梦都是温婉的。梦的门缝，矜持而端庄地开着，飘过一些丁香花开的清澈气息，大好的时光，在这里，被毫无保留地放生，于千山万水之外的这里，春风拂过柴扉，五言绝句，在杏花春雨里，艳丽绽放，不沾一点俗气，不带一点人间烟火。诗心拂过，时光已凝成时间的玫瑰，沉淀了世上所有的美丽，而我，只想做一个江南女子，倚小窗，看春花秋雨，听平仄鸟啼，写窗前明月，任红颜尽逝，千辛万苦里，只为等一次荡气回肠的爱……

今日，我阅读自己，烟雨之中，把积攒了一辈子的忧伤，全部倒了出来，耗费一生的时光，找回了我的胎记，交出了我一生的珍藏。

　　一条小巷，越走越窄，我的手，触摸不到它的尽头，丁香花跟着春风走了，我的心早已腾出一小片空地，我想挤进去看看，那里有没有我整个的花园？而我，走着走着，一生就走成了浮生，把自己弄丢了，那些小巷外永远滴不尽的更漏，再也淋不湿我。柔风是我的手，把最后一道门关上，而我，也安然地等待远行的书生，挑回一担月光，在落花满径的庭院，宿酒添新酒，晨钟待晚钟，一辈子凋谢沦陷，一醉后千年不醒。

在静夜乌镇中停泊幸福

在春雨春花堆满江南每个角落的时候，芳草碧绿，直铺天涯，千花百草如潮水，汹涌至眼前。我穿过树影与时间的背面，不远千里，奔赴一场春风缱绻的约定。

在这个梨花绽放而春意不休的季节，在百花斑斓成裳的暮色黄昏里，于夕阳与静水的光波对峙中，我把自己写成一首诗，为了那一句今生来世的表白和承诺，风尘仆仆，步步书写，把自己沉浸在江南乌镇温暖的夜色里，深深沉醉，潸然泪下。

渡船过河，已是月上梢头。乌镇西栅的夜晚如我遗失许久的梦，当星光夜色已置身世间尽头，我只能小心翼翼、步步惊心深入其间，靠近的脚步，书写疼痛的心情，这无疑是一种幸福的疼痛，持久而无法弥合。

西栅的夜晚晴朗温润，月亮，像朵云轩信笺上滴落的泪珠，慢慢从云层里润下来，光线的柔静是如此的少见，似纤细的绒毛，一缕缕地飘浮着，飘到临水人家的哪片瓦上，瓦上就会闪亮一片。

　　南方潮湿的春天里，连苔藓都长出如水的诗句，葱茏的迎春花长长的藤蔓将临河人家的窗户圈了一圈。水畔石侧，是簇簇低矮的苇丛，苇草新叶初抽，攒攒挤挤，比肩争头，而去冬那淡黄色的残叶，还傍依在苇丛根部；避开人群，静静地沿着干净无尘的河道两岸行走，不时有树叶从半空中徐徐飘落下来，轻轻滑落在我的肩头，盛满温柔；倚着石拱桥的某一级青石，盈盈一河春水让我收割了一场盛大的芬芳。

　　此时的乌镇西栅，像一个远离尘世的美丽少女，不施脂粉，别有风情，又似幽谷佳人，翠袖寒单，独倚修竹，情调虽太清冷，却更增其悠然出尘之致。两岸灯光细碎如鳞，桨声橹声穿花拂柳，也有红红的灯笼轻晃在乌篷船舷，从千百年的岁月里延伸过来，乡愁如酒，一页一页写满风霜，深嵌在西栅的每一寸肌肤之上。有一滴打在脸上，顺手一抹，一脸的滋润，再抬眼的时候，整个古镇都是这般的润润的了。何处轻微的一声响动，似什么东西弹落了，随之又恢复平静。一只不眠的小猫，蹲坐在临水的花窗前，漠然地看着经过的我。总有轻微的水声响在周遭，让我更接近回忆与冥想，无数身影在树荫里游动，隔着一些树枝，一些鸟影，还有月光与星光，也能看到前朝旧事的影子，自遥远的岁月流淌出来。

在这个远离尘埃的地方，我唯一看不清的是我置身其间的乌镇西栅，光影里，只有如同神话般的色彩，漫过一个女子滴泪的眼帘……

我已不能与之更深入地交谈，在这个温暖寂寞的夜晚，我终于输给了时光，把一生摊开，纷纭的往事在眼前真实清晰，时有若雨若烟，丝丝缕缕的水韵芳馨萦绕和歌吟，乌镇的前世和我的今生便参透得如此深彻。

我确信，我也曾是江南陌巷中的一名女子，穿白底蓝碎花的衣裙，为了一个约定，袅袅婷婷等待一生，在阴晴不定的守望日子里干净无尘，如花般岁月掩埋在寂寞的等待中。愁思轻浅，哀戚淡淡，像一首闺怨体诗词般惹人心痛，谁，能与我吟诗作对，赏花吟月？谁，又跟我读史做传，琴瑟相好？想起那些如花年华都在这样的挣扎里逝去，我哽咽无语，滚滚红尘在陈年绣线的时间被面上，绣着无法说出的孤寂。

如今，那些时光，已带着我的气息变旧变老，回首间，一切物事都藏匿在心灵最深的地方，深到连我自己，都忘了返身去寻。只有当下寂寞的幸福与我纠缠，让我在静夜的阡陌古巷中，停泊成千上万个温暖的细节，留下句句的朝歌暮辞，吟哦不尽。

静坐青石板一隅，我已是乌镇西栅的一叶垂柳，安静地长在水畔，临河睡去，不再管今夕何夕，今生何世，只知道世世长往，此刻永驻，将我今生和来世的幸福，停泊在时间深处，停泊在乌镇温暖的怀抱。

那一日，我轻理云鬟，淡眉微描，在暮春的荼蘼中，抖落堆积已久的心事，临窗细听，春风和润。

几册书卷，隔着春风送走的相似岁月，于此时，重回书桌。对于时光，对于过往，我只能听任流水潺潺，以缄默的方式，换回此生最静的日子，此刻，就这样坐着，挺好。

流水徐徐向前，软侬细语，温暖而湿润，我在温柔静好的时光里，在西塘这千年的流水旁，慢品生命的自在和莹润，江南水乡温柔的问候，宛如暮春的几个音符在心灵深处奏响，平息了我内心的纷扰，付与流水的一声轻笑，要否已把我的艰辛抚平？

暮归的云彩已渐朦胧，一个人，坐在西塘柔柔的臂弯里，只想随心所欲地入眠，把自己睡成一片有霜的月光，听任春虫呢喃，听任万千流水，用久违的田歌赶走奔波的沧桑和风尘，泅湿我漂泊的灵魂。

夜色和风，一遍一遍唱着离歌，带走的，

不仅仅是红颜，大朵、小朵娇媚的野花也已老去，它们守着西塘千年，一生默默无语，却至今没有分开，以平易近人的眉眼，以理性的状态，干净的语言，从简单中开始，用细小的触须，听朝云暮雨，看日落长河。

暮春的花以燃烧与拖挨的心事，泅渡今夜如水的月光，抵达唐宋的边沿，重握流落烟尘的爱情，为了千年前的春日梦，与水与酒与花船共眠。诗醉了，花开了，一轮明月，转过朱阁，叠成逝去的唐朝，伴我走过千年的古镇，吹开内心的花。沉香色的温情千年如斯，温暖依旧。

拐过灯光暗沉的店铺，买一壶女儿红，怀抱胎记，走向我前世的庭院，与今生相约的人在灯影里沽酒，陪君醉笑三千场，此外皆闲事。在岁月的端口，一杯一杯，酌一杯明月清风，酿半壶唐盛宋兴，不曾醉酒，却沉醉诗怀，在万千心事间把盏论剑，清婉悠然一钩，豪放铿锵一撇，生生世世竟在不知不觉中……

在鸟鸣和雨润里，我悠然醒来，雕刻的窗沿下，青花瓷端庄，有风徐徐，铁锈叩响在门环上，推开又关上光阴散去的旁门，绛红的窗格依然如此稳重，带着江河日下的精致，倾心演绎着几个朝代的奢侈，一蓬海棠仍旧鲜艳夺目，所有的物什，多年来总是这样注视并温暖着我们。

这样和煦润泽的天气，我当窗理云鬓，对镜贴花黄，心如春花，越来越真切地盛开，生活的另一面，在一夜之间百花齐放。于是，我换上多年不穿的旗袍，从客栈的侧门出来，经过幽深的弄堂，刚刚下过雨的弄堂石阶上，青绿色的苔衣泛着光芒。站在青色的石板间，低眉俯首，步履翩然，袅袅婷婷走过西塘的朝雾夕岚、闲阶河堤，且歌且行。经年的紫丁香轻扣邻家的花格木窗，盈盈的风吹起鬓间流云。立领一字扣的花样旗袍，穿在我今生的肉体，衣香鬓影，色彩浓淡相宜，是何等岁月？

　　走过深深里弄，仿若和小小时候的小小情人在小小的巷子里小小的擦肩而过，小小的对看一眼，又各走各的路。而时光的最终答案，是我们长大了，光阴老了。挥手之间，往事就这样白发苍苍了……

　　走在前世走过的土地上，迎面是唐宋的风，身旁是春秋的水，穿过烟雨长廊，驻足环秀断虹，时间的彼岸，一片落红打湿了我的前生。雁塔湾头，水墨深处，是我温柔的回眸，泪眼蒙眬，一重比一重湿润，于是，我便疯狂地想念某年的春天，把心都想绿了，情感的细胞，在将暮未暮的春风中张扬。

　　今日，重回旧时，我在堤岸上已经走得太远太久，谁又能领我回来，说出昨日的誓约？三千年的桃花，在诗经的肩头，照亮西塘城外的风。西塘晓市间、闲堤柳荫处，花样旗袍在风中衣袂飘飘，听一曲离伤，寸寸柔肠，血染江山如画，我内心的情节，积压在西塘的臂弯，命里的花香，已莅临我安静的院门。如果我的心可以足够在西塘的任何一个风口安然穿行，我愿意在尘世的底层紧闭双眼，静静等待千年。

　　诗心拂过，已是几番光景，世界金玉良缘般如此美好，穿着旗袍走过西塘，细数这些细水长流恍如隔世的日子，旧人、旧物、旧时风月，只是旧情不了。

在兰溪书屋触摸一段旧时光

秋意薄薄的一天，曾经风情万种的杭州西溪湿地被另一种宁静淡泊所代替。一段乡愁的距离间，我误入其中，情无声息地被停泊在时光深处，久久无法回头。

坐着电动的木制游船，穿行在西溪湿地的一河深水里，看秋高云淡，左右修竹，眠琴绿荫，落花无言。静止的时间，静谧的空间，让曾经人撼喧嚷的热闹归于沉寂，如同一艘搁浅的船，载我走向某段时光，让我可以如此安静地面对诗歌之外的心情。

在西溪水阁景点，我独自下船上岸，沿着开阔的水岸，曲曲绕绕，独自走向另一截木板长廊。廊下潺潺流水，叫人屏息倾听。风在云雾氤氲的水汽间飘来荡去，缠绕的枯藤，掬一把光阴，盘踞老树的昏鸦便轻身飞起，依稀的芦苇，被谁忆起，以半生的岁月低吟浅唱，凭借着几万里的风声，将一把离愁弹了又弹。

正午的阳光幽微而温暖，初秋的风吹开浊黄的书页，清菊的淡香钻入鼻端，空荡的长廊，琴声依稀萦绕缠绵，诠释着怎样的心情？

就这样，一个人凭着感觉闲走，看眼前如此宁静的风景，站在风的当口，衣袂翻飞，竟涌起些许惆怅。

路转径回，穿过两座小桥，到达西溪水阁。水阁由两组建筑组成，东为"拥书楼"，西为"兰溪书屋"。

在水阁西边一处有些荒芜的门扉前停下了脚步，各种野花杂草漫不经心地疯长，掩盖了进门的两级石阶，一串红透的爬山虎围绕门扉，仍以向上的身姿坚强地爬行，挂满岁月风声，像栖息的蝴蝶，寂寂安度韶华。

我小心翼翼步入门扉。这是一座古老陈旧的宅院，老砖青瓦刻满岁月痕迹，百年前的匾额和画栋雕梁褪尽铅华，仍然有一种打动人的力量。

秋风如霜，镂刻"兰溪书屋"行书的牌匾、苍劲有力的字迹，似是刻着悲欢。一扇半开的门，两扇紧闭的窗，若有所指，庭院的青石桌凳，荒凉多年，已少了余温。院内一棵枯败的桂花仍然还飘着香味，一只不知名的鸟落下来，抓住一根枝条，在它晃晃荡荡的身影里，风悄无声息地穿越时光的缝隙。前面是一条流淌着无限柔情的溪水，古旧中蕴含着纤细和绮丽。

静静端坐石桌前，拂去桌面的残枝细尘，眼前的一间书屋把它的内部向我呈现出来，像一个沉默惯了的人忽然和盘托出所有的秘密。上百年前的某天，这里，曾经鸿儒谈笑，沧笙踏歌，谁把年华轻唱？谁又打马经过？老宅的墙垣盘根缠绕着桂花香味，唐诗宋词已是遗落的离恨寡欢，万匹骏马涉过流年，今又践踏着我的心奔驰，滚滚红尘，陌上看花，谁还在研墨书写？谁又能绘出书屋里曾经的那幅山水？

一个下午的时光，我就坐在书卷诗意的"兰溪书屋"前，幸福地发呆，柔肠百转，寸肠柔结。梦越来越近，阳光越来越温暖。垂散的青丝拭去一额的风霜，相思从前世的阴影里漏出，将满院清冷拢于袖中。数百年前的光阴里，我手持经卷进出书屋，以书会友，品茗写诗；也会白衣胜雪，醉卧绿荫。看宁静的桥影，数螺钿的波纹，看灯红酒绿，听离情别伤，盛宴之后，栏杆拍遍，泪流满面。

如今，摊开卷轴，时光开始剥落。我默读这长短的诗篇，满眼的风絮，是我匆匆的一瞥，巷柳庭花从眉梢悄然隐退……

兰溪书屋，遗落尘世的一片风景，静静地泊在秋意间，古老而荒凉，柱子、壁板、家具已然显旧的木质纹理，却深深地打动我的心，让我心怀感激，心素如简，更让我记住一生中有过那么一瞬，避开尘世，轻轻触摸它的柔软时光。

桃溪一隅，景秀一园

昨夜，整整下了半宵潺潺的雨。

今儿醒来，轻掀窗帘，半开窗扉，聒碎吵闹的鸟声里，窗外那株粉紫的海棠，冒着肥雨欣然半开了。

看看窗外，天空已然明朗开来，阳光一丝一缕地将温暖折射下来。看看与漆春华老师相约的时间快到了，简单收拾一下后，便驱车前往距城区五公里的桃溪寺景秀园。

时值五月，麦苗深绿过膝，树枝迎风饱满，放眼望去，蓝天高远，雀鸣鸟飞，大片大片的绿色中点缀着几枝绯红、三两株洁白或粉紫的野花。

十分钟的车程后，我已到达与桃溪寺遥遥相对的景秀园休闲山庄。

古色古香的门头，再配以漆春华老师的题联"傍桃溪，悦闻鸟语夸锦绣；憩阆苑，闲戏雀牌享陶然"。小桥流水，曲径回廊，让我一下子喜欢上了这个地方。

曲径两旁摆放着两百余盆精致且风景天成

的盆景，它们或枝蔓环绕，摇曳生姿，或精镂细刻，荡漾着无尽的诗意；一池清澈透明的水，闲游着几尾通体红透的鱼，几只嬉戏欢跃的小鸭，使宁静的景秀园一下子充满生气和诗意。

我慢慢踱向长廊处闲坐等候漆老师。一条清澈的河流绕着景秀园缓缓吟唱，漾满深情，临水而坐，品茗听风。斜倚在藤萝椅上静思弥想，释放着自己所有的心绪。霎时，风柔雪软心暖的感觉传遍全身，我听见溪水浸润堤岸的声音，听见每一颗水滴拍打水湄的轻叹，如一滴滴的琥珀，嵌进了我的岁月，慰藉着被世俗捆绑的灵魂。河边随风散落的几枚花瓣，漾在溪水里，淌在我的梦里，多了一份含蓄，多了一份灵动。而我那些捂着压着的心事，已在河流的回转处，舞动着一曲清丽的舞蹈。

小憩等候的片刻，我莲步轻移，叩开鲜花盛放的门扉，穿越洞箫细碎的长廊。顺着回廊曲径，向景秀园深处走去。所有的思绪与无言，与我抿于唇际拂于指端的秀发搅在一起，织成这五月暖阳与溪流雾霭中最让人疼痛的幸福一幕。弯曲的小径旁，隐匿着深深的葱郁岁月，藏匿着红尘世间多少浪漫情怀。

举目向天，白云初睛，幽鸟相逐；环顾四周，山前山后，山左山右，是透着清香的树，烂漫的山花和飞起飞落的鸟儿，那蜿蜒淌过的河水，被暖风吹拂得起了细细的波痕，投在水面的阳光，便也跟着起了波痕。不知是归来的燕子还是留守的麻雀，它们聚在远处的楼顶，断断续续地唱歌。

景秀园虽然怪石堆砌，却错落延绵，深浅各异的绿相互遮映其间，间或有大红或粉紫的花朵随风飘落，姿势各异的云朵在头顶倏来忽去，变换身影。

闭目静想，我将自己的整个身体包括感情一起浸淫在这一溪一园里，那些敲打的往事，仍徜徉在雾气香茵中，醉眼蒙眬里，一曲旧梦似的乐声，从融融春末盛景里钻出来，触人心扉。一朵绯红的海棠，迎风滑落，在我的肩上停留；两瓣开败的蔷薇还在枝头缠绵；一两张青翠的竹叶，在空中颤颤飘过，最终漾落在水里。那棵芬芳的桃树，顺着溪流，摇下句句诗行。鸟影掠过水面，带着谁的梦境，痴长着相思的藤蔓？若隐若现的芬芳，深情地舒放在风和日丽之下，柔柔的阳光里透着温暖的讯息。

静思冥想的我，流动的心脉不紧不慢。手捧香茗，听着悠情的曲子，尘世隔开的梦便纠结寸寸柔肠，将回忆折断，一次一次碾过心尖。当我仰起流泪的脸，不管来人与否，痴情地浸淫在一个人的独韵里，闭目静听花开的声音和修竹的微语，山峦闲吟，春水独钓，一个人品茗听风的感觉亦然悠然，何必奢求太多，有这一弯溪流、一园芬芳也是知足。原来，不问世事的时候，尘世可以如此宁静，时间可以如此光明正大地用来恣意浪费……

五月的阳光从浓密的树荫间涌下来，温暖着我的脸颊，坐在长廊眺望这一园景致。午后的阳光温温暖暖，照得一片和谐。如果，人生必须以一滴水或一枚叶的形式漂泊尘世，我愿我从此诗意地成长、行走，如我此刻，诗意地伫立在景秀园。

小酌雨夜镇远

　　凯里至镇远近百公里的行程中，一路山川河谷，一路栩栩摇曳的斑斓色彩，灼疼了我深秋的相思，尽管细雨蒙蒙，满目湿润，但秋意依旧分外明艳。一曲秋的歌谣，让幽幽长长的叹息低吟浅唱，唤醒我对一个古镇许诺的归期。

　　我从深秋的某一段时光走过，我想，第二次来镇远，我是勇敢的。从时光这端，我静静地走向你，镇远，仍在那一边悄然等候吗？走向你，靠近你，在彼此的生命里，我们能否还能划过一道清晰的痕迹？镇远，我只能顺着一滴河水的脉络，去寻找历史走丢的路和我当年写下的情。

　　到达镇远，细雨依然，谁也猜不透，秋天打湿她的发梢已有多久？生生不息的花草，掩住歪门邪道的小巷里依稀的路径，青苔葳蕤，石阶湿滑，如一纸墨香四散的烟青小篆，在我的案头隐隐再现。云朵瘦成落叶，深秋野渡瘦削的花萼下，我靠近穿城而过的舞阳河，洗净自己，打一桶晚秋，等候一个故事的起落。

　　暮霭沉沉，岚气苍茫，芳尘归去，燕巢不知深处，院门深深，万千柳丝，垂下寂寞。沿着被风揉弯的河堤，我用双手捧着的一段时光，在秋雨里反反复复走了好久，直到夜色漫过双足、漫过脖子、漫过了思想……

　　水声轻如裂帛，隔岸璀璨的灯火，在尘埃不舞的夜晚，穿越一场宏大的叙事。经久不绝的雨滴，是在反复叩问，还是在敲打不眠人的心房？我走在河堤最深处，想起一些旧事和句子，湿润的心，被蘸足的夜色灌满，开满油纸伞的河旁，一滴水突然喊出了尖锐的痛，无缘无故，我想在此安家，在四合院的小院简单完婚，烧火做饭，作画弹琴，盛开温暖的容颜……

　　这样的诗情雨夜，这样的烟火灯火，几个感伤又洁净的词语开始在我的体内碰杯，延伸至我的心脏，我只好任由它醉死我全部的疼痛和尘埃，任秋水恣纵，秋霜来袭。

　　一同的友人提议，一行几人便在岸边找一临河老铺闲坐侃谈，我们挑中了老铺二楼临河的晒台。这里可以看碧水如诗的舞阳河以及沿河两岸被灯光映衬的秀丽山峦；可以看到青砖黛瓦、高封火墙的明清建筑；可以看到古树藤萝掩映的曲径通幽老巷以及古朴厚重的石桥……

店家支起一张老式条形茶几，几根纹路模糊的木质板凳一围，再配以几个镇远特色小炒，一壶地道陈年米酒。坐下来，我们仿佛成了不肯离去的主人，已然成了桥上看风景人眼里的风景。

我潜伏在一杯酒边缘，聆听桥上人声鼎沸，细看周遭万千霓虹，两袖清风，彻底置身一切事外，只与身边这几个因诗词短暂停留的过客，怎样把镇远温文尔雅的夜色，喝醉得一塌糊涂。

李白的酒被两岸灯光温热，屈原的诗又回到楚河的源头，青龙洞的钟声对着大地诵经，梵音轻叩我的灵魂，绕开醉着的空气，在缭绕的香烟里，我细细咀嚼明清年间摆下的素斋，在尘世的河岸，把一切放弃，散淡而悠闲地喝下这杯陈年老酒，心如止水，让酒与水、雨和诗浸淫魂魄，浸淫每一根肋骨。

往事如烟，谁的岁月幽深？谁的寂寞绵长？且让我拾尽深秋的萧萧落叶，取一枝阒阒易安小令插于发间，为你水湄嫣然，一同篆写唐诗宋词，于舞阳河畔落笔千言，推开小轩窗，烟锁小桥径，将所有的露珠收集，酿成一壶千年陈酒，在这夜雨湿心、齐窗箸竹的古镇，沽酒此生，见证这一夜清欢。

今夜，镇远，我愿交出我此生所有的才情，丢一句诗于舞阳河里，留下旷世的明媚，泅渡这未尽的光阴。

今夜，镇远，请允许我——一个夜里醒着的女子，在一天中最深与最浅的时刻，剪烛磨墨，饮酒写诗，替你失眠。

七月骄阳，我们沿着夏的根脉，像渴着的孩子，等待一场甘霖，仰望湛蓝得没有一丝云彩的天际，等待一场迟迟不曾抵达的雨。

与友人相约，便寻了一个周末，驱车前往中国最美养生谷的黑山谷。到达时，已是正午，酷热难当。

乘缆车缓缓滑入山谷，俯瞰下界，看山生山、水生水，得以窥探亿万年山水约会的秘密。

车至谷口，便弃车步行。霎时凉风习习，不动声色的流淌间，像血液一样默默地穿过我们的体内，扫劫了方才的烦躁与焦渴。

沿小径步入山谷，这里真是另一番仙境，清波碧草，晓寒深处，百蝶穿花，云动影来，千般颜色百般好，隔着三千丈红尘，我的灵魂我的脚步跟跄着，朝谷底飞奔。

身边的泥土散发着迷人的气息，离离的青草已在溪涧边长成葳蕤与蓬勃，直铺天涯。这个季节的水不大，还没有足够的力量飞起来，但也有一缕缕从山上和石头的缝隙里渗下的水流，汇合成一弘溪流，随径蜿蜒曲折，一路前行，最终在一处宽阔地带形成一潭碧水。潭畔绿意正浓的夏草，几簇叶片滴翠的野竹，一只鹭鸟，寂立于密匝匝的树根底下，凝睇着眼前的一切，那向上伸展的蓬勃生命与向下回归泥土的灰色朽枝同时装饰着黑山谷的身体和岁月，营造出仙水瑶池似的氛围。

阳光被云块砸碎，被树枝遮掩，一束束跌下，跌向山峰，跌向峡谷，山峰便有了倒影，倒影与正影吻合，构成一只纷飞的蝴蝶，飞在柔长的峡湾间，那在水中延伸的山脉，以不可触摸的脉动，在梦幻的岁月里悄无声息地流过，干净得像血液一样，微风吹过，时有雨雾若丝若烟，水韵芳馨里，让我疑在一个遥远的梦境中行走，如梦如歌，如诗如禅，似临圣地，若入仙苑，五内疏瀹，精神澡雪。美景如斯，我在光晕与深谷中穿行，日子山高水长，我在此间经过。溪流错落有致，把我拉向黑山谷的深处，远离了喧嚣和嘈杂，连平素的自己也远离了，如躲进了岁月深处，没有压力，也没有沮丧，只有当下的寂寞，难得的静美。

峡谷很长，清清瘦瘦的，似一曲元代小令，岁月留下的伤痛清晰可见，却又如此美丽疼痛。我甚至可以看到前朝旧事，看到沧海桑田；看到苍莽中的妩媚，雄浑中的明秀，疏野中的温柔。黑山谷，像一个长生蛮荒的美丽少女，不施脂粉，别有风流，又似幽谷佳人，翠袖单寒，独倚修竹，情调虽清冷，却更增其悠然出尘之致。

走走停停，停停走走，空气异常晴朗温润，雾气弥漫，在山溪间飘浮游荡，像云一样稠密。我们一群人欢笑着走在摇摇晃晃的浮桥上，流动的水贴我们脚底，贴进生命的深处，充满玄机、美妙，窄窄的水道边，我一手抚摸重庆的壁石、一手轻吻贵州的山水，碧绿的溪流上，一不小心，我竟将自己滑成了一首婉约的宋词，真有种时光荏苒的况味。

　　轻脚踏上仿古的栈道，两岸层次丰富的绿色波浪一样饱涨了汁液，穿过风、穿透我们的身体，我仿佛闻到了那来自遥远的气息，温暖而疼痛，给我穿行的力度富有了一种植物特有的气味和暖色，血管里流淌着生命最本真的歌谣，汩汩滔滔，汹涌澎湃。摇晃在浮桥与行走在栈道间，我只想把眼前的山光水色和着幽幽花香，填成一曲醺醺的诗词，温暖我留在城市日渐冷漠的肉体和灵魂。

　　在黑山谷，我的灵魂和身影翱翔在此每一寸肌肤间，可以信马由缰，任意想象；也可以静静聆听，洗涤心身。虔诚仰望，用心亲近。也许，这便是最好的时光，远离红尘纷扰，我们的心灵和思想，与青山绿水悄悄融合，连缀起一生的光阴，简简单单却延续向前。

清溪湖，我是你眼里的一滴泪

宁静的风从山脊走来，流连在我走向清溪湖的步道上。

鸟鸣花香，青藤缠绕。一片湖水，在眼前打开一个春天，一场暗香，撩开清溪湖妩媚的红颜。出卖过我的诗句，破译了清溪湖多年前深藏的一滴泪水。

受伤的花朵纷纷飘落，我圆融在时间深处，终于停下来，与清溪湖遇见，让肉体和心灵回归本真。我想，我的今生应当停顿在清溪湖，春水潺潺，茂林修竹，从此，与之契合，岁月温良，云淡风轻。这才是，我余生至高的归去。

山风穿过峡谷，来到我的诗中。清溪湖的碧波，还是从前的浓度，回荡着和谐相融，温暖着红尘中疲惫的归人，我的泪水渗入湖心，内心拎着的忧伤找到了停泊的堤岸。

一场相遇，隔了千里万里。

半生缱绻，因缘再次际会。

我与清溪湖，山叠水重，注定唱成一页绝

美的故事。一山唐诗，一湖宋词，在这儿婉转缠绵。五峰岭与九道门，依然站立云霄，阅读着清溪湖的万里涛声。

清溪湖是内敛的，她将自己浸泡在绥阳青杠塘镇的深山里，蜿蜒成芙蓉江的一条支流，静若幽兰，美在空空的谷底，如一首词，找到铭刻在宿命中的最后一幕，把一世江山守成锦绣。从彼时到此时，深沉、绵延，在安静中安静，在聆听中聆听，唇间藏尽湖光山色，落花盖满两岸，在时间的纵深里，响彻一种温暖。

我划伤安静的夜晚和我流泪已久的诗行，一些明净的词语从眼泪滴落，融合在清溪湖的胸口，湖心深处，是我今生落在清溪湖的一滴泪，秘密地开始替我说出春天。穿过弯曲的时空，谁在用爱情触摸我的伤痛？我将要与谁相遇？将带来怎样的讯息？

春红微漫，烟雨中的衣袂，沾满了清溪湖的余香，妩媚着我一生的浪漫。多年前写下的诗歌，在千年跋涉后，只在清溪湖的山青水暖中定居；前世，我们曾这样相遇，今生，我们两两相怨，让我变成你眼里的一滴泪，彼此劝慰。原来，岁月的眼角上，我是清溪湖时间深处的一滴泪，早已将忧伤深入骨髓。如今，我只想浸泡其间，营养我的身体，滋润我的诗篇，泅渡我的灵魂，然后，顺利抵达彼岸，临近幸福的深渊，坐拥春风，细读花语。

沿着清溪湖，我是幸福的。　一路走来，一边是莺飞草长，疏影横斜；一边是倦鸟归林，问候我春风吹不醒的心事。

　　微风、嫩绿，不知名的鸟，不认识的人，还有一些不期而至的喜悦。一粒粒落下的阳光，耗尽了今生的温暖。我的喃喃低语和泪水盈盈，连同清溪湖一生的落花和流水，都妥帖地开放在这片山河，让风调雨顺的光阴在期盼中呈现。

　　来到清溪湖，某样东西被我轻轻拿起，又被我轻轻放下。那个从宋词里走回来的女子，款款下马，掬一捧湖水，收拾丹青万千，听远处的琴弦，纤指轻盈处，温柔写诗，悄悄搁笔。空气中弥漫着湖水的香味，一望无际，碧草连天。两岸青山在时间深处划出一片春暖花开，浅浅芬芳扑面而来，澄清的湖，连同我滴落的泪水，轻易惹出千山万水的相思，我泊满心事的书简，穿越不过流水的叶脉。隔着湖岸，谁已迟到，错过一世情缘？我神思恍惚，不知所措，一些情怀，渐次散落湖岸，如我的一滴眼泪，醉了远行的官人，醉了一行离家的归燕，不声不响就把我的路径打湿，让我在绿色的暗影中辨认清澈的泪滴，收拾一生的残藉。从此，风雨敲窗，淡赏闲云，与清溪湖一道，蹉跎此生。

在晴隆，与日出相遇

选择这样的日子去晴隆，是因为有一些库存时间，可以散去忧伤，让那些失落复原；可以忽略生活中的一些枝蔓，让那些往事，在旅行中删除。

四月的春天，在晴隆，我带去的诗句，显得过于单薄无力，直到与日出相遇的刹那，才焕发出这么多的生机蓬勃，才可以辽阔一次。

天空还不算明朗的时候，昨夜未醒的梦被扔在灯火阑珊处，我就和朋友穿过小小的晴隆县城，不知能否有福有缘与日出相遇。近半小时的车程，我们觉得太长，愈往事物的边沿走，越接近神远，也就越发激动，越发期待。山峦逶迤，万木争荣，紧赶慢赶，我们还是在日出之前赶到素有"历史的弯道"之称的二十四道拐观景台前。

空气像绸子一样轻柔、清新，雄伟壮阔的二十四道拐公路坚实地镶嵌在大山与大山的身体上，端庄、凝重，直啸云天，气吞环宇。妩媚的月亮欲语还休，眉眼生动。东方隐隐泛红的云霞低垂眼帘，琵琶掩面，不可知的一切都在萌动着。

隔着时空沉思，俯瞰镶嵌在对面山脉间纹理清晰的二十四个弯曲的拐道，我确信，春风万里，他们积攒的毅力和力量，定会在尺山寸水中探寻轮回的路径，重塑江山。在我足够虔诚的表达中，这高原的胸怀已为我敞开。

花香辽阔，绿枝斜出，晨鸟的叫声，流淌着野花的香气。轻轻飘过的花瓣，一层一层累积出清香的年华，咫尺天涯的对岸，那些散漫的云朵，正以自己的方式相拥相融，绕过山头的缠绕，落下斑驳的橘红，一层一层，一叠一叠，按照自己的意愿，往无边无际漫延开去。她们在接近红日的瞬间，有一团光芒吸引着我，让我献出无言的赞美和肯定。

一轮红日松开滚烫的一生，正好悬挂在树梢，万千光晕闪烁处，一场盛宴正开场，宛若春天的力量，四处播撒，覆盖全世界，沦陷了人间这整整一片山河。光芒万丈里，二十四道拐面容沉静，一如高原汉子刚毅的脸，隐匿着巨大旷世伤痛，闪耀着无可逼视的光芒。我们的惊叫声里，掺杂着时间滴落的声响，回荡在隐秘的山峦深处。岁月有痕，一次日出，短暂须臾，却唤起造访诗人声声叹息。有些东西很简单，也很珍贵，要保住，其实很难。

我伸出双手，想握住一缕光芒，却只能触摸她的阴影，更多的金色光线，变成抒情的诗句，挂在树枝间，折射为平平仄仄的袅袅烟云，一些诗句从枝梢间跌落，绕过风绕过尘，落下层层光晕，一层鲜红举起另一层鲜红，覆盖并温暖更多的蒿草、野花、绿叶、小径，手指触动的事物，纷纷次第舒展，传递的热度，一寸一寸，让一枚叶子有了内心的锦绣。

一抹光亮深情抚摸我的脸颊，又顺着我的身体向远方扩散，恰好此时，我等在这里，因缘际会，隔山跨水，有福有缘。原来，我半辈子的温柔，竟只为了等待这一刻与你的撞击？原来，我日夜兼程，只为与你相遇？原来，你就是我欠下的那一次怒放，仅仅一瞬间，就解决了我半生的纠结。其实，彼岸的你并不遥远，你从夜晚走来，披着星光，一路山高水险，打开扉页，万斛泉涌，行文汪洋，在我触手可及的地方，把玩着一整座江山。你一路打磨写下的滚烫诗句，怒放为人间最热情的句子，照耀我们的生活，让我们眼中明净，没有阴影可寻。

风，隔开一切。此时，莽莽苍郁的山间，青烟袅袅，鸡鸣于埘。那些经由岁月褪去的颜色，那些在流年里忽略并错失的期待，被重新显现。我俯下身子，轻抚一方残垣，让温暖芬芳的词语在山脉间深情吟唱，与低处的生命相拥。

好时光总是太短暂，时间终究选择转身。今日的我们，不过是一段相遇的结束，却让我们一生都欠一次紧紧的拥抱。我期待季节的时序一一走完，在另一个城市，再次相约。

向一条公路致敬

——拜祭晴隆史迪威公路·二十四道拐

我们一直都在远离。远离城市的红尘飞扬，远离俗事缠身和紧张忙碌。曲曲折折的路，弯成二十四个音符，为这个季节的硬度高傲地昂首弹奏。岁月深处的故事，在阳光下熠熠生辉，将历史和现实浓缩成弯弯曲曲的梦，让行人和飞鸟孜孜不倦地阅读和推敲。

一千八百米的海拔，禁锢了一条公路的一生。一面是琐碎的人间烟火，一面是山峰与山峰的寂寞。这缄默的距离，在无人能够超脱的孤独之上，延伸着我崇敬的心，许多不可思议的情节，曾在七十年的变迁中，被历史湮没，今日，云雾散尽，无比清晰地在眼前生动起来。战火纷纷，拍马而行的年代依稀仿佛，疼痛呐喊，走马天涯的苍凉至今不绝。一条蜿蜒成二十四道拐的公路，掩盖它千次万次的挤压，弯成大山里披荆斩棘的向往，让我的心隐隐作痛。时代的上空，二十四个折痕在阳光下如一面面旗帜，为晴隆经年的寂寞而飘扬，直到后人能够诠释这旷世高远的背景。

阳光甚好，山头静默。二十四道拐在等待谁的到来？为谁坚守这从时间深处穿越而来的至诚？当四月的风穿过一个又一个拐弯处，我的心，除了疼痛和敬仰，再无抒情的空间。

　　这是暮春三月向孟夏过渡的边缘季节。岁月把我的思绪拉得很远，又缩得很近，远可见九天，近能触摸自己的灵魂。这隐匿在山峰与山峰间的二十四道拐，这被七十年烟尘覆盖的"历史的弯道"，对于我而言，它不是二十四个弯道、不是二十四个阿拉伯数字，而是作为一个个特别的历史符号，珍贵又疼痛，注定让我长达一生都绕不过去。它像一朵一朵的生命意象，如摇曳在我生命中的旗帜，镶嵌进了我生命的肌理，有着特殊的、不可撼动的分量。随着时间生出无限的合力和张力，让我崇敬感怀，顶礼膜拜。

　　明丽的阳光下，贴地的黄色小花纵情开放，蜿蜒天涯，公路两旁站立着无数高大挺拔的楸树，淡紫色的花朵异常耀眼，随风飘洒，堆砌似冢，如逝去的英雄，在时间之外的无尽时空里，灵魂以另一种形态出现，光彩照人，芳香四溢。每一朵楸树花都饱含鲜血和汗水，每一滴英雄泪都情深义重，引导后人用深情用瞻仰的目光去看那些生命之外的生命，更让我读懂，生命的延续、生命的转换和生命自身的价值。

　　公路上的二十四块碑文，浩浩荡荡，诞生出无穷的语码，混含着莫名的悼念与惆怅，淋湿了我一颗尖锐的心。在每一个弯拐的折痕处，我摇落飞溅的泪，并省略重重忧伤，目光所及之处，强烈的阳光穿透公路与山峰的宁静。那些无法明了的岁月，隔了烟尘，再次撞疼我内心深处的感动。庄严肃静的场面，号角声响彻的山谷，那些虔诚的灵魂是否在信仰中得到慰藉？太多的暗示，是否会还原一段真实的历史？二十四道拐的每一转折处，一切的涌动和感叹，是否会在一瞬间平静我来去的路？

千里烟火，万里征程，生命从"一"开始，从一道拐到另一道拐，百折不挠，峰回路转，演绎的过程包含了多少波澜壮阔的传奇？且不说历史人是人非，且不说湮没的岁月长歌当哭。当我面对这二十四个转折的寂寞时，很难想象，不过几米逼仄的宽度，超越疆界、种族、生命，承担着如此原始而又厚重的民族命运和历史使命；我很难相信，这瘦瘦的公路竟然可以抵达烽火岁月的前沿，竟然可以抒写和壮大中华民族的声威，成为珍贵的国民记忆，嵌进历史。我的思绪任风雨战火一路牵引，又一路跌跌撞撞回到这一个又一个现实的拐角处。

二十四块鲜为人知的石碑，高大的楸树，贴地的黄花、野草以及零星般的村舍和房屋，在这个平凡且意味深长的午后，成为我追根溯源的唯一线索。

没有阻隔的风，带着楸树花香、和着青草味道，一直吹进我心里，那是三千里外生命的气息吗？历史无意间做出的暗示，再一次丈量出二十四道拐的深度与厚度。

蓝天白云下，二十四道拐，已不是散落在深山的一片景致，而是一条完整的生命线，使沿途的所有景观都依着它而定位。它们是黔边晴隆这个县城高举的灵魂，凸显的地位让这方子民因此而高昂，更让后人一遍遍回首致敬……

邂逅湿地公园

日复一日忙碌而疲惫的日子，让我忘了自己迷失在哪座城池？周末，我想让迷失的自己出去透透气。于是，我从一个素净的日子出发，邂逅新蒲湿地公园。

在我面前，湿地公园的本真和清秀，如从宋词里跌落下来的几枚韵律，清晰又婉转，内容的深刻全在不言之中。

我慢慢亲近她，步入她的内里。一弯河水平静而缓缓地歌着，河里摇曳的水草，妙曼的睡莲，纯净无染，也成了迎接我的第一个微笑。蓬勃的草叶植物和香味杂陈的花香，铺成草原的辽阔，扑面而来，散发阵阵泥土鲜朴的好闻味道，旺盛地吐纳着色彩斑斓的无穷芳华，呛得我喘不过气。

我怀一身旧事，闲云碎步，看柳岸曲折，听残花惊落，深情款款，收集这难得的闲情时光，装订成册。原来，我奢望的人生不过如此，漂泊彷徨的一生，被一个晌午的快乐和幸福淹没。

湿地公园隐匿在尘世的一个角落，静静地栖在这里，不迎风乱舞，却简洁内心。我与她不经意的邂逅，一滴水，一叶草，一朵花，都与我有着千万种因缘和合。我们深情微笑，感谢因缘，让彼此呈现给这个世界宁静与灿烂。阳光落在身上，产生久违的温暖，绿醉红睡，黄花丹心，时光在花草的缝隙里留下缓慢的痕迹。我俯下身来，与低处的生命相拥，聆听干净的词语在绿草深处吟咏绯色的梦，我顺手捡拾的几行诗句，也被埋在浓绿的青草里，和温柔的花朵安守，细读娇羞，流淌的爱情仍继续着一场风花雪月的事。

　　金黄的鲁冰花，于青草拥映处，盛开着那么多温暖的容颜，大片大片地蔓延，婉转而微微地笑着，如大自然的魂魄在细节处的展露，焕发着耀眼的光芒，花间那只翻飞的蝴蝶，让旧时的恩怨搁浅在岁月深处；饱满的绣球紫红蓝三色铺开，如大珠小珠盛满玉盘，正侧偃仰，语言生枝，千姿百态，淡墨烘染，美得绝望和心碎；红彻到无奈的美人蕉雕刻着山长水阔的痕迹，一如评弹里的水袖，横过柳梢，在一匣一匣胭脂的色与香里，任凭流年暗换红颜，远离燥气、土气之后的妩媚，不在风尘中放逐，静静地绽放着一种风仪气韵；湖畔浅桥，水声轻如裂帛，荷叶田田，长出眉眼，露出让人心疼的部分，千回百转的流水探向莲花深处，不问世事，喧哗还是宁静，任由选择，让参禅的人，能在一笑之间领悟佛指拈花的含义……

　　清脆而久违的自行车声，衣袂飘飘的少女，青涩阳光的少年，路过我的岁月，眼角眉梢净是纯真无邪，让我重又回到白衣素裙的青葱年华。青春无解，年华正酣，如花美眷，似水流年，停泊在自行车的时光温暖如初，包裹着我一起，被疾风带走，已奔向另一个天涯。那些在流逝中忽略并错失的隐痛和告别，被重新打捞并显现，心海上，漂浮着一层时光的落英。谁，又在忆起当年？谁，又把年华轻唱？尘缘从来都如水，梦想与现实早已在路上一拍两散，饮一殇流水，柔肠百转间，悼念红尘，只有时光，一遍又一遍，漫过我荒芜的中年。

推开岁月的门，许多年华终于被渐次搁浅，那些浪漫，那些纯真，隔了青春，隔了岁月，在我人生的路上，留下丝缕感念。也许，正因为有了这些人、这些事、这些记忆的一路相伴，才叫人不得不爱此生，即便被时光洗劫了几十年，我依然在此时，诗意地出现在这里，与湿地公园邂逅，与少年岁月重逢，保持原有的优雅与闲逸，享受自己仅存的明媚。原来，我还有青春可用，还有未来和好风景可以期待。

累了，在浅桥湖畔静坐，听清风徐徐，流水潺潺，伸手抓一把大好时光，指尖流泻的是绵延不绝的绿，以弦而歌，莫负似水年华，情感的细胞，邂逅在初夏的湿地公园，就像爱情邂逅在我的记忆。我爱的人走了，爱我的人来了，让我于风和阳光合谋的日子里打开温暖的诗篇，让我在此，用心绣下，万世花香。

初夏，新蒲，湿地公园，我与旧时光不期而遇。

我这个因诗歌而短暂停留的过客，是否敢丢下一句诗于这里，把字谱成曲，若能这样，我才敢在你面前继续写诗。

是否世间所有的相遇，都只是为了离别？与你握别，抽出我的手，思念从此生根，一次邂逅，灼灼期许。

湿地公园，我只是你的瞬间，你却是我的永远。

秋色醉湘江

那一日，一片梧桐已把秋色抹浓，千里之外，斜斜的南风，在时光的岸边，起起伏伏，远山斑斓，落叶芳菲，青山翠屏，残叶堆雪，埋藏不了秋风深处的凋谢与灿烂。

这一刻，且把自己站成一棵梧桐，一路裹挟着不老的红颜，在斑驳的秋风里低头，把温柔写在正午的秋阳里，久违的空杯，把满腹的山水与空寂，付与散发醉意的湘江河。河岸的一弯秋色，已斑斓到深沉，秋水不缓不急，波澜不惊，与之纠缠了千年的河堤，在秋风里安睡，枝叶一样的梦恣意张开，岁月无法修补的辽阔，盈满了旷世的漂泊。它们在我的心底，酿成永久的乡愁，总是伴着琵琶的泪痕，让我的双眼红了又红。

故事的起落，在一片残叶背后，闭眼聆听，如约而至。河堤两岸的常春藤依旧在秋风里轻柔摇曳，错落成长长短短的句子，每一次起行和落笔，都惊醒几行白鹭，一些秋花，把身躯贴在大地丰满的肌肤，像一个安静的词，透过十月的风，被缘分随意安置，一地衰败的胭脂不知涂抹了谁的伤情？唯有堤岸的几丝垂柳结满恩怨，柔软如水。多年前的阳光沉如牡丹，花瓣一样相继落在时间的心结里，袅落成燃烧的烟尘，产生久违的温暖。我深信，时间仍在生长，那些流失的岁月，会伴着湘江河的这弯秋色醒来，把秋天重新布置，让心灵的忧伤似菊花，在这深秋的伤痕处绽放。

我用内心的光明和挣来一番岁月，在远离诗经的岸边，打捞秋水里的桃花和深邃的诗篇，用尽一生，以文字冲洗伤口，除去数不尽的疼痛，百转千回，泪湿衣衫。世事穿梭与我无关，街市如水良人未归，而我，只与命运并肩，在开合中剖析辛酸，一半在红尘，一半在梦境。指上的秋天，一如既往，穿过流年与红颜，在河中央歌声荡漾，阳光的哀伤和阴影，一滴水足以描述，但那些脉络和温暖一样清晰可见，掩怀一笑的美丽，像风吹动的一阵音乐，让河堤两岸，增添一餐秀色。

黄昏将尽，我突然想起故人，这是多么虚弱的一刻，仿佛才相识，转眼已是半生，一些碎影，权作了流年。原来，世间所有的相遇，都只是为了离别，这不是岁月薄幸，也不是天意注定，而是我们把秋天唱得太深情。湘江河畔的阑珊灯火，没有我要的一盏，而我，还不肯转身，内心的河堤爬满青苔，我相信，一定有什么在彼岸引颈回望……

秋去冬至，春去春回。唯有岁月，弹指不复，如退隐江湖的箫声，越行越远，剩下的日子，如何才能赎回满腹的才情。前尘与后世，彼岸不见，聚散无常，有些人、有些事，总是离开即不曾再现。

秋裙飘飘，行色匆匆，我像一个远道而归的游子，只要以手触摸河水，便是一种返乡，只是，冷落了河堤痴情守望的弱柳。水草潮湿，容纳着我一个人欲说还休的隐忍和沉默。

河的另一端，薄暮升起，满城灯火，和着这弯秋色与秋水，被洗了一遍又一遍。半岸青山苍白，菊花泛黄，谁还记得当年？

我终究只是湘江河的过客，她流淌的泪水是致命的，呛得我喘不过气来。尽管她激情澎湃的体温我无法感知，但我更愿沿着她题款深情的额纹，腾空行囊，借一曲乡愁沐衣焚香，谢下我今生之幕，轻轻一笔，将那些发霉的文字还原为春光，纤手为桨，宣纸作舟，泅渡整条河流。

心浪迹天涯后，回到这里，烟雨碧色已覆了天下，我生活的城市开始了彻底的春天。春色阑珊，风吹花落。向上伸展的蓬勃生命和向下回归泥土的瓣瓣落红，都同时装饰着这个城市的身体和岁月。

四月，枯枝新芽，一树荼靡，桑叶上的春天，庭院盛开的小花，随时光走远了。一滴春雨，敲破隔世的窗帘，一粒花瓣，悄然落在我的案头。我像一个闭关的诗人，拨开那些岁月的伤疤，酒香深处，醉眼挑灯。时光的两端，面对一座残花凋零的城池，不肯出来，只需轻轻一笔，落红便将我发霉的文字淹没。

是夜，春雷阵阵，暗雨空庭。一声声，空阶滴到明，潇潇不堪听。

一夜风雨，半窗落花，袭向书卷堆叠的枕边。一瓣桐花，穿过风声雨帘，来到我的诗中。拨灯书尽红笺，铅泪难消，一场寂寞凭谁说？这，该是生命的一场消耗吧。

凭窗远眺，山峦依旧风姿绰约，抹上了朝

霞的红涧。春水默首，恐惊走一池春花。清晨的光线，绣花成林，让这个城市，增添一餐秀色。

山月不知心里事，山风空落眼前花。坐看风景流断，岁月搁浅，这一段春光，再也不敢忘记。绿意起伏，花朵撒下，每一个刹那，都是完成，锦衣斓裙之下，藏着多少伤？我忽然领略到生命的开端和终结的全部欢乐和痛苦。挣脱欲望的缰索，卸下诱惑的鞍辔，去呼应生命大气磅礴的抒情。大地，则以博大的胸怀接纳着一个个带着香气的灵魂回家。

沿着河堤生长的绿影，我像一只首次迁徙的候鸟，前往我所不能了解的终点。往事的暗影，静栖在重重树影之间，被遗忘的万千絮语，映照在水面上，一诗一词，涟漪了谁前世今生的眷念？拾起昨夜风雨后的一朵桐花，如同拾起一段废弃的记忆，让我闻到多年前那个春天温暖的气息，但，终是花落肩头，谁使弦断。眼神对望间，空旷了整个世界，没有春风十里的柔情，只有，被离别的刀锋划伤的伤痕。往事如寂寞空城，唯有一地梧桐残花，忆起雨后的故事，以寥落的姿态，委落风尘，往昔的珍重，便成了今日的断肠，只剩下你我相互间的致意，剩下我手里的寂寞余香。我们，终是各自天涯，相见遥遥，一寸柔肠情几许？最终，也只是一场辜负。

这个春天，演绎的不过是一场落花和流水的故事，落花未曾厚于流水，流水又何曾负于落花？然而，流水和落花之间似曾怀着不可告人的秘密。

萋萋碧草，斜斜南风，裁一袭春衣舒卷，一路裹挟不老的红颜，斜雨疏钟，残花煮酒，皆是人间四月最温暖的春色，可以入骨入髓，可以让我宽恕这个世界曾经带给我的所有伤害。

春天是打开的，岁月也是打开的。鸟鸣，如檐雨滴落。往事阡陌，纸上写尽相思也难寄深情。一地梧桐花瓣，淡粉淡紫，翻开了我的传记，如一首小令，婉约眼前。她们从爱中来，要回到爱中去，恰好，路过人间。

我绕过一地梧桐的忧伤，献上我微温的小诗，满纸泪迹灼透一地长叹，每一个字都在翩翩起舞。晃荡的树枝，轻飘的花朵，用密密匝匝的情意，连缀起一生的光阴，隔着红尘三千丈，依旧蒙着一层薄霜，每一处，都是我今生今世的疼痛，都是身外渐落的尘土。我无意转身，只在春衫单薄的这个清晨，不忍葬下落红的心事，不忍细读一地残红，如同不忍读她的孤独，读她的悲悯，也不忍读人生的无常，命运的多舛。

一朵桐花，悠悠飘飘，拂在肩上，并以一个与世无争的姿势落下，奔向另一个天涯，把温暖的尘世，袭扰得有些凄凉。这是人生暮年的一种不甘，还是灵魂对短暂生命的一种挣扎？是对自己曾经生活场景的一种追溯，还是对过境流年的一种缅怀？一程烟雨，刹那芳华，花下泪，几许情，你的离开，可是为了我们的下一场相遇？荡尽生命的繁华，需要多少决绝的勇气？

我远远望着一树梧桐繁花和一地梧桐花瓣，我几乎想要收回迈过去的脚步，只愿从不远处辨认出绿色暗影中清澈的雨滴。我轻轻地靠近，给她们一个拥抱，然后转过身，就算依旧流着泪，我们，还是要各安天涯。

曾经，她们是我在这座城市里最明媚的春梦，美丽成诗，字字句句爬满我柔软的心房，营养我的身体，滋润我的残章断句，妩媚了我一生的浪漫时光。她们与我，静静落脚在这个城市一隅，任凭流年暗换红颜。我停留在春天的对岸，即使你走远，我都会在你的尘埃中。

从来缘聚缘散缘如水，我背负万丈尘寰，只为在下一个春天，把自己想象成一棵梧桐，等一个有缘人来栽种。只要，你有足够的深情，与我在文字里纵情挥霍，长相厮守，我就是你的江山，你就是我的朝代。

後記·在喧囂的塵世安靜地寫字

一直感謝我有一顆安靜的心。在瑣碎和疲憊的生活中，在風霜和雨雪的路上，依然可以安安靜靜在塵世的一隅生活、看書、寫字。

我生活在一個紅色文化浸染的小城，一條湘江穿城而過，把這個小城分為老城和新城。湘江河兩岸，長滿蓬勃高大的梧桐樹，那是我極鍾愛的一種植物。

小城的生活車水馬龍，喧嘩無比，而我，只是其間缺席的一滴小雨，在踽踽前行的歲月中，靜看紅塵紛擾，不予理會。

我常常一個人穿梭在老城與新城之間。一邊浸潤於老城遺留下來的儒雅文風裡，和她的楊柳街、老教堂相濡以沫，一起生長老去；一邊又在新城區的喧囂中屈身於現實，為生活實實在在地活著，活在鄉俗俚語裡，活在喧嘩與寧靜以及磕磕絆絆的雨和猛烈的風中。閒暇時讀讀書、寫寫字，彷彿早已與這個城市形成了某種神秘的契約。

這些年，混跡在現實的喧鬧中，我像一只

旋转不停的陀螺，为工作、为生活、为学习而马不停蹄。同时，又以安静的姿态行走，不浮不躁，不争不怨，用适合自己的方式活在凡尘一角。尝饮人间烟火，淡看世事无常，在自己的光阴里打坐，写些零散的文字，安放灵魂，竭力维护着内心的某种坚韧，那是从我心灵深处投身出的纯净与光亮，明亮如萤火，照亮尘世中安静的我。那层笼罩于生命之上的光芒，便是我朝拜一生的写字生活，在炎凉的世态中，灯火一样给予我温暖的方向，为我驱逐寒冷和孤独，在平凡的奋斗和坚持中，我一颗曾经卑微的心因充满激情而体面并高贵。

这些年，在岁月和生活的双重雕刻下，风雨兼程，一路艰辛。我避开人流，深居简出，安静如水。一个人、一本书、一支笔、一杯茶，世事如此波澜不惊。当物质中充满贫困，我的精神世界却因写字而异常富有。亲情友情爱情让我深情地抒写，万千锦绣山川美景丰盈我的笔尖。我在一个人的地老天荒里倚着闲窗数落花，留一叠素稿，积成了今日的《左手风雨，右手回忆》……

此刻，站在阳台，立在风中，远处的山峦弯曲蜿蜒，仿佛是人生的另一种波涛起伏。

远眺来时路，耳畔南雁长鸣，春秋代序，红尘浩荡，十丈喧扰。我心如一莲，静看人间，一个人慢慢行走，走向诗和远方。在深不可测的风尘与烟火里，闻着书香，每天翻过一页……

当繁华枯落时，桑海沧田后，我，仍独享一个人的清欢。

梧桐小雨

2016 年 5 月 31 日